LAPO DEL BIANCO

IL TERZO GIOCATORE

Romanzo

Titolo: *Il terzo giocatore*.
Autore: Lapo del Bianco

Immagine di copertina: Emiliano Grusovin, © 2019

Impaginazione interni e copertina, revisione testi:
Barbara Sonzogni – Studio editoriale

Codice ISBN: 9791220047210

PARTE PRIMA

Francia

1

Firenze, 18 dicembre 1972, ore 04:30 p.m.

La cellula rionale Salvador Franch cui Marco apparteneva era povera, perché le sovvenzioni arrivavano col contagocce. Il compagno responsabile, un certo Cane, era il solo autorizzato a prendere contatto con la cellula nazionale Acquacalda, il cui responsabile si nascondeva dietro una cortina fumogena di misteriosi contatti, ora tedeschi, ora russi, per giustificare i finanziamenti strozzati. «Ragazzi», aveva detto Cane a un collettivo poco tempo prima, «qui di soldi, pochi. Organizziamoci all'anarchica...». Il che, in pratica, significava "espropri proletari", cioè per lo più rapine a mano armata. Così un paio di loro, il Pippo e il Lapo, eran stati pescati dalla Celere, sbattuti in cella e malmenati talmente bene che, all'uscita (senza processo, ma forse meglio così), si erano ritirati a vita "borghese", per dire, e della cellula non avevano più voluto sentir parlare. Uno dei due, il Pippo, in odore di esser diventato un infame, era stato poi trovato nel Mugnone che i topi già gli avevan rosicchiato il brutto muso da traditore.

Per cui, insomma, s'andava di magro ed esplosivi seri, per non parlar di bombe bell'e pronte o armi moderne, nisba. Così il Marco, all'anagrafe Spartaco Calalamazza, era stato istruito insieme al compagno Ciro Malegonnelle, detto Trappola, da un tipo dell'IRA, che a tempo perso si offriva a pagamento come istruttore in materia d'esplosivi.

Questo Donald, così si faceva chiamare, aveva insegnato loro a confezionare una bomba con ingredienti poveri, facilmente reperibili in commercio, ma molto efficace: chiedere agli abitanti di Belfast per credere. Ed è per questo che ora il Marco si trovava lì, barricato nel suo tugurio puzzolente di cannabis e saturo del fumo di cento sigarette fumate con estremo nervosismo, causato dal fatto che non avrebbe dovuto esser solo: a fabbricare l'ordigno doveva dargli una mano il Trappola, che però era stato pizzicato dai carabinieri qualche giorno prima, mentre svaligiava un tabaccaio di via dei Pepi. La cellula era entrata nel panico e i suoi componenti si eran dispersi nei vari covi per paura di una retata. Il Cane era riuscito comunque a recapitare un messaggio a Marco, chiedendogli di andare avanti da solo: ordini formali non se ne davano nella cellula, solo consigli e proposte, almeno per salvare la faccia dell'ideale anarchico, che rifugge con orrore da ogni tipo di autorità. In teoria, dunque, avrebbe potuto tirarsi indietro. Molto in teoria.

Aprì le finestre. Entrò una folata d'aria gelida, mentre buona parte del fumo usciva pigramente dalla stanza. Faceva freddo in quei giorni a Firenze, l'Arno era ghiacciato da sponda a sponda e i lampioni rischiaravano la precoce notte invernale. Si affacciò al balcone: il selciato di Borgo San Frediano sembrava tirato a cera, per via dello strato di gelo che la condensa serale vi aveva depositato. Le poche auto passavano lente, con estrema cautela, dietro alla melanconica luce giallastra dei fari. In giro, quasi nessuno: le poche intabarrate figure si affrettavano con le mani ficcate in tasca e il capo chino come cani bastonati.

Chiuse la finestra, tirò le tende, si accertò che la porta d'ingresso fosse serrata a paletto, si tolse il maglione per rimboccare le maniche della camicia, trasse un gran respiro e finalmente si decise al suo delicato compito.

2

Preparazione

Il materiale era allineato in ordine sul pavimento sgombrato dai mobili: nitrato d'ammonio, carbone finemente tritato, polvere d'alluminio, ripetitori o *boosters*, cioè inneschi ad alta reattività, detonatori elettrici all'azoturo di piombo, esploditore a pressione, sacchi di cotone cerato, nastro isolante, spago, pinze, temperino, forbici da elettricista, rotolo di filo elettrico e, infine, su di un tavolino, una tracolla di tela grigioverde di quelle in voga in quegli anni presso gli studenti, decorata a pennarello con un fascio littorio e una svastica circondati dall'acronimo GRUNEFAR e dalla sua spiegazione: Gruppo Neofascista per la Fratellanza Ariana. Dentro, una risma di volantini ciclostilati, recanti farneticanti messaggi degni di cotanto titolo, destinati a saltare in aria insieme alla borsa e volteggiare più o meno a brandelli tra le macerie dell'obbiettivo distrutto. Donald aveva garantito che, su cinquecento fogli, almeno il 5 per cento o quasi sarebbe rimasto intatto a causa di quello che aveva chiamato il "gradiente elastico di volteggio della carta".

Marco era un uomo tarchiato e forte, di quasi trent'anni, un testone su cui cresceva rigoglioso un cespuglio di capelli ricci, il volto nascosto da un barbone nero: una volta rasato, neanche sua madre lo avrebbe riconosciuto.

Con Donald aveva fatto diverse prove in bianco, usando farina e pepe, e non aveva fatto errori. L'importante era rispettare le proporzioni tra il fertilizzante (il nitrato d'ammonio), la polvere di carbone e quella d'alluminio. Il prodotto finito era chiamato Ammonal, un composto esplosivo resistente agli urti, quindi di sicura manovrabilità, ma non di facilissimo innesco (per questo sono necessari i *boosters*). È comunque in grado di liberare una potenza notevole, a patto che il fochino abbia avuto la cura di mischiarne a regola d'arte i componenti e ben sistemato *boosters* e detonatori. Nel caso di Marco, il quantitativo andava diviso in una linea di fuoco di tre ordigni del peso di circa X chili l'uno, collegati da un cavo elettrico a tre derivazioni, a loro volta collegate ai reofori dei detonatori, a loro volta inseriti a contatto dei *boosters* e dell'Ammonal. L'intasamento era assicurato dai sacchi di cotone cerati avvolti strettamente da nastro adesivo.

Il punto critico di un tale piano, lasciato com'era in mano a un fochino inesperto, erano i detonatori: bossoli di rame contenenti un ritardante e due cariche, una primaria e una secondaria, innescate da una testina a incandescenza attivata dalla scarica elettrica trasmessa dai reofori.

I reofori sono due cavetti d'argento da collegare ai cavi elettrici al fine di permettere la trasmissione della scarica ma che, per evitare inneschi accidentali, finché non sono collegati ai cavi, devono restare intrecciati fra loro in modo da chiudere il contatto. Se lasciati sciolti diventano infatti antenne capaci di captare ogni forma di elettricità presente nell'aria, cariche elettrostatiche, temporali, col serio rischio di detonazione. Donald era stato molto chiaro.

Per confezionare i pacchi esplosivi Marco impiegò quasi cinque ore, dalle sette del pomeriggio fino alla mezzanotte, quando, esausto, si lasciò cadere sul divano dalle molle sfondate a contemplare l'opera. Se non fosse che doveva restare lucido, si sarebbe fatto volentieri una canna. Ripiegò questa volta su un toscano, che si gustò con la testa reclinata all'indietro, cautamente soddisfatto di sé, in lunghe lente boccate voluttuose, in attesa che alla porta Luciano battesse i sei colpi con la cadenza di rito.

3

La pantera

Luciano entrò buttando per terra un pacco di grossi sacchi di iuta.

Senza dire una parola, tese la mano verso quel che restava del sigaro di Marco, il quale glielo porse con un mezzo grugnito. Luciano tirò una gran boccata ed emise fumo con violenza, verso l'alto.

«Coraggio, diamoci da fare.»

Era un tipo magro e alto, di poche parole.

In tre viaggi, usando lo sgangherato ascensore, trasportarono tutto il materiale, nascosto nei sacchi di iuta, fino al portone d'ingresso, dinanzi al quale il Mario, il compagno muratore, li attendeva a bordo di una vecchia 600 Multipla a motore acceso e fari spenti, le mani grosse come badili aggrappate al volante.

«Dimenticato nulla?» chiese. Marco ci pensò qualche attimo e guardò Luciano, che scosse il capo.

«No. Direi di no.»

«Questo freddo non guasterà qualcosa?»

Marco si strinse nelle spalle: «Teme l'umido».

Mario ingranò la prima e partì.

«E il freddo?»

«Non saprei. Ma tanto qui fa caldo.»

«Nel bagagliaio no.»

«Possiamo solo sbrigarci.»

Per il resto del tragitto nessuno parlò più: la muta presenza di quella morte potenziale pesava sui presenti e azzerava i loro neri pensieri, sigillando la fonte di parole inutili. Mario guidò con cautela per le vie deserte di una Firenze stretta nella morsa del gelo: i lampioni sulle spallette del lungarno Soderini brillavano come gemme nella notte tersa e senza luna; ma quando giunsero in piazza Taddeo Gaddi, scarsamente illuminata, apparve nel cielo un tappeto di stelle. Benché fosse uno spettacolo insolito, nessuno dei tre vi badò: da tempo quei cuori eran chiusi a spettacoli elevanti l'animo allo stupore. Il magazzino di Mario si trovava sotto il suo appartamento in via Baccio Bandinelli, tra via de' Vanni e via del Pignone, parallela alla sponda del fiume. Poco illuminata e silenziosa, completamente deserta, accolse la Multipla come un'intrusa.

L'enorme rimessa era più simile all'antro di Alì Babà e dei Quaranta Ladroni che al magazzino di un'impresa edile, piena com'era di merce d'ogni tipo, stipata per generi in poderose scaffalature, ricavate con tubi innocenti alte fino al soffitto. Mario parcheggiò a fianco di uno scassato motocarro a tre ruote Macchi Bremach, di quelli coi fari sporgenti e la prua bombata che ricorda il muso di un orango, sul cui pianale erano stati caricati diversi sacchi di iuta identici ai loro, ma riempiti di sabbia.

Marco e Luciano scesero dalla Fiat guardandosi intorno.

«Beh? Che vi prende? Non avete mai visto il magazzino di un ricettatore?»

Poco dopo, trasbordato il materiale sul Bremach, i tre erano di nuovo in strada. Il furgone sussultava con fracasso sul lastricato, mentre i fari da scimmione illuminavano strabici uno la strada, l'altro i muri delle case.

Sferragliando e salendo di giri per affrontare il leggero pendio che immette sul ponte alla Vittoria, Mario condusse il ferrovecchio al di là del fiume, per poi svoltare in Vittorio Veneto, quindi in corso Italia. Si stava avvicinando la linea oltrepassata la quale non si poteva più tornare indietro.

Nessuno di loro era mai stato coinvolto in una strage: l'idea, se dapprima aveva suscitato questioni di coscienza, era stata ormai digerita e si era mutata in un desiderio bruciante di compiere il lavoro nel modo più diligente e letale possibile. La morte aveva saturato gli animi e i loro cuori pulsavano come bombe a orologeria, pronti a esplodere alla minima sollecitazione. Fu in questo delicato equilibrio di anime sospese sul baratro che all'improvviso apparve dietro di loro un lampeggiante blu. Mario lanciò un'occhiata ai due che sedevano pigiati l'un contro l'altro sul sedile del passeggero.

«Merda, una Pantera!» mormorò.

4

Sacchi di sabbia

«Prosegui come se nulla fosse» disse Marco con un fil di voce.

L'autocarro scalò marcia, rallentò, mise la freccia e svoltò in via Magenta, per arrestarsi secondo i piani davanti alla porta di servizio del teatro Comunale. La Pantera lo affiancò e ne scesero due poliziotti.

Entrambi indossavano lunghi cappotti a doppio petto. Quello con i gradi di maresciallo portava una pistola nella fondina appesa al cinturone e una torcia elettrica in mano, mentre l'agente stringeva un fucile automatico FAL calibro 7.62 a calcio ripiegabile.

Il maresciallo si avvicinò al finestrino che intanto Mario aveva abbassato di qualche centimetro, mentre l'altro sostava a gambe larghe in posizione defilata, con l'arma imbracciata e l'indice sul grilletto: segno che aveva il colpo in canna e la sicura disinserita.

«Buonasera» disse il maresciallo facendo un rapido saluto militare al cappello. «Documenti per favore». Il tono non rivelava particolare voglia di fraternizzare.

Mario prese dal vano sotto il cruscotto patente e libretto e glieli consegnò attraverso il finestrino:

«Di servizio con questo freddo?»

Il maresciallo non raccolse.

«Cosa trasportate?»

«Sacchi di sabbia.»

«Dove?»

«Siamo arrivati» fece Mario, indicando col pollice il Comunale.

«Perché?»

«Come, scusi?»

«Il motivo del trasporto.»

«Ah, certo. Effettivamente…» Mario si assestò con la mano il berretto, un po' impacciato «può sembrarle strano, ma siamo qui per una fornitura straordinaria». Poi, rivolto a Luciano: «Suona a Duccio, è l'ora».

Luciano, che sedeva a destra di Marco, fece scattare la maniglia della portiera, ma l'agente col mitra lo fermò: «Scenda piano, le mani bene in vista».

Benché giovanissimo, aveva già la scorza del duro. O forse era solo recita? "Vedremo", pensò Luciano spalancando la portiera e saltando giù.

«Calma ragazzo, siamo forse già in dittatura? Non hai sentito? Devo suonare lì e farmi aprire. Dobbiamo portare questa merda al teatro.»

Il milite abbassò appena la canna dell'arma e con un gesto secco del capo gli indicò che poteva andare a fare quel che doveva.

«E vorrei vedere, cazzo!»

Mentre Luciano suonava il campanello, l'agente si spostava in posizione di controllo di tutta la scena. Probabilmente non vedeva l'ora di sventagliarli tutti di pallottole, così pensava con rancore Marco. Come se lui non stesse vedendo l'ora di ammazzare un centinaio di innocenti in un teatro. Ma lui era un anarchico e quello un servo dei padroni. E questo avrebbe posto fine alla questione, se qualcuno gliel'avesse sollevata.

Il maresciallo rese i documenti a Mario, mentre la porta di servizio si apriva, lasciando filtrare una lama di luce nella quale apparve Duccio, un tipo corpulento con occhiali, cappello di lana e un cappotto di pelo sopra a una tuta da fatica macchiata di vernice.

Il maresciallo lo degnò appena di un'occhiata, quindi si sporse oltre la sponda del pianale del carro per guardarne da vicino il carico. Attimi di tensione estrema. Mario scese con cautela dalla cabina. I sacchi di sabbia erano sistemati in bell'ordine su due strati. La mano guantata del maresciallo prese a tastarli uno a uno. Quando vide Duccio che gli si avvicinava, interruppe l'ispezione.

«Maresciallo, questi uomini li ha chiamati il direttore. Servono quei sacchi di sabbia per la scenografia.»

Il maresciallo si pulì le mani l'una con l'altra.

«Per la scenografia?»

«Alla vigilia di queste prime mondane – il Presidente, capirai, e invitati in grande spolvero – noialtri si fan sempre le ore piccole. Ci sono mille cose da sistemare, preparare il materiale scenografico, i costumi, i camerini, pulire, riordinare ecc. Beh, sembrava tutto a posto, quando all'ultimo momento il regista, quel tedesco, il Franstreher, sa come sono questi artisti, ha cominciato a sbraitare perché le sacche di sabbia che vuole utilizzare per una certa scena non erano abbastanza. Allora il capo ha telefonato a Mario, lui, che ha un'impresa edile. Ora se ne sono andati tutti, hanno lasciato me ad aspettarli: mi serve il loro aiuto per portarli dentro e sistemarli. Tutto qui.»

<h1 style="text-align:center">5</h1>

<h2 style="text-align:center">Cariche elettrostatiche</h2>

Il bello di questa spiegazione, l'era d'esser del tutto vera. Era vero cioè che il regista aveva in animo di trasfigurare una certa scena ambientandola in un contesto di guerra di trincea, ed era vero che aveva richiesto all'ultimo momento una speciale fornitura di sacchi di sabbia. Quel che Duccio nascondeva, ovviamente, era il fatto di esser anche lui complice, dovendo aiutarli nel posizionamento delle cariche, che dovevano esser sistemate, secondo i piani, proprio sotto il palco reale, in un'intercapedine del pavimento cui si poteva accedere, strisciando, da un corridoio di manutenzione laterale e poi da una botola. Il cavo elettrico sarebbe stato srotolato lungo il corridoio fino a una bocchetta traforata per il ricircolo dell'aria, che sbucava poco sopra il livello stradale. Da lì poi, al momento fissato, i cavi sarebbero stati inseriti nell'auto di Mario attraverso il finestrino, dove Marco li avrebbe collegati all'esploditore. Duccio, seduto sui sedili posteriori, avrebbe dato il segnale tenendo conto degli orari, in modo da aver la certezza che le mine non brillassero durante uno degli intervalli. L'innesco dei detonatori a cariche ritardate avrebbe consentito alla macchina quei tre o quattro secondi necessari – speravano – a raggiungere una distanza di sicurezza.

Il maresciallo, ignaro di tutto ciò, eppure sospettoso, mentre quello parlava lo guardò distrattamente solo un paio di volte, con studiata indifferenza. In effetti, era molto più interessato a sorvegliare la situazione: i volti, gli sguardi, i movimenti dei due loschi figuri scesi a terra e anche le eventuali movenze del terzo, ancora nel furgone.

Quando Duccio ebbe finito, lasciò trascorrere qualche istante. Poi disse solo, aprendo appena le labbra: «Nel *Guglielmo Tell* non ce li vedo sacchi di sabbia.»

«Ah!» esclamò Duccio soffiandosi sulle mani e battendo i piedi.

«Neppure io a dirla tutta. Ma questo è un regista d'avanguardia! Vuole allestire la piazza di Altdorf nel terzo atto, sa, con questi cosi qui, in modo che sembri una trincea, e vestire gli attori da soldati e soldatesse. Pensi che nella scena madre, il padre sparerà con una carabina contro la mela posta sulla testa del ragazzo. Dice che rende meglio dell'arco la conflittualità della situazione...» Duccio allargò le mani, strabuzzando gli occhi. «Roba da pazzi? Certo. Valli a capire questi. Io son della vecchia scuola, anche se son solo un tecnico di scena, ma ora le cose vanno così. Non c'è che Zeffirelli che resta fedele a...»

In quel momento un leggero riflesso colpì lo sguardo indagatore del maresciallo. Proveniva da uno dei sacchi della fila a contatto col pianale. Con la torcia illuminò il punto: vide un filamento uscire dal sacco di iuta, anzi... erano due fili metallici intrecciati tra loro. Mario, Luciano e Duccio lo osservarono pietrificati, mentre Marco, che sbirciava dal retrovisore, intuendo che quello avesse scorto qualcosa di compromettente, si spostò cautamente al posto di guida, pronto a mettere in moto e partire. Il maresciallo allungò una mano a toccare i fili d'argento, cioè i reofori di uno dei detonatori che, con gli scossoni del carro, avevano perforato la trama lasca della iuta. Non avendo mai frequentato alcun corso sugli esplosivi, non aveva nemmeno mai visto un detonatore elettrico. Così, indeciso sul da farsi, lanciò uno sguardo allarmato all'agente; poi, sempre impugnando la torcia con la sinistra, estrasse con la destra la pistola. Duccio, tremando come una foglia, e stavolta non per il freddo, tossendo violentemente piagnucolò:

«Mi faccia rientrare la prego, sto crepando dal freddo.»

«Stai fermo dove sei.»

Duccio non intese e si squagliò alla velocità della luce, chiudendosi dietro la porta. Il maresciallo non reagì ma, pistola in pugno, fece cenno a Mario di avvicinarsi. Mario indicò se stesso con l'indice, guardandosi intorno come a dire: "perché proprio io?". Marco in cabina fremeva terrorizzato, senza osar di muoversi, temendo non a torto che qualsiasi gesto non facesse che peggiorare la situazione. Mario intanto, la testa incassata nel giaccone per il gran freddo, il basco calcato sulla fronte, raggiunse il maresciallo.

«Tiri fuori quel sacco.»

«Quale, questo?» fece l'altro indicando uno di quelli pieni di sabbia.

«No. Quello sotto, quello da cui escono quei fili.»

«Ah!» ridacchiò «quelli sono i reofori di un condensatore elettrolitico da buttare, dev'esser rimasto nella sabbia...»

Il maresciallo lo guardò fingendo stupore, segno che stava cominciando a germinare in lui, dal sospetto generico, il sospetto specifico che ci fosse di mezzo una mina.

«Un...»

Mario annuiva furiosamente, emettendo nuvolette di fiato che i lampeggianti della Pantera tingevano d'azzurro:

«Sì, un condensatore elettrolitico.»

«Ecco. Nella sabbia. Per il solito regista matto immagino.»

«No, cioè... ahahah» Mario si guardava intorno in cerca d'appoggio. Ma Duccio era sparito e Luciano, pietrificato nel gelo, sembrava uno stoccafisso impiccato. «No, è che io, veda, mi diletto d'elettronica, sono un radioamatore. Ho un magazzino pieno di cianfrusaglie del genere in via Baccio Bandinelli al 56/A; io abito accanto, al 56. Beh, veda, i pezzi difettosi o guasti li butto e di questi condensatori ne ho parecchi. A quelli guasti per distinguerli attorciglio i reofori fra di loro... veda... e poi li butto via.»

Così dicendo allungò una mano e separò i due fili d'argento.

«Dev'esser finito nella sabbia, che tengo alla rinfusa nel medesimo magazzino.»

Il maresciallo lo ascoltava con aria canzonatoria, quasi divertito da quella penosa storiella.

«Certo. Certo. Ora però tiri fuori il sacco per favore, o vi porto tutti dentro per accertamenti.»

«Ok. Come vuole, signor maresciallo.»

Mario però non osava muoversi. Il lampeggiante sul tetto della pantera colpiva a ripetizione la scena con frustate di luce blu, come lampi di un temporale.

Quando vide Mario svolgere i reofori del detonatore e dopo aver udito l'ordine di tirar giù il sacco con la bomba, Marco comprese che la missione era andata a puttane e si decise a scendere dall'autocarro. Mario intanto, pietrificato, guardava ora Marco ora Luciano con occhi di vetro, movendo appena la testa con la rigidità di un manichino.

«Ho detto di tirar giù quel sacco» ripeté flemmatico il maresciallo.

Solo Marco sapeva che i reofori separati costituivano un serio pericolo in quell'aria secca, che favoriva scariche elettrostatiche e aumentava la sensibilità alle onde radio, soprattutto a quella dell'autoradio della polizia, che crepitava lì vicino, per non parlare di quel maledetto lampeggiante. Avrebbe potuto tentare di filarsela col Bremach, ma temeva che la scintilla d'accensione, una scarica da 15.000 volt nei due cilindri contrapposti da 375 cc ciascuno, potesse... Ma perché pensava in quel momento al motore del furgone? Forse il suo cervello avrebbe fatto meglio a ingegnarsi nel trovare una seria via d'uscita. Avrebbe potuto precipitarsi a riavvolgere i filamenti, ma il maresciallo, che l'osservava torvo, lo avrebbe fulminato pensando magari a un'aggressione. Così si risolse per la scelta estrema e banale: darsela a gambe lasciando gli altri nella merda. Direzione via Solferino.

Il resto accadde molto in fretta: il maresciallo esplose un paio di colpi in aria ma quello continuò a correre; Mario si avventò sul maresciallo scaraventandolo in terra; Luciano tentò di saltare sul furgone ma l'agente gli si parò davanti a mitra spianato. Per un attimo, il tempo parve fermarsi così. Impossibile dire come sarebbe finita la faccenda se un'improvvisa chiamata dalla centrale non avesse attivato la radio di bordo della pantera, generando una carica statica, che balenò invisibile nell'etere secco e gelido e che i reofori del detonatore captarono all'istante.

Tre secondi dopo, un boato e una luce abbagliante squarciarono l'aria e il silenzio, lanciando in aria furgone, pantera e uomini, mentre tutta l'ala ovest del teatro Comunale veniva giù di schianto. Decine di persiane, divelte dai cardini come foglie secche da un albero, volarono sparate a mitraglia per tutta la strada e i vetri delle case dell'isolato andarono in frantumi, in un crescendo wagneriano. Poi, una coltre di detriti e di polvere calò sul mondo, come un sudario.

6

19 dicembre 1972, ore 2:30 a.m.

A svegliarlo fu il trillo del telefono. Non comprese subito che si trattava del telefono, anzi lo scambiò per la sveglia. Stava infatti sognando di dormire – un sogno davvero insolito – e nel sonno si trovava al mare e la sveglia suonava per ricordargli che una guerra era scoppiata da qualche parte. Si svegliò dunque dal sogno per la sveglia, e poi, solo dopo attimi interminabili, emerse anche dal sonno vero per prendere coscienza, confuso e smarrito, dell'arida realtà: cioè dell'appartamento di Milano al quarto piano di un palazzo di viale Monterosa. Nel sonno del sogno si era addormentato con Martina, una donna che aveva conosciuto chissà dove, ma al risveglio del sonno vero, si scoprì con rammarico tutto solo e nudo e con un senso dolciastro di nostalgia per quell'amore onirico, spentosi bruscamente tra le lenzuola. Riuscì comunque ad agguantare la cornetta al buio. Era notte fonda e, temendo il peggio, cercò di dare alla voce un tono fermo e deciso, quasi per far credere allo scocciatore che il commissario Bombacci è sempre vigile, sempre pronto.

Tanto sapeva chi era.

«Pronto!»

«Sono io.»

«Infatti.»

«Infatti che?»

«No, dico: chi altri?»

«Beh, bando alle ciance.»

Il commissario capo Rigamonti aveva anche a quell'ora una voce squillante ed energica, che già suonava come rimprovero.

«Che succede?»

«Una bomba.»

Bombacci saltò in piedi, tirando giù il telefono dal comodino.

«Cazzo.»

«Eh… ascolta: a Firenze, mica qui. Ti mando un'auto. Sarà da te tra mezz'ora. Al citofono chiedi chi è. Lui dirà *Pane* e tu risponderai *Burro*.»

«Ma, dico, scherzi?»

«Eh, no. Di questi tempi occorre essere prudenti. Non vorrai far la fine del Calabresi, spero. Ti porterà all'aeroporto Locatelli dove troverai un elicottero dell'ALE che ti porterà a Firenze. Riceverai istruzioni.»

Clic.

Bombacci rimase con la cornetta in mano: era tanto che non succedeva, dai tempi del caso di Cortina. Ma in fondo che altro c'era da dirsi?

Si preparò in poco più di quindici minuti e, dopo trenta esatti, il maresciallo Nello Sacco suonava alla porta. Dopo il ridicolo riconoscimento con il mutuo scambio di battute d'ordine, Bombacci prese l'ascensore e uscì in strada, intabarrato in un cappotto di cammello, colletto alzato, Borsalino grigio e una piccola valigia.

Ad attenderlo c'era un'Alfa Romeo 1750 senza contrassegni, ma dato che aveva montato sul retro un'antenna di quelle dette "a ricciolo", tutti i loschi individui di Milano l'avrebbero riconosciuta alla prima occhiata come un'auto della *pula*. Era l'antenna della radiomobile, le cui frequenze pure erano intercettate da tutti: dal radioamatore al bracconiere del parco Lambro; dallo svaligiatore di banche al terrorista di Settembre Nero. Ma tant'è. Bombacci si chiese, mentre sedeva dietro con il suo solito fare guardingo, se ci fosse davvero qualcosa che la polizia riuscisse a fare senza che i cattivi lo sapessero in anticipo. Forse solo le telefonate telegrafiche del Rigamonti.

Erano le quattro del mattino e uno strato di nebbia aleggiava a un metro da terra sulle strade di una Milano ancora deserta: pareva di solcare in barca un fiume di latte. Le finestre eran quasi tutte al buio, salvo alcune che brillavano come fori in scatoloni di cartone illuminati da candeline. E non stava sognando: quella era la vita, nuda e cruda.

Il maresciallo Nello Sacco guidava per ora con estrema prudenza. La radio di bordo mandava ogni tanto sinistri scoppiettii, come impaziente di articolare le parole concitate delle emergenze e degli inseguimenti. A parte questo e il sommesso brontolio del motore, tutto taceva. Finché Sacco non decise di aprir bocca.

«Grane, commissà?»

«Ma che, ti pare? Sto andando a una festa di compleanno.»

Il maresciallo rise.

«È per la bomba a Firenze, commissà?»

«Pare.»

«È successo un'ora fa. Mi sa che è per questo che l'hanno tirata giù dal letto.»

«Complimenti per l'intuito.»

La risposta ebbe l'effetto desiderato: far tornare a regnare quell'ovattato silenzio.

Il campo dell'ALE si trovava all'interno dell'aeroporto Locatelli, vicino a Bergamo: circa cinquanta chilometri di strade deserte che, appena fuori dal centro abitato, il Sacco, forse innervosito dalle maniere del commissario, prese a percorrere a tutta velocità, facendo finalmente ruggire il potente motore, nonostante il buio e la nebbia, fattasi ora bella spessa. Bombacci si sentì in dovere di ammonire il pilota.

«Vai piano. Non vorrei schiantarmi proprio ora.»

«State tranquillo, conosco la via.»

«La conosci, ma non la vedi, cavolo!»

«Il capo mi ha detto di portarvi il più velocemente possibile.»

«Vivi o morti?»

«Voi volete scherza', commissario. Tutto è sotto controllo. Ho fatto il corso di guida sportiva, ricordate?»

Pietrificato dalla paura di andare a incartarsi a centottanta all'ora contro un camion che si sarebbe potuto materializzare all'improvviso, recitò a mezze labbra un'antica preghiera:

«*A improvvisa morte, libera nos Domine!*»

«Come dite, capo?»

I fanalini di coda di un bestione apparvero all'improvviso dalla nebbia, in quel punto fitta come fumo di ramaglie di pino fresco. Con un riflesso sorprendente, Sacco scalò marcia ed esibendosi in un controsterzo da manuale, sbandando in derapata, riuscì a sorpassarlo sulla destra, inserendo due ruote nella zanella del ciglio stradale mentre il clacson del camion, come il barrito di un pachiderma infuriato, echeggiò a lungo dietro di loro.

Bombacci si voltò di scatto, appena in tempo per vedere i fari gialli scomparire ingoiati dalla nebbia, poi aggredì il Sacco.

«O nanni! Ora tu m'ha rotto' hoglioni. Rigamonti o no, modera la velocità, che al Locatelli ci voglio arrivar vivo. Sennò tu scendi e guido io. E te tu poi fare l'autostoppe al camionista, per vedere che culo ti fa. Inteso?»

Sacco sollevò il piede dall'acceleratore e per ripicca si mise ad avanzare a passo d'uomo. Bombacci, stizzito, si chiuse in un mutismo assoluto. I minuti sembravano non passar più, e la strada idem. Alla fine, le luci perimetrali dell'aeroporto apparvero sospese in un albume spettrale.

L'elicottero militare parve materializzarsi dal nulla. Accanto, una sua vecchia conoscenza: indossava un paio di jeans scampanati su scarpe robuste, un giubbotto di pelle e occhiali con lenti gialle. In testa calzava un berretto da marinaio di peschereccio e, come al solito, fumava. Non si vedevano da tre anni, ma fu come se si fossero salutati il giorno prima.

«Salve campione» disse, tenendo la sigaretta tra le labbra e i pugni ficcati nelle tasche del giubbotto.

Bombacci congedò il Sacco con un cenno del capo. Il mezzo sorriso a bocca storta era invece per Max.

Salirono a bordo.

«Tieni.» Sempre con la sigaretta pendula dalle labbra, Max trasse di tasca un fagotto e lo porse al Bombacci, mentre il pilota chiudeva il portello e raggiungeva la plancia.

«Data la nebbia bisognerebbe aspettare la *clearance* dalla torre.»

«Fregatene e parti» ordinò Max «tanto è solo nebbia. E sopra la nebbia…».

«C'è il sole!» esclamò l'altro.

«Esatto.»

«Se ce la facciamo a sfondare.»

«'ndemo che ghe la fai.»

«Come vuoi.»

Con un sibilo, le grosse pale si misero in moto.

Bombacci non sembrava convinto: «Siamo sicuri?».

«Il pericolo è il nostro mestiere, caro commissario. Come te la passi in quel di Milano?»

Bombacci non rispose e aprì il fagotto con un sorriso sornione, quasi di gioia: aveva capito dal tatto che conteneva la Beretta M34 calibro 9 corto, che gli aveva consegnato al termine della sparatoria di Cortina e che ormai aveva dato per persa.

«Ti potrà ancora servire, è un'arma pulita.»

«Dopo quella notte, non è più tanto pulita.»

Max si tolse gli occhiali gialli e tirò dalla sigaretta. Poi emise il fumo in faccia del Bombacci, con una risata breve, divertita: «Tranquillo, la scheda balistica del fattaccio è sparita».

Bombacci la ficcò nella tasca del cappotto: «Dovevo immaginarlo».

Si sedettero, mentre l'elicottero rizzava la coda e decollava come un calabrone obeso.

Il frastuono dei rotori non facilitava certo la conversazione, ma c'eran da chiarire alcune cose prima di atterrare a Peretola.

«Allora?» chiese il commissario a voce molto alta.

Max si tolse di bocca la cicca e la spense col tacco.

«La bomba è esplosa in via Magenta» urlò. «Ha tirato giù mezzo teatro Comunale.»

«La prima del *Guglielmo Tell*! Il Presidente a Firenze! Ma non era per stasera?»

«Già…»

«Gli è scoppiata in mano!»

«Così pare. Per ora sappiamo solo che ci sono alcuni morti, non molti: han trovato solo braccia, mani, piedi… roba così. Difficile fare la conta.»

«Che altro sai?»

«Han trovato la carcassa di due automezzi: quella di un furgone da muratore, che probabilmente portava l'esplosivo, e quella di un'auto della squadra mobile.»

Max trasse il pacchetto delle sigarette, ne scelse con cura due, se ne ficcò in bocca una e offrì l'altra al compagno, il tutto sogghignando. Si concessero il rito della mutua accensione prima di continuare.

«Che c'è da ridacchiare?»

«Mi fa ridere che ti abbiano tirato giù dal letto.»

«A me per nulla.»

«Il commissariato di zona ha avvertito il questore con la notizia per ora riservata di aver trovato frammenti di volantini.»

«Una rivendicazione?»

«Parrebbe.»

Max tirò dalla sigaretta con avidità. Poi proseguì: «Il ciclostile inneggia a un gruppo armato neonazista di cui nessuno aveva mai sentito parlare.»

«Questi gruppuscoli nascono come funghi.»

«Sì. E tra poco la stampa calerà con i suoi avvoltoi e alzerà un polverone, che come al solito favorirà solo i cattivi. Quanto a te…»

continuò estraendo da una tasca interna del giubbotto una busta «questo è l'ordine firmato dal ministero della Difesa, col quale vieni trasferito temporaneamente alla sezione antiterrorismo del SID e quindi in definitiva alle dipendenze del generale Rebula, vecchia conoscenza di Rigamonti, come sai. C'è anche un distintivo ad hoc. Il tuo compito sarà indagare sulla faccenda, forte della tua conoscenza di Firenze e…»

Max fu interrotto da un pauroso sobbalzo dell'elicottero.

«Una leggera turbolenza!» urlò il pilota senza voltarsi. «Tutto sotto controllo.»

Bombacci prese la busta e senza neppure aprirla se la mise in tasca. Fu grato alla turbolenza che aveva dato l'occasione all'altro di cambiar discorso. Sapeva bene perché potevano disporre così liberamente di lui: era la penitenza per i suoi peccati, non certo il riconoscimento del suo valore. O forse eran vere entrambe le cose, vai a sapere.

«Beh, ecco: la sigla del gruppo ce l'hanno comunicata da Firenze poco fa e ora non la ricordo. Comunque, dicevo, nessuno ne sa nulla. Se è un gruppo autentico è nato ieri, e forse gli unici affiliati son saltati in aria stanotte. Per questo c'è qualcosa che non quadra.»

«Che sia un tentativo di depistaggio?»

«È molto maldestro.»

«Va' avanti.»

«Basta. Il capo dei capi ti manda a Firenze perché conosci la città e tu cerchi di capire la verità vera, se m'intendi.»

«Non intendo. E la questura di Firenze? La squadra mobile? Le scavalchiamo?» sibilò Bombacci, che invece temeva di aver inteso benissimo.

«Fiera campionaria, Ufficio cambi, piazza Fontana, piazza della Scala, Gioia Tauro, Roma, Monaco, i tralicci in Alto Adige, Feltrinelli che salta sul traliccio, il commissario Calabresi. Tutte le nostre fonti son concordi nel ritenere che siamo solo agli inizi: faccenda troppo seria per lasciarla alla polizia o, peggio, ai politicanti e ai magistrati. C'è di mezzo l'Unione Sovietica, il KGB, forse anche il Partito comunista. Gladio è in allarme rosso da almeno due anni e così, d'ora in poi, in casi del genere la palla passa al SID. Ma discretamente: non siamo mica l'OVRA! Anche se siamo abbastanza influenti da poter "avvertire" il questore di Firenze di non riprendere in mano il poco lusinghiero dossier sui tuoi trascorsi fiorentini, potrebbe esser tentato di romperti le scatole. Per questo ufficialmente sarai subordinato al capo della mobile, quel matto di Caccialapreda, tanto per salvare la faccia e alzare un po' di fumo per i giornalisti, ma te ne puoi sbattere ampiamente. È stato "avvertito" anche lui: avrai mano libera ed è tenuto ad aiutarti. In pratica a obbedirti. Non ti lasciare impressionare da come si presenta. È un eccentrico. Ma i capi lo lascian fare perché in fondo è in gamba e non guarda in faccia a nessuno. Alloggerai in un appartamento che ti abbiamo messo a disposizione. Farai capo solo al Rigamonti, il quale in questa operazione risponde alla fine solo al Rebula.»

«E tu?»

«Io sono il cane da guardia. Me ne starò nella cuccia, sotto copertura. Qualora scoppiasse un casino, tu fischia e io arrivo.»

Bombacci annuì. Aveva capito l'antifona: il suo peccato d'origine, che anni prima aveva causato il suo allontanamento da Firenze per affiancare il Rigamonti a Milano, serviva ora per coinvolgerlo in indagini al limite della legalità, sotto la nefasta protezione dei servizi segreti, come uomo spendibile. Nel caso tutto fosse andato a puttane, lui chi era? Un commissario violento, dalla carriera compromessa per un pestaggio che i giornalisti ci avrebbero messo un attimo a ingigantire. Poi chi sa, un giorno lo avrebbero anche trovato morto in un fosso di scolo della pianura padana.

Max parve indovinare qualcosa di questi poco allegri pensieri.

«Che ci vuoi fare? Cercane il lato positivo.»

«E quale sarebbe?»

«Vedere, fare e comprendere cose riservate a pochi.»

«Noi pochi, noi banda di fratelli?»

Max sboccò fumo voluttuosamente, l'aria sognante: «Più o meno.»

7

Ritorno a Firenze

L'elicottero atterrò al piccolo aeroporto di Peretola alle 05.30. Tempo sereno, freddo intenso. Max e Bombacci saltarono giù dal predellino che ancora le pale falciavano l'aria e il sibilo dei rotori si perdeva nel silenzio. Le luci perimetrali scintillavano sulla brina dei prati lungo la pista: l'alba era ancora lontana. Ad attenderli c'era un'auto senza contrassegni, a parte la solita antenna a ricciolo. I due salirono dietro. L'agente al volante partì senza dire una parola. Percorsero a velocità sostenuta le strade deserte di una città in gran parte ignara di quel che era successo e come una freccia, filando senza alcuna riverenza nei confronti dei semafori rossi, percorse via Baracca, piazza Puccini, via del Ponte alle Mosse fino a Porta a Prato, dove fu lasciato Max.

«Come faccio a contattarti?»

«Troverai istruzioni nel tuo alloggio. Quando mi chiami, io sono Max e tu Merlo.»

«Perché Merlo?»

«Un nome come un altro» ghignò Max sbattendo la portiera e dileguandosi.

Da lì in poi sembrava che la città stesse gradualmente realizzando quel che era successo. Cordoni improvvisati di poliziotti bloccavano l'ancora scarso traffico, che però andava rapidamente addensandosi a ridosso degli sbarramenti, mentre drappelli di curiosi filtravano dai varchi aperti per venir poi bloccati da transenne e sentinelle armate, poste più oltre.

Tutta l'area compresa tra piazzale Vittorio Veneto, Porta al Prato, via Montebello, via Palestro, lungarno Vespucci, incluso il consolato generale degli Stati Uniti, era cinta d'assedio dalle forze dell'ordine. L'auto su cui viaggiava un Bombacci silenzioso e amareggiato passò ben tre posti di blocco. Al quarto, all'imbocco di corso Italia, lo fecero scendere per proseguire a piedi.

«Non si preoccupi per la valigia, signor commissario» disse l'autista. «La recapito io al commissariato del Tiratoio. Il suo alloggio è in via Sant'Onofrio 8, secondo piano. Sa dov'è?»

Lo sapeva bene Bombacci dov'era. Era a due passi da piazza del Tiratoio, cioè dalla sede del commissariato di San Frediano, dove aveva lavorato i primi anni della sua carriera.

San Frediano era il quartiere più malfamato e violento della città, eppure il più autenticamente fiorentino. Ogni suo abitante, anche se non colluso col malaffare, era un duro di poche parole, o ex partigiano ammazzatedeschi o ex squadrista repubblichino, e niente mezze misure; un quartiere dove anche il parroco teneva in sagrestia una doppietta e dove ogni poliziotto era un bastardo figlio di puttana addestrato a non aver paura di nulla e a premere il grilletto prima d'intimare il chi va là... E non c'era mariuolo, scassinatore, imbroglione, che non avesse assaggiato le sue sberle e i suoi interrogatori; non c'era bisca clandestina o covo di ricettatori che non avesse conosciuto i suoi poco ortodossi metodi d'incursione, le sue retate, le sue trappole. Alla fine, grazie a lui e alla sua squadra, era diventato un quartiere sicuro: forse per questo l'avevano allontanato? Gli piaceva pensarlo, anche se la squallida verità per molti era un'altra.

Morso per un attimo dalla nostalgia, si staccò dal finestrino. Nell'aria urlava una sirena annunciante l'arrivo al galoppo di un'autobotte dei pompieri, seguita da una Volante, anch'essa a sirene spiegate. Le due voci creavano una cacofonia assordante. Guardando oltre i tetti, verso via Magenta, si accorse che il riverbero di un incendio illuminava il cielo ancora scuro. Le radio delle due pantere ferme di traverso a sbarrare la via crepitavano ordini; alcuni agenti armati di mitra, in posizione tattica dietro gli sportelli aperti, controllavano i pochi pedoni che entravano o uscivano. Poco distante, un paio di poliziotti stava cacciando nella gabbia di un cellulare alcuni tipi in manette, che protestavano bestemmiando la loro estraneità a tutto quanto. A ogni rimostranza ricevevano sonori spintoni nella schiena con i calci dei fucili. Bombacci osservava tutto con aria distaccata, cercando di mettere in moto il cervello.

«Ci sono due porte a pianerottolo» disse l'agente porgendogli le chiavi. «La sua è quella con la targa Mario Rossi.»

«E sai che fantasia.»

Ad accompagnarlo a piedi fino all'obiettivo avevano mandato addirittura un capitano dei carabinieri in gran montura: cappottone a doppio petto nero, cinturone, tre stelle, alamari argentei, brevetto da paracadutista, camicia bianca, cravatta nera, cappello a tesa rigida con bomba e fiaccola.

«Commissario Bombacci? Capitano Sollozzo.»

«In carne e ossa.»

«Mi segua.»

8

Indagini riservate

Il crollo del teatro, le cui macerie erano illuminate da un paio di potenti riflettori, aveva stravolto la solita prospettiva. Ciò che era rimasto in piedi di via Magenta, angolo corso Italia, aveva acquisito una maestà insolita grazie al vuoto che si era creato e anche l'ammasso di macerie non mancava di sulfurea bellezza. Sulla parte più bassa aleggiava ancora una nube di polveri che rifletteva in magici cromatismi la luce artificiale, mentre la parte più elevata risplendeva come un monte sorgente dalla caligine. Su tutto, una corona di fiamme divampava contro il cielo arrossato, bombardata da tre colonne d'acqua sparate da altrettante autopompe.

Del teatro Comunale era rimasta in piedi solo la zona del palcoscenico e la prima fila di palchi.

Sulla rovina, un paio di squadre di cinofili si stavano inerpicando con i cani, alla ricerca di sopravvissuti.

Gli venne incontro un uomo in borghese, insieme a due agenti. In anfibi militari, fasciato in uno sgargiante cappotto casentinese color arancio, stretto in vita da un cinturone militare, portava appesa al fianco una Colt Python 357 Magnum. In testa aveva un colbacco militare russo, con tanto di stemma dell'Armata rossa. In una mano guantata teneva un termos e nell'altra un bicchiere fumante.

Portandosi il bicchiere alle labbra, il nuovo arrivato lo salutò con un cenno del capo. In quel momento uno dei palchi crollò da un'altezza di sei metri, sfasciandosi sul tritume sottostante. Uno dei cani scappò, trascinandosi dietro il guinzaglio. Il cinofilo si mise a inseguirlo tenendosi il cappello, ma rovinò a terra. Il capitano Sollozzo accorse. Bombacci e il nuovo arrivato si scambiarono un'occhiata cinica.

«Il famoso Bombacci ex Oltrarno, *I suppose*! Il cambio finalmente. Caccialapreda, squadra mobile.»

Istante di sospensione.

«Ah, questo?» fece indicando il colbacco. «Non farci troppo caso, collega. È un cimelio di guerra: me l'ha portato il mio vecchio di ritorno dalla campagna di Russia dopo aver ucciso il suo proprietario nella battaglia di Nikolaevka.»

«Interessante… e qui che c'incastra? Mi pare che non siamo ancora a carnevale.»

«Una specie di scalpo. Lo porto a monito per i comunisti. Mi piace sfidarli.»

«Ah, ecco. E i superiori cosa ne pensano?»

«Amico, qui il superiore sono io e non cominciamo a rompere con moralismi da due soldi. I comunisti vanno fermati. E io li fermo. E prima di fermarli mi piace anche prenderli per il culo.» Finì di bere il tè.

In quel momento giunse un'auto civetta da cui scesero senza fretta quattro uomini armati di macchine fotografiche e valigette. Caccialapreda li indicò sollevando la tazzina, come per un brindisi.

«La Scientifica. Comunque qui pare che i comunisti non c'entrino. Staremo a vedere.»

Lanciando lo sguardo oltre le sue spalle, Bombacci vide in mezzo alla strada le carcasse dell'Alfa della polizia e di un mezzo furgonato.

Un tizio proveniente dal gruppetto della Scientifica si rivolse a Caccialapreda: «Agente scelto Esposito…».

«Scelto per cosa?»

«Nella fattispecie, signore, per accompagnare quelli della Scientifica.»

«E la divisa?»

«Mi hanno buttato giù dal letto, signore. Ho messo le prime cose che mi sono venute a tiro.»

«Avanti, parla… ma rivolgiti pure al collega qui, il commissario Bombacci. È lui il capo ora…»

Esposito si ricompose, cercando uno sguardo di comprensione nel nuovo arrivato. Niente da fare.

«Il capo mi manda a dire che cominceranno dalle carcasse dell'auto. E che siamo a disposizione.» Nuvolette di condensa gli uscivano dalla bocca mentre parlava.

«Bene, agente. Sono il commissario Bombacci. Dì al capo che non se ne vadano senza prima aver fatto rapporto a me.»

«Senz'altro.»

Esposito batté i tacchi e corse via. Caccialapreda fece una smorfia di disgusto: «Batte i tacchi in borghese... ma dove finiremo?»

«Parla quello vestito seriamente.»

«Io sono il capo.»

Poco discosto, sul lato sinistro di corso Italia, in una zona al riparo da crolli, c'era un cellulare della Penitenziaria con le luci interne accese.

«Delle vittime si sa altro?» chiese il Bombacci, anche per cambiar discorso.

«Difficile dire. I due della pantera sono certi. Il furgone aveva tre posti: dunque, al massimo cinque vittime in strada.» Si accese una sigaretta. «E forse uno in teatro.»

«Perché?»

«Pare ci fosse un dipendente rimasto a far gli straordinari. È molto probabile che sia rimasto là sotto.»

«Come si chiamava?»

«Non so. Ho comunque buttato giù dal letto il direttore, è appena arrivato. Si trova sul cellulare, al caldo. È sotto shock, non fa che tenersi le mani nei capelli. Il medico l'ha dovuto sedare. Sta aspettando di essere interrogato: da te, ovviamente.»

Gli si avvicinò, in modo che gli agenti non sentissero: «Senti, sono qui da cinque ore e mi sto congelando. La mobile è a disposizione, ma sei tu ora quello che deve sporcarsi le mani.»

Caccialapreda tirò dalla sigaretta e poi la gettò via con uno scatto di pollice e medio. Incassò la testa nel bavero e si ficcò le mani in tasca per il freddo.

«Ah, giusto: quelli del consolato USA han cominciato a piantar grane. Sostengono di essere loro il vero bersaglio e che, solo per fatalità, i banditi son saltati in aria prima di arrivarci. Bah, io non lo credo, comunque per tenerli buoni han deciso di mandare una squadra del Col Moschin a proteggerli: sta arrivando da Livorno. Un'ultima cosa...»

Con mano rattrappita dal freddo porse al collega un foglio abbruciacchiato. Era un frammento di ciclostile in cui si distingueva chiaramente un fascio e una svastica circondati dalla scritta GRUNEFAR – Gruppo Neofascista Fratellanza Ariana.

Gli dette un colpetto sulla spalla: «Leggiti questa merda. E buona fortuna: se risolverai il caso, il merito se lo prenderanno loro. Se farai qualche cappellata, sarai massacrato per i tuoi trascorsi... poco chiari, diciamo. Se poi rimedi una pallottola in testa, tanto meglio.»

«Viva la sincerità.»

«Beh, solo per dire che non ti invidio. Io tengo famiglia!»

«Coraggiosa, tua moglie.»

«In altri tempi, per questo ti avrei lanciato il guanto.»

«Se vuoi possiamo risolverla qui.»

«Sei un bel tipo. Proprio come mi avevan detto.»

Scrollò le spalle, si accese un'altra sigaretta e, raggiunti i suoi *sgherani*, si diresse a passo svelto verso l'auto che era venuta a prenderlo.

Bombacci rimase col foglio in mano, l'aria perplessa. Poi se lo mise in tasca e raggiunse il cellulare, scotendo la testa: il colbacco dell'Armata rossa no, non riusciva proprio a digerirlo.

9

Il direttore

Nel cellulare faceva caldo, finalmente. Il direttore sedeva sul panchetto dei detenuti accanto a una tazza di tè. Accanto a lui un maresciallo e un agente fumavano. I posacenere rigurgitavano di cicche e nell'angusto ambiente aleggiava una nube azzurrina.

«Si fuma in servizio ora?»

«Commissà, siamo qui da ore, senza bere né mangiare. Fuori fa un freddo cane…» si schernì il maresciallo.

«Intanto mi pareva che si dovesse scattare sull'attenti quando si parla con un superiore.»

I due si alzarono di malavoglia, lasciando cadere in terra le cicche. Poi si accorse che erano della Penitenziaria e la rabbia gli sbollì.

«Fuori, dai, così vi schiarite le idee. E ringraziate che non prendo i vostri nomi.»

Scese anche il Bombacci. A grandi passi raggiunse il capitano dei carabinieri che stava sorreggendo il cinofilo che si era storto una caviglia per inseguire il cane, finito chissà dove. La sua montura non era più così nera: sembrava un pesce infarinato per la cottura.

«Date il cambio a quei due, sono esauriti. Voglio uomini freschi.»

«Da quando in qua i carabinieri prendono ordini dalla polizia?»

Chiese l'altro tentando di spolverarsi i pantaloni.

«Da ora.» Bombacci si frugò nelle tasche del cappotto, prese la busta di Max, l'aprì e gli mostrò il distintivo del SID: una placca d'ottone con logo smaltato, molto efficace.

Il capitano s'irrigidì sull'attenti e salutò al cappello.

«Ahhh, questo mi piace di voi: "usi ad ubbidir tacendo". E ora cerchiamo di collaborare, che qui butta male. Dia il cambio a questi due! Io vado a interrogare il direttore. Vi voglio a rapporto tra mezz'ora per le novità.»

Il direttore era un uomo sulla sessantina, con una capigliatura arruffata, senza tuttavia aver l'aria di un bohémien: evidentemente non aveva fatto a tempo a pettinarsi, o forse a furia di passarsi le mani sulla testa aveva mandato la permanente a quel paese. Due rughe ai lati del naso racchiudevano le labbra sottili come tra due letti di fiume nei quali scorrevano lacrime. Aveva folte sopracciglia su occhi liquidi da vecchio e la barba non fatta spuntava biancastra dal volto esangue, regalandogli dieci anni d'anzianità in più. Stringeva in mano un fazzoletto fradicio. Aveva l'aspetto, e forse lo era davvero, di un uomo distrutto.

«Si faccia coraggio. Ormai il peggio è passato, occorre reagire.»

«Reagire? Ma si rende conto di cosa è successo?»

Bombacci gli offrì con riluttanza il suo fazzoletto pulito.

«Se fosse successo domani sera era peggio. No?»

Battuta infelice.

«No. Se fosse successo domani sera, io sarei morto con gli altri e ora non sarei qui a morire dentro. Ma lei queste cose non può capirle.»

«Senta, facciamo così. Facciamo che stiamo giocando, eh. Anzi, che siamo a teatro a recitare. Io faccio il poliziotto idiota che deve scoprire qualcosa e lei il direttore affranto che deve rispondere ad alcune domande. Insomma, fingiamo di recitare: sembra un paradosso, eh? Vedrà che… insomma, lei è stato attore?»

Il direttore sventolò una mano e tirò su col naso, poi se lo soffiò sonoramente: «Da giovane, qualcosina. Ma così, per diletto».

«Ecco, vede? Lo sa che ce lo consigliano sui manuali di addestramento moderni? Vengono dall'America, tecniche sperimentate… Fingere di recitare aiuta. Gliel'assicuro.»

Il direttore accennò un sorriso, si drizzò sulla schiena e asciugò per l'ultima volta le lacrime.

«Allora, lei si chiama?»

«Nicola Alzascene.»

«E da quanto tempo è il direttore del teatro?»

«Quindici anni.»

«Bene, quando ha saputo della cosa?»

«Mi han chiamato dalla centrale di polizia che sarà stata l'una di notte, forse prima. Stavo già dormendo. Volevo prendere la mia auto, ma han preferito venirmi a prendere, per via dei posti di blocco che stavano organizzando.»

«Ascolti, c'era qualcuno a lavorare ier sera a quell'ora?»

«È probabile. Duccio, Duccio Puppafava era senz'altro rimasto con la sua squadra oltre l'orario consueto.»

Il direttore s'infilò il fazzoletto in tasca – "perso, pensò il commissario" –, tirò su col naso e si asciugò gli occhi col palmo. Quindi trasse un gran sospiro: era pronto.

«Vada avanti.»

«Il regista, Franstreher, non era soddisfatto di una scenografia. Voleva più sacchi di sabbia di quelli che gli avevano portato. Un errore dell'addetto alle forniture, non so. Ma che importanza ha? Eh? Ora tutto è in fumo… tutto!»

Bombacci, paziente, gli si sedette accanto incrociando le braccia. Seguirono lunghi attimi di silenzio. Da fuori giungeva il rombo sommesso dell'incendio o forse degli idranti, di quell'acqua gelida che s'innalzava nel cielo per ricadere nebulizzata sulle lingue di fuoco. Giungevano anche voci di poliziotti e gracchiare di autoradio. Qualche sirena. Un gridare lontano. Poi il tuono di un crollo: forse un altro palco.

«Certo che se è ancora là sotto, povero Duccio…»

«Non è detto. Lo stanno cercando, a volte si ritrovano sopravvissuti dopo giorni. Mi diceva della scena, dei sacchi di sabbia.»

Bombacci cavò da una tasca interna taccuino e lapis.

«Sì, mi hanno comunicato che Duccio si sarebbe interessato personalmente della cosa. Conosce una ditta, un suo amico, che avrebbe provveduto: ha una piccola impresa edile, sabbia a volontà. Ma il suo amico non era rintracciabile nel pomeriggio. Insomma è riuscito a trovarlo verso sera…»

«Verso sera…?»

«Non so quando. So solo che poi è riuscito a mettersi d'accordo.»

«L'esplosione è avvenuta tra mezzanotte e mezzanotte e mezzo. Non pensa che avrebbero dovuto già finire da un pezzo il lavoro? Se così fosse, non ci sarebbe nessun altro sotto le macerie.»

«Veda, commissario: questo muratore amico di Duccio aveva sì la sabbia, ma occorreva confezionare i sacchi. E i sacchi il Duccio era dovuto andare personalmente a comprarli alla cooperativa di Legnaia. Poi li aveva fatti recapitare al magazzino del muratore, quindi non so. Non è che quello fosse subito a disposizione. Io so che la partita di sacchi sarebbe stata pronta non prima delle undici di sera.»

«Come fa a saperlo?»

«Perché alle 22 e 30, infastidito più che preoccupato – il segretario del regista seguitava a importunarmi – ho chiamato il teatro e Duccio era ancora lì.»

Bombacci faceva pochi rapidi segni sulla carta. C'era anche un punto interrogativo a fianco di Impr. Ed. (cioè *impresario edile*).

«E cosa vi siete detti?»

«Eh, nulla commissario. Mi ha rassicurato. Duccio era un buon diavolo, si dava un gran daffare. Era un tecnico di scena vecchio stampo.»

Bombacci scrisse "vecchio stampo" e, accanto, una "C" cerchiata: che nel suo codice significava: controllare/approfondire.

«L'ha rassicurata…?»

«Sì, mi ha detto che il suo amico stava arrivando con la sabbia.»

Picchiarono alla porta blindata.

«Avanti!»

Si affacciò la testa di un carabiniere.

«È lei il commissario Bombacci? La Scientifica per ora ha finito, se vuole parlarci.»

«Due minuti e arrivo.»

«L'aspettano in auto, quella grigia. Per via del freddo, sa.»

Il commissario lo congedò con un gesto d'assenso. Poi, rivolto al direttore: «Era solo il Duccio a quell'ora?»

«Sì. Fino a poco prima c'erano altri due operai, ma mormoravano e volevano tornare a casa. Così li aveva da poco congedati.»

«È rimasto solo dunque?»

«Sì. Non avrebbe avuto ragione di dirmi una cosa per un'altra.»

«Era molta la sabbia?»

«Non so di preciso. Diversi sacchi, qualche quintale, forse. Sì, ma aspetti… gli ho fatto anch'io la domanda che ha in mente. Mi ha risposto di non preoccuparmi, che il suo amico, ecco… mi ha detto: Mario. Ecco, sì, questo il nome dell'impresario: Mario, poi non so. Duccio mi ha detto: "Mario mi dà una mano, viene con due suoi compagni".»

Bombacci scrisse: "Mario+2 compagni". Cerchiò la parola "compagni".

«Ha detto proprio "compagni"?»

«Sì. Direi proprio di sì, ma… perché? Che importanza ha?»

Bombacci, le mani in grembo, sospirò; gli occhi fissi contro la parete metallica dell'altro lato del furgone.

«Nessuna oppure molta, dipende. Per ora segno solo le stranezze.»

«Perché?»

«Perché le segno?»

«No. Perché le pare una stranezza?»

Bombacci frullò una mano, in segno di poca curanza: «No…, beh, insomma: uno si aspetta che dica "con due operai", "due dipendenti", "due miei uomini", "due amici". Ma "compagni"… boh. Mica siamo a scuola».

Finalmente riuscì a strappare un sorriso al direttore: «Voi poliziotti avete *l'esprit mal tourné*, se mi consente. Vedete comunisti dappertutto.»

Pensando a quel matto di Caccialapreda, come dargli torto?

«Oh, beh, scusi sa. Ma se avesse detto "con due camerati" non sarebbe stato lecito pensare a un fascista?»

«Ma sta scherzando? Le pare la stessa cosa? Compagno è anche una parola d'uso comune, andiamo.»

«Beh, non direi. Nel modo in cui questo Duccio ha usato quella parola mi fa pensare a un impegno politico convinto e permanente: come se gli fosse d'uso comune in un partito, un gruppo, roba così…»

«E con ciò? Se Mario fosse comunista? Galera?»

«Ma che dice! Padronissimo. Ma... Duccio lo era?»

«Sì, credo proprio di sì. Ma, se è per questo, lo sono anch'io.»

"Meno male" pensò il commissario "che non l'ha interrogato Caccialapreda".

10

La Scientifica

Quelli della Scientifica forse si erano anche stufati di aspettare. Corradini, il capo, secco e alto, sedeva dietro la Giulia con le ginocchia in bocca e una cartellina in grembo.

Il motore acceso serviva a riscaldare l'abitacolo, che per evitare appannamenti aveva i finestrini abbassati di un centimetro. Gli altri quattro occupanti erano Scattapiano, il fotografo; Lambiccomèni, il chimico; Rombolaro, il sergente artificiere e, alla guida, l'agente scelto Esposito. Ovviamente tutti fumavano e l'aria lì dentro era deliziosamente irrespirabile, tanto che da fuori l'auto pareva andare a fuoco, per via del fumo di sigaretta che filtrava dagli spiragli dei vetri.

«Che sta facendo là dentro? Neanche fosse una bella donna» disse Corradini tentando invano di stiracchiare le gambe da fenicottero.

Rombolaro: «Chi è?»

Lambiccomèni soffiò via con violenza un'ultima boccata, prima di espellere la cicca dal finestrino.

«Uno nuovo. Non so.»

«Non è nuovo. È un…riciclato» sghignazzò Scattapiano. «È stato commissario capo a san Frediano, per qualche anno. Poi l'hanno trasferito a Milano.»

«Perché?»

«Boh…»

«Cattiva condotta?» suggerì Corradini.

«Non si può mai sapere davvero cosa frulla in testa ai nostri capi.»

«Cazzate si fan tutti.»

«C'è anche tanta invidia…»

«Fa un freddo cane» disse Rombolaro per cambiar discorso.

«L'Arno è gelato. Mai vista 'na cosa simile.»

«Mi si è gelato l'otturatore della macchina, prima.»

«Cavolo! E come hai fatto?»

«Beh, poi in qualche modo ho fatto.»

«Bel casino…» disse Rombolaro, così, tanto per dir qualcosa.

«La polizia dovrà ammodernarsi per affrontare i prossimi anni, o non se ne cava le gambe.»

«Ho sentito delle cose.»

«Tipo?»

«È allo studio una forza speciale d'intervento.»

«Ma non ci sono già quelle teste bacate del SID?»

«Si parla di un reparto in seno ai carabinieri.»

«Gli inglesi dopo i fatti di Monaco si son dati già da fare.»

«Cioè?»

«Non vogliono farsi trovare imbranati come i tedeschi» continuò Rombolaro. «Han creato dai SAS una apposita squadra antiterrorismo. Il CRW *Counter Revolut…*»

Bombacci picchiò sul vetro, dalla parte del Lambiccomèni, che abbassò prontamente il finestrino. Una folata di aria fredda riempì l'abitacolo, quasi a purificarne l'aria pestifera. Il commissario apparve in tutta la sua bruttura: i lineamenti, stirati dalla tensione e dal gelo, apparivano ancor più taglienti del solito. A tutti fu subito chiaro che sì, era stato trasferito per cattiva, anzi pessima condotta.

«Commissario Bombacci, con incarico speciale del SID.» Mostrò il distintivo fiammante. «C'è qualcuno in questa camera a gas disposto a rispondere a un paio di domande?»

«Io, comandi» rispose prontamente il Corradini, che avrebbe dato dieci anni pur di uscire e poter di nuovo distendere le gambe.

Bombacci accennò col capo al cellulare.

«Voi andate pure» disse il Corradini. «Torno per conto mio. Ci vediamo in centrale.»

Intanto un'alba livida aveva iniziato a rischiarare il cielo, anche se i fumi, i vapori, le polveri sottili che ancora aleggiavano nell'aria creavano una cortina di foschia maleodorante di catrame, gas, plastiche bruciate e gasolio dei grossi diesel in azione. Si spensero i riflettori. In un angolo erano già all'opera una ruspa e una gru a braccio, che spostavano detriti, travi, blocchi di pietra, intere file di poltrone per lasciarle cadere con fracasso nel cassone di un autoarticolato.

I rilievi avevan convinto il Corradini che l'ordigno era esploso a bordo del furgone e quindi in strada: il pianale di carico infatti era stato letteralmente disintegrato. Mentre se l'esplosione fosse avvenuta all'interno dell'edificio, il veicolo sarebbe rimasto semplicemente schiacciato dalle macerie. Anche l'auto della polizia, trovata ribaltata sotto un cumulo di pietrame, era stata con ogni evidenza sbalzata in aria dall'esplosione prima di essere schiacciata dalla pressione meccanica dei detriti.

Corradini disse che secondo l'artificiere Rombolaro si era trattato di una bomba fatta in casa, con ingredienti di facile reperibilità. Ma non gli chiedesse da cosa lo avesse capito: Rombolaro era uno specialista, semmai che parlasse con lui. Pensa che abbiano usato un esplosivo chiamato Ammonal.

«Ne ho sentito parlare.»

«Fu usato per la prima volta dagli inglesi nella Grande Guerra, durante la battaglia della Somme. Nella battaglia di Messines fece oltre diecimila vittime tra i soldati germanici – disse proprio così, non "tedeschi", "crucchi" o "mangiasego": Corradini era molto compìto – in un evento solo.»

«Ho capito, ma poi? Inneschi? Detonatori?»

«Il sergente Rombolaro dice che questi gruppi si servono di consulenti, al servizio ora di questo ora di quello, che sanno anche dove procurarsi questa roba, al mercato nero ovviamente. L'Ammonal è stato usato da quelli dell'IRA per esempio, in quantitativi simili. Potreste cercare d'indagare lì, per sapere se...»

«E l'esplosione accidentale?»

Corradini fece una smorfia, piegando in giù le labbra e poi tirando giù un sorso di tè che i due avevan trovato bell'e pronto in un termos messo lì da qualche angelo custode.

«Rombolaro dice che può succedere. Le mine erano gravide...»

«Gravide?»

«È un termine tecnico. Significa, mi par di aver capito, che è gravida la mina in cui è stato innestato il *booster* col detonatore. Cioè pronta a esplodere.»

«Pensavo che questi composti non fossero sensibili agli urti.»

«Infatti, si tratta di un composto sicuro», Corradini si accese la decima sigaretta, «ma i detonatori elettrici sì.»

«Agli urti?»

«No. Alla corrente elettrica, anche statica. Rombolaro pensa che...»

Col sergente Rombolaro avrebbe parlato poi.

Congedato il Corradini, il commissario rimase ancora sul posto, nonostante il freddo che gli gelava le ossa e i polmoni.

Osservò meditabondo quel che rimaneva della pantera della polizia. All'interno non erano stati rinvenuti corpi. E neppure all'interno del furgone. I rottami furono adagiati con fin troppa cautela da un braccio meccanico nel cassone di un altro camion, uno sopra l'altro, come due corpi costretti a forza a un improbabile amplesso.

Il quadro, almeno nelle sue dinamiche elementari, gli era già abbastanza chiaro. Eran tempi pericolosi: attentati ovunque, in Italia e in Europa e, su segnalazione del SID, la questura di Firenze aveva stabilito che il Comunale di Firenze, a causa dell'evento dell'indomani, fosse protetto da un servizio di sorveglianza straordinario. Insospettiti dal furgone, la pantera doveva essersi attivata per un'ispezione e la bomba aveva fatto *bang* troppo presto, forse per colpa di un detonatore affetto da eiaculazione precoce.

Il furgone di questo Mario non era dunque un innocuo mezzo di trasporto, non andava solo a portare i sacchi di sabbia per la scenografia del *Guglielmo Tell*, e il Mario stesso era con ogni probabilità un birbante. Intanto occorreva indagare su costui. La targa si era salvata. Un gioco da ragazzi. Bloccò un appuntato per ordinargli di attivare la centrale al riguardo. Poi si accese un toscano prima di trar di tasca il frammento di volantino: GRUNEFAR. Scosse la testa: Gruppo Neofascista Fratellanza Ariana. "Geniale!" Pensò. Però Mario aveva detto: "vengo con due compagni". Una delle due cose probabilmente era un goffo tentativo di depistaggio. O comunisti che volevan dare la colpa ai fascisti, o viceversa.

Fu distolto dai suoi pensieri da un fastidioso schiamazzo alle sue spalle.

<h1 style="text-align:center">11</h1>

<h2 style="text-align:center">Freelance</h2>

Lo schiamazzo proveniva da un drappello di cinque o sei giornalisti che in qualche modo erano riusciti a forzare la barriera di Vittorio Veneto. Con microfoni ad asta, macchine fotografiche e cineprese portatili, cercavano ora di resistere al manipolo che il capitano Sollozzo aveva mandato a ricacciarli indietro. Bombacci si voltò seccatissimo: se c'era una cosa che detestava era dover parlare con i giornalisti.

Una tizia in eskimo riuscì a filtrare. La vide venirgli incontro quasi correndo, guardandosi intorno come per assicurarsi che nessuno l'avesse notata ma anche per chiedersi che fine avesse fatto il suo fotografo. Portava a tracolla un pesante registratore che l'ostacolava nei movimenti. Da una berretta di maglia di lana calcata fino a coprirle le orecchie spuntava una coda bionda tenuta stretta da un elastico: per il restante, non aveva avuto molto tempo di farsi bella. Spavalda, occhi brillanti, lo raggiunse puntandogli contro un microfono.

«Lei è un poliziotto?»

«Per sua sfortuna.»

«Guardi che sto già registrando.»

Aveva un lieve accento francese.

«Che paura!»

La donna si voltò verso i suoi colleghi che, bloccati dai poliziotti, gesticolavano nella sua direzione. Uno aveva sulle spalle un'enorme telecamera, e tentava di riprendere qualcosa da lontano. Un celerino gli piombò addosso col manganello, fracassandogli l'apparecchiatura: fine delle trasmissioni. La bionda era stata fortunata. Bombacci con un sorrisetto sornione si accese una sigaretta.

«Di che giornale è?»

La donna abbassò il microfono, in segno di resa.

«*La Fionda di David*.»

«Cos'è, il giornalino della sinagoga?»

«Più o meno.»

«E... com'è riuscita a passare?»

La bionda sorrise e distolse lo sguardo:

«Ho detto che ero la moglie del commissario Bombacci.»

«Oh, bella. E chi sarebbe costui?»

«Boh, me lo dica lei.»

«Chi le ha fatto questo nome?»

«Un poliziotto a cui ho chiesto chi era il capo.»

«La moglie di un commissario con quell'attrezzatura?»

Bombacci cominciava a divertirsi.

«No, ovviamente. Questa l'aveva sul furgone il mio fotografo con gli altri che han forzato il blocco di Vittorio Veneto.»

«Bella giocata.» Emise fumo di lato, fumò ancora, la guardò con aria ironica per qualche istante, come indeciso se rimandarla indietro a calci o prendersi un po' gioco di lei.

«Beh, visto che è mia moglie, spenga quel coso e venga con me.»

«È lei il...»

«Per sua immensa sfortuna, sì. In persona.»

La donna lanciò un'altra occhiata ai colleghi che, indignati e bestemmianti, stavano per esser caricati a forza sul cellulare.

«E poi?»

«E poi potrà buggerare ancora i suoi amici scrivendo per prima qualcosa. Sempre che il suo giornale abbia altri lettori oltre lei e il suo fidanzato circonciso.»

«Non ho fidanzati. E se è per questo potrei girare la notizia a una testata più importante.»

«Ebrea fino in fondo eh?»

«Ce l'ha con gli ebrei?»

«No. Faccio solo per irritarla.»

«Perché allora non mi ha cacciata subito?»

«Potevo cacciare mia moglie?»

«Lei è sposato?»

«Le sembro il tipo?»

«Ma, insomma...»

«Insomma mi dica chi è davvero lei.»

«Una freelance.»

«*Free* cosa?»

«Giusto, dimenticavo che sto parlando con un rottame dell'era fascista. Il suo Duce avrebbe tradotto con "libero professionista". In pratica vendo al miglior offerente, o a chi mi garba, il mio servizio. Quando ci riesco, ovvio.»

«Dunque la… ehm… *Fionda di David*…»

«Non esiste.»

Bombacci sbuffò un sorriso.

«Ma ormai son qui.»

«Già.»

«Allora, mi racconti quel che può dirmi. Bomba? Rivendicazioni? Non mi dica sciocchezze però, tipo che è stata una fuga di gas o le pesto l'alluce.»

«Oh, beh. L'alluce. Capirai.»

La donna si coprì la bocca con le mani e scoppiò a ridere. Un ridere isterico, irrefrenabile. Delle lacrime le sgorgarono dagli occhi per gelarsi quasi all'istante sull'eskimo.

«Bene, vedo che la cosa la diverte.»

Bombacci finì la sigaretta e la gettò a terra. Ficcate le mani nei tasconi del cappotto rimase a osservarla fintamente indignato, poi si voltò di scatto per allontanarsi, ma la bionda si riprese: «No, la prego. È un riso isterico. Sono troppo tesa».

Qualche altro singulto. Ora ansimava. Il microfono ciondoloni dondolava a un millimetro da terra. Lo raccolse.

«Mio Dio quanto m'ha fatto ridere.»

«Le si sono gelate le lacrime sul giubbotto.» Bombacci estrasse un coltello a scatto. «Tranquilla.»

Con delicatezza le staccò i minuscoli ambrati ghiaccioli. La donna lo lasciò fare, paralizzata a occhi sgranati, senza respiro: non sapeva neppure lei se per paura o stupore.

I loro occhi s'incrociarono.

«Posso scriverlo questo?»

«Neanche per sogno.» Fece per andarsene, rimettendo via il coltello.

«Ma che razza di uomo è lei? Lo sa che potrei denunciarla?»

«Lo faccia.»

«Se non vuole che ne scriva, mi deve concedere l'intervista.»

Armeggiò istericamente col registratore e gli piazzò di nuovo il microfono sotto il naso.

«Lo spenga o non le dirò una parola.»

Lo spense. Non ne poteva più. L'eskimo non la proteggeva abbastanza, stava entrando in ipotermia.

«Va bene, almeno mi dica cosa ne pensa.» Tremava vistosamente, anche nella voce.

"Ora ti servo io" pensò il Bombacci.

«Una fonte anonima ci ha comunicato che il vero obiettivo era il consolato americano.»

«E come mai è esplosa qui?»

«Forse un detonatore difettoso.»

«E nessuna rivendicazione?»

«Beh, non ufficiale. La fonte anonima però ha parlato di un gruppo comunista combattente non meglio…»

Il capitano Sollozzo li raggiunse correndo. Pallido per il gran freddo e l'insonnia, le mani nei guanti d'ordinanza. Al posto del cappottone da SS aveva rimediato una giacca a vento imbottita; i pantaloni della divisa erano ormai ridotti a uno straccio e in testa, gettato alle ortiche il cappellone a visiera, s'era messo un berretto blu da muratore. Non si risparmiava, il Sollozzo. Era anche riuscito a recuperare il cane fuggiasco, che ora stava pisciando su un cumulo di calcinacci, tutto contento. Fulminò con gli occhi la giornalista.

«Lascia stare, Sollozzo. È con me.»

«Avevamo detto niente giornalisti.»

«Questa è mia moglie.»

«Stai scherzando?»

«Un genio di poliziotto le ha creduto. Mi sa che son tutti esauriti.»

«Forse era un carabiniere» si *auto-prese* in giro il capitano.

«Forse. Ma non preoccuparti: ti proporrò ugualmente per un encomio.»

«Per aver recuperato quel dannato cane? Troppo gentile.»

«No, perché ti stai dando da fare.»

«Lascia stare. Ascolta piuttosto: hanno trovato un uomo.»

Duccio!

«Vivo?»

«Per ora. Messo male però.»

Furono interrotti dall'urlo della sirena di un'ambulanza in arrivo.

«Fallo ricoverare e piantonare. Chiamami appena ne sai qualcosa: devo assolutamente parlarci il prima possibile.»

Bombacci guardò la giornalista che, le mani lungo i fianchi, i lineamenti sciupati dalla tensione e dal freddo, senza trucco, la stanchezza che le velava il volto, gli fece quasi pena: doveva essere sui trent'anni e non aveva l'aria di passarsela molto bene. E le aveva appena propinato una polpetta avvelenata…

«Beh… coraggio. Se vuole scrivere qualcosa di serio mi stia vicina.»

Proprio mentre l'ambulanza entrava nella zona protetta, la donna chiuse gli occhi e le si piegarono le ginocchia. Bombacci fece appena in tempo ad afferrarla. Sollozzo fece per levarsi la giacca vento.

«Bono, bono, non serve. Ci vuole subito un ambiente caldo e bevande calde.»

Si guardò intorno. Il cellulare era partito con i giornalisti e l'ambulanza non aveva due posti.

«Senti Sollozzo, per ora qui ho finito. Prendi il comando. E mi raccomando, nessun giornalista ancora. Ora procurami un'auto, dei vostri però: non voglio dar pubblicità ai miei: questa scema la porto via io.»

Il capitano sbraitò un paio di ordini e trenta secondi dopo una Giulia grigioverde si fermò accanto a loro. Bombacci aiutò la ragazza a entrare dietro e le si sedette accanto.

Il conducente si voltò: «Comandi, commissario».

«Riscaldamento al massimo. E portami in via Sant'Onofrio, 8. Sono in missione speciale del SID: per cui tu non mi hai mai visto.»

«Certo commissario.»

Partirono a sirene spiegate.

«E via la sirena.»

La donna tremava dal freddo e batteva i denti. Pronunciava frasi sconnesse e cercava di strapparsi via i vestiti. La liberò dal registratore e la coprì col suo cappotto.

"Speriamo almeno che in casa abbiano avuto la compiacenza di accendermi il riscaldamento."

Il carabiniere alla guida, uso a *ubbidir tacendo*, non fece domande e non aprì più bocca.

12

Francia

Di fronte al portone di casa, Françoise Le Maitre de la Garonne, detta "Francia", si era ripresa abbastanza da rivelare il suo lunghissimo nome e reggersi in piedi da sola.

Bombacci armeggiò col mazzo di chiavi e aprì. L'ingresso era piccolo e le scale di graniglia salivano strette fino al secondo piano, senza ascensore.

Francia salì le scale reggendosi al braccio di Bombacci e attese, appoggiata con le spalle alla porta accanto, che finisse di ravanare per trovare la chiave giusta della porta di casa. Era stanca, aveva ancora freddo e, pallida come un cencio, teneva la testa china, come un fiore bagnato. Si era tolta il cappello e lo teneva penzoloni con una mano, il braccio abbandonato lungo il corpo.

La targhetta con scritto Mario Rossi sembrava fresca d'incisione: «Mario Rossi! Ma tu guarda che fave».

La serratura era doppia e le mandate non finivano mai. Scattavano una dopo l'altra come colpi di pistola.

Finalmente la porta s'aprì. Puzzo di chiuso e di muffa. Schiacciò un interruttore e una lampadina appesa a un filo, ornata di un pizzo di vetro verdolino anni Quaranta, diffuse un pallido chiarore su un salottino di mattonelle rosse e bianche, con un tappeto di moquette, su cui poggiavano divano di velluto verde, due poltroncine, un tavolino di vetro. L'unica finestra dava sulla via. Due porte in legno dipinto di bianco, una a destra e una a sinistra, non lasciavano presagire nulla di meglio per il resto della casa. Però almeno faceva caldo. Sorresse Francia fino al divano e si disfece del registratore posandolo su di una poltrona.

«Aspetta qui che cerco delle coperte.»

La porta sulla destra si apriva su un breve corridoio dal quale si accedeva a due stanze. Entrò in quella più vicina, una camera da letto arredata con mobili anni Cinquanta. Al muro erano appesi quadri da trattoria e un globo di vetro pendeva dal soffitto, trappola mortale per il plotone di mosche che vi s'intravedevano. Nel mezzo, un letto a due piazze. In un armadio trovò una coperta e tornò dalla donna.

«La sto mettendo in un bel guaio, vero commissario? Che dirà sua moglie?»

«Non sono sposato» disse lanciandogliela addosso. «E questa non è casa mia. Dove cazzo sarà la cucina.»

Era dietro la porta a sinistra. Un locale semplice e freddo: quattro fornelli, un forno, una cappa, un tavolo, quattro sedie, un vecchio frigorifero ronzante e una finestra che dava sul cortile interno. Oddio… cortile. Un cavedio di tre per tre decorato per tutta l'altezza da cavi e mollette cui erano appesi gli stracci congelati di mezzo condominio, alcuni in posizioni grottesche: camicie orizzontali, mutandoni verticali, calzini dritti come pugnali. Un odore di caffè saliva dai piani più bassi e qualche luce filtrava dalle altre finestre che, come la sua, si aprivano su quella specie di pozzo. Era ormai l'alba, si preannunciava una giornata nuvolosa. Forse il gelo avrebbe allentato la morsa e, chi sa, quei panni avrebbero potuto anche sperare di asciugarsi, prima o poi. Per quel che gliene fregava.

Chiuse la finestra, e mise a scaldare dell'acqua. Frugando dietro gli sportelli di un pensile laccato trovò del tè e dello zucchero. C'erano anche biscotti Oro Saiwa, miele Ambrosoli, e, nel frigo, perfino una bottiglia di latte e altre provviste, tra cui una birra Peroni. L'agguantò, la versò in un bicchiere e la scolò d'un fiato. Era una di quelle basi chiamate "case sicure": *italian style*, certo, ma avrebbe potuto anche funzionare, se non l'avesse già sputtanata rivelandone l'esistenza a una giornalista.

"Ma perché sono così idiota?" pensò. E il grillo parlante gli rispose: "Perché ti garbano le donne".

Quando tornò nel salottino reggendo un vassoio con tazza, teiera, zucchero, Francia si drizzò sulla schiena.

«Bevi.»

Nettare degli dèi! Sentì quasi subito il sangue affluirle al viso e la vita nelle membra. Le si scaldarono mani e piedi e si sentì all'improvviso euforica e consolata.

«Grazie» disse poggiando la tazza sul piattino. Aveva mani magre ed eleganti, con unghie tagliate corte e non dipinte.

«Se non è casa sua di chi è?»

«Di un mio amico. Io sono di stanza a Milano e starò qui per poco.»

«Quanto?»

Bombacci sembrò arrendersi al suo sorriso: «È già iniziata l'intervista?»

Sul tavolino vide una busta. L'aprì.

«Se vuole.»

«Per quanto vorranno i miei superiori.»

Dentro c'era una chiave di auto e un biglietto con un numero di targa e la scritta, in stampatello: "IN PIAZZA DEL CARMINE". S'infilò il biglietto in tasca insieme alla chiave.

«Perché l'hanno mandata a Firenze?»

«Perché conosco la città.»

«Non ci sono commissari a Firenze?»

«Io sono spendibile.»

«Che significa?»

Bombacci si sedette accanto a lei, passandosi una mano tra i capelli. In quel tepore sentì di colpo la stanchezza di una lunga notte passata al freddo, in brutti ricordi e ancor peggiori pensieri. Chiuse gli occhi e reclinò il capo sulla spalliera.

«Lasci perdere.»

«La prego.»

«Significa che se le cose dovessero andare a finir male o se nel corso delle indagini dovessi pestare i piedi a qualche pezzo da novanta, posso essere tranquillamente eliminato.»

Francia scattò come una molla: «Cosa? Lei scherza. Ucciso?».

Il commissario sventolò una mano: «Ma no. Per quanto, coi tempi che corrono…».

«Come ha fatto a guadagnarsi il titolo di… *spendibile*?»

Bombacci aprì gli occhi e la guardò: «Ma di cosa s'impiccia? Perché non mi chiede della bomba?».

«Mi scusi. È che della bomba mi ha già detto tutto quello che sapeva, cioè poco davvero.»

«Oh, meno male l'ha capito. Quella è la porta, ora che si è ripresa può anche andarsene.»

Squillò il telefono.

«Sollozzo.»

«Chi ti ha dato il numero?»

«Caccialapreda, prima che tu arrivassi. L'uomo ritrovato sotto le macerie si chiama Duccio Qualcosa, è ricoverato al CTO di Careggi, piantonato da due miei uomini.»

«Quando potrà parlare?»

«Boh. Deve essere operato d'urgenza.»

«Appena finita l'operazione chiamami. Se non ci fossi, lascia un messaggio in Questura, da quel fenomeno di Caccialapreda: ti richiamo io.»

«D'accordo. E… la giornalista?»

"Perché cazzo mi chiede della giornalista?"

«Si è ripresa ed è voluta tornare sul posto.»

«Tanto ancora non fanno passare.»

«Cavoli suoi.»

Riattaccata la cornetta si voltò verso la donna con un sorriso malandrino: «Meglio non dare adito a chiacchiericci».

«Ma… mi ha davvero appena buttata fuori?»

«No, le ho solo indicato la via per la porta. Ma se vuol rimanere, per me va bene. E se vuol riposare, di là c'è un letto: può stendersi. Oppure…»

Lanciò un'occhiata fuori.

«Oppure…»

«Oppure… che ore abbiam fatto, sono le 8:00… possiamo andare al bar qui all'angolo a farci una buona colazione.»

«Buona idea.»

Bombacci si alzò per primo. Francia gli sorrise tendendogli una mano. Il commissario aggrottò le sopracciglia, poi sorrise anche lui e l'aiutò ad alzarsi. Uscirono al gelo del mattino, i fiati bianchi a ogni respiro.

«Mi dica ancora di lei.»

«Vuole fare un pezzo su di me o cosa?»

In strada faceva meno freddo di prima, o forse sembrava. Francia infilò un braccio sotto quello del commissario, mentre si avviavano verso il bar d'angolo.

«Vorrei fare un pezzo da cui emerga la sua figura, dal momento che del restante non sappiamo nulla e che ormai, se qualche notizia è trapelata, i miei colleghi mi hanno preceduto.»

«Beh, solo lei sa che il bersaglio era il consolato americano.»

«Non ci credo. Stasera doveva esserci il Presidente a teatro. Credo più probabile che si sia trattato di un incidente durante la posa della mina.»

«Se vuole la prendo come assistente.»

Rise.

13

Verso Careggi

Il resto della giornata passò in un lampo. Quando Sollozzo lo avvertì che Duccio stava per uscire dalla sala operatoria, Bombacci raggiunse il parcheggio del Carmine, davanti all'omonima basilica, famosa per la cappella Brancacci affrescata da Masaccio, in cui in uno degli episodi si contempla san Pietro, avanzante con solennità, che risana i malati e i paralitici che si levano al suo passaggio. Pietro non li degna neppure di uno sguardo: ha gli occhi levati, dritti davanti, privi di pietismo, ma carichi di quella forza che sentiva uscire da se stesso a ogni tocco di mantello, come il suo Maestro, e che si rigenera senza interruzione in virtù della divina investitura a vicario di Cristo... questo, da ragazzo, gli avevano insegnato i preti a scuola, e c'era stato anche un tempo in cui quello sguardo di Pietro l'aveva affascinato. Ma ormai il suo cuore si era volto ad altro e da altro era occupata la sua mente: un guazzabuglio di ragionamenti, di idee, di fili da ricomporre, di ipotesi e tormenti che ben poco avevano a che fare con la pace dell'anima. Il suo disincanto s'accentuò oltremodo quando s'accorse che l'auto messagli a disposizione era una Seicento color pelo di topo.

Imprecando a denti stretti "scese" in macchina, secondo la famosa frase di Valletta: «d'ora in poi non si dirà più "salgo in macchina", ma "scendo in macchina"!». E con questo aveva detto tutto. Un'utilitaria snobbata dai ricchi perché "da ragionieri", troppo costosa per i poveri, e fuori produzione da un paio d'anni. Di questo Bombacci se ne fregava. Se però ci fosse stato bisogno di usarla in un inseguimento, sarebbe stata dura! Sistemò la Beretta col colpo in canna sotto la coscia destra, pronta all'uso; mise in moto e partì. Doveva aggirare l'intasamento della "zona bomba". Decise di passare l'Arno sul ponte Vespucci, per prendere poi via di Melegnano e Borgognissanti. Una volta sui viali, dopo il Prato, decise di innestare sul tetto la piccola sirena magnetica trovata sul sedile del passeggero, che però aveva un suono discontinuo e quasi da gatto in amore. Ogni tanto s'incantava. Le persone si giravano incuriosite, per poi mettersi a sghignazzare quando compariva la piccola auto avanzante per i viali, a volte con il braccio del guidatore armato di paletta per farsi largo nel traffico.

Anche se forse nei bar e nei crocicchi non si parlava d'altro che della bomba, per il resto Firenze sembrava aver ripreso a vivere come se nulla fosse: in fondo l'attentato era fallito, eran morti solo due o tre balordi e due poliziotti. Specialmente di questi ultimi a nessuno pareva importare troppo. Eran tempi di protesta, in cui giornalisti e intellettuali fomentavano malumori e rivolte giovanili elevando a norma del *savoir vivre* il sostenere con sussiego che i poliziotti avessero sempre più torti dei banditi, tanto che Pasolini – che pure non faceva mistero d'esser comunista – era intervenuto, nel 1968, in una lettera aperta ai giovani per mettere almeno su un punto le cose in chiaro: i giovani che manifestano con spranghe e randelli contro i poliziotti sono ricchi figli di papà, mentre i poliziotti sono i veri proletari da difendere, anzi a cui "portare fiori".

"Va beh, lascino stare", pensò sconsolato il commissario.

Strappò via la sirena dal tetto, per applicarsi con insolenza al piccolo clacson di plastica al fine di superare ora un barroccio, ora un tranvai, ora – contromano – una sfilza di macchine, ora per passare col rosso impegnando gli aventi il verde a epiche frenate e minuscoli tamponamenti e lasciando allegramente che le persone lo mandassero a quel paese, anzi restituendo gli epiteti e le corna senza tanti complimenti. Dopo una manovra particolarmente spericolata, un vigile urbano ebbe l'ardire di fermarlo parandoglisi davanti con paletta alzata e trillante fischietto.

Per non investirlo, Bombacci fu costretto a inchiodare.

«Documenti prego.»

Invece dei documenti, Bombacci afferrò la Beretta e gliela spianò contro attraverso il finestrino aperto: «La tua pistola, prego».

Il vigile eseguì prontamente. Bombacci la scaricò: era uguale alla sua, altri sette colpi gli avrebbero fatto comodo, e gliela rese.

«Prendi pure la targa ragazzo. L'auto non è mia.»

La Seicento ripartì col ruggito di un topo. Nello specchietto retrovisore il commissario vide il vigile rigirarsi la pistola scarica fra le mani, guardando ora il traffico che gli strombazzava intorno perché si levasse di mezzo, ora la piccola auto che si allontanava verso Careggi. Poi vide che scriveva la targa sul taccuino.

«Scrivi scrivi, fava.»

Pestò sull'acceleratore per la rabbia, strombonando col clacson a un'auto che pascolava nel centro del viale e finalmente, dopo un paio di centinaia di metri, oltrepassato largo Brambilla, s'infilò nel parcheggio del CTO. Non fece in tempo a scendere che vide il capitano Sollozzo venirgli incontro quasi di corsa, agitando le mani davanti a sé e scotendo il capo. Era ancora vestito per metà da reduce della battaglia di Pastrengo e per metà da camallo di Genova. A tracolla una pistola mitragliatrice Beretta PM 12 S2 calibro 9mm x 19 NATO, che gli pendeva a canna in giù dietro la schiena.

Bombacci abbassò il finestrino.

«Allora?»

«Arrivi tardi. È morto cinque minuti fa.»

Il commissario imprecò sottovoce, battendo le mani sul sottile volante di bachelite.

Sollozzo si appoggiò al finestrino. La temperatura si era alzata parecchio e il cielo era coperto di nuvole grigie. La moderna struttura del Centro Traumatologico Ortopedico in vetro e cemento immersa in quell'aria crepuscolare appariva ancor più triste del solito.

«Bell'auto. Siete ridotti a questo punto in polizia?»

«Lasciamo perdere. Ha detto qualcosa?»

«Farneticava.»

«Chi c'era con lui quando ha tirato il calzino?»

«Io e il sergente Ricotta.»

«Fino all'ultimo respiro?»

«Sì, povero diavolo.»

«Nessuna frase comprensibile? Nessuna parola?»

Sollozzo trasse di tasca un taccuino e lesse.

«Sì. Ha detto "che cazzata i sacchi di sabbia" ed "era meglio evitare quelli elettrici". E poi "se non stai attento qui scoppia tutto". Poi "spengi il gas". Poi "levati dai coglioni che mi fai ombra". Questa era riservata al Ricotta, che gli stava troppo accosto. Quindi, "Mario… Mario… che hai fatto? Ora non c'è più un'altra…". Poi "Marco, il cane non te l'aveva detto che le oche fanno qua qua?". Poi "Mamma, mammina mia dove sei?". Quindi, prima di spirare, Ricotta crede di aver compreso quanto segue: "Il cane, terrà alta la fiaccola del…"»

«E tu no?»

«Per me ha gorgogliato qualcosa d'incomprensibile, ma ero un po' più discosto.»

«La fiaccola di che, Sollozzo?»

«Mmm, vai a sapere. Forse del milite ignoto? Dubito. Ma poteva anche essere una preposizione articolata femminile, tipo… *della* libertà? *Della* democrazia? *Della* rivoluzione?»

«Mah, sembra piuttosto una profezia di Nostradamus. Bah. Notizie del furgone?»

«Sì, è stato rubato ier l'altro a Prato, il proprietario aveva fatto denuncia.»

«Ci avrei scommesso.»

«Allora, se avessi bisogno di me, sai dove trovarmi.»

«Grazie Sollozzo. Addio.»

«Buona fortuna.»

«Ne avrò bisogno.»

La Seicento partì, grattando la prima.

14

Il Tiratoio

Era sotto la doccia quando suonò il telefono. Uscì di corsa nell'ordine: bestemmiando, infilandosi l'accappatoio e allagando il corridoio.

«Che t'è saltato in mente di dire alla stampa che l'obiettivo era il consolato americano!»

Era Rigamonti, da Milano. Solito tono abbaiante. Solite domande a punto esclamativo.

«Depistaggio.»

«Ma... Le reazioni! Gli americani sono imbufaliti col nostro primo ministro.»

«Che si fotta.»

«Ma...»

«Niente ma. Qui comando io ora. E si fa come dico io.»

«No, carissimo. Sei sotto la mia giurisdizione.»

«Sono un agente del SID. Le indagini e le strategie le decido io.»

«Al tuo ritorno facciamo i conti.»

«Sarà meglio che ci pensi bene. So troppe cose ormai. Se non vuoi una bella indagine della magistratura, stai buono e calmo. Che d'avanzo mi girano.»

«Ah, ti girano eh! E sentiamo, perché mai!»

«Cosa credete tu e i tuoi burattinai, che io sia un uomo spendibile? Bene, lo sono. Ma valgo troppo per essere inquadrato nei tuoi schemi del menga. Tu sai che vi servo. Per cui, o mandi un sicario a farmi fuori, o stai muto e accetti il mio modo di operare. Per cui da ora in poi sono io il capo. Io ti chiederò e tu risponderai. Io ordinerò e tu eseguirai. Voglio un elicottero? E tu me lo mandi. Voglio un'auto veloce invece di quella Seicento di merda che mi avete dato? E tu me la fai avere. Voglio un passaporto falso? Idem. Chiaro?»

Clic.

Per una volta fu lui a riattaccargli sul muso.

Rigamonti chiamò di nuovo immediatamente dopo, ma il Bombacci non rispose. Si sciacquò di dosso il sapone, si vestì in fretta e uscì in strada. Erano già le quattro del pomeriggio.

Il commissariato d'Oltrarno era soprannominato "il Tiratoio" per via della piazza in cui si trovava il lugubre edificio, che non avrebbe sfigurato in un film tipo *M – il mostro di Düssledorf* di Fritz Lang. C'erano in tutte le stanze che davano sulla piazza quelle poetiche finestrone a mezza luna, con base a pavimento e apice al soffitto, con intelaiatura in legno a raggiera, stile OVRA fascista. Sul muro dell'ingresso c'era ancora l'orma lasciata dal bassorilievo in bronzo del Duce rimosso dopo la guerra. Quando Bombacci entrò, lo riconobbero in pochi, cioè tutti quelli che non eran stati trasferiti nell'epico ripulisti seguito alle polemiche legate al caso Ferilli, che l'avevan visto così drammaticamente coinvolto: l'appuntato Bencivegni, l'agente capo Rizieri, il sergente Occhipinti e alcuni agenti che all'epoca erano novizi. Non c'era comunque tempo di festeggiare, e neppure la voglia. I rimasti, infatti, eran quelli che al disciplinare avevan testimoniato contro di lui: ora si limitarono a un sorriso imbarazzato – a uno cadde addirittura il toscanello di bocca, a un altro un fascio di carte – o ad abbassar lo sguardo e filar via lungo il muro.

Il commissariato era in fermento: agenti entravano e uscivano, macchine da scrivere battevano, telefoni squillavano, ordini uscivano secchi. E c'era anche qualcuno che si metteva sull'attenti al telefono, segno che all'altro capo c'era un cazziatone in corso. Era senz'altro una giornata speciale: sui commissariati rimasti fuori dalle indagini si riversava un superlavoro da fare spavento. Al Tiratoio per esempio era stato affidato il compito di gestire i posti di blocco, l'antisciacallaggio, i rapporti con la stampa e con le autorità locali. L'impressione comunque era che regnasse il caos, e forse era vero. Bombacci avanzò a grandi passi fino all'anticamera di quella che era stata la sua vecchia stanza e si fece annunciare. Gli dissero di aspettare.

Bombacci aprì la porta con un calcio: «Non posso aspettare. Chiaro?»

Il commissario Sgusciamaroni era nuovo, e non si conoscevano. Era seduto alla scrivania, immerso nella lettura di un ordine del questore. Fumava la pipa, del cui aroma era saturo l'ambiente. Da una delle famose finestre a mezzaluna filtrava la grigia luce del giorno ormai declinante: un'improvvisa oasi di pace.

Il commissario non si scompose. Seguitando a pompare fumo dalla pipa si limitò a squadrare l'intruso al di sopra delle lenti da lettura. Bombacci aveva in mano il distintivo d'ottone e smalto.

«Sai leggere, collega?»

L'altro si alzò in piedi, con dipinto sul volto più stupore che disappunto. Bombacci gli lanciò il distintivo sul tavolo: «Guarda bene».

L'altro non raccolse.

«Chi diavolo sei? Batman?»

«Una specie.»

A dispetto dell'atteggiamento da duro, Sgusciamaroni era un uomo piccolo e grassottello, con una coroncina di capelli dalla quale emergeva come un'isola la zucca pelata. Portava occhiali dalla montatura di plastica nera, alla Fidel, e una giacca di tweed molto inglese.

«Sono il commissario Giorgio Bombacci, ex commissario capo di questo buco di fogna. Accreditato presso il SID, da cui attualmente dipendo, il che significa direttamente dal generale Rebula.»

«Complimenti. E... in cosa posso esserti utile?»

Bombacci, gelato dalla freddezza del collega, si guardò intorno un po' impacciato.

«Ecco, ehm, mi serve un ufficio autonomo, con telefono e linea riservata, radio ricetrasmittente su frequenza sicura, telescrivente, registratore e tavolino con macchina da scrivere, un attendente a disposizione e, a richiesta, un'auto seria di servizio.»

«Senti un po', ma che modi son questi, io...»

«Hai sentito il botto di stanotte?»

«Sei qui per questo?» chiese con flemma il piccoletto rimettendosi a sedere «Credevo che le indagini le avessero affidate al Caccialapreda.»

«Ufficialmente, per i giornali e la TV. Ma l'uomo ombra sono io, e non chiedermi perché. Potevo sistemarmi da lui, presso la mobile. Ma preferisco qui, anche perché il mio alloggio è a un tiro di schioppo.»

«E... posso sapere il perché di questi sistemi così poco ortodossi?»

Parlando, Sgusciamaroni gli offrì una sigaretta: un gesto conciliante che contrastava con le schermaglie verbali, le quali evidentemente non erano poi così autentiche. Era come se l'uno comprendesse l'altro, alla fin fine.

«Ti sembra il momento di stare a cincischiare con le buone maniere?»

Bombacci si accese la sigaretta: «La città è in fiamme, il mondo scricchiola e tu mi fai dire dal piantone di aspettare? Ci sono buone maniere anche in questo, o no?»

«Non sapevo che…»

«Va beh, lasciamo perdere.»

«Ma tu sei il Bombacci che…»

«Di buona fama? Esatto.»

«Il predecessore del Barbolani?»

«A proposito, che fine ha fatto? Pensavo di trovar lui qui, a dire il vero.»

«È stato trasferito anche lui. Dicono per colpa tua.»

«O bella, e perché?»

Bombacci si sedette, guardandosi attorno, come per controllare i cambiamenti nell'arredo: poca roba.

«Per via dell'affare De Pretis. Hai lasciato uno strascico che…»

«Anche sul De Pretis? Ma dai. Per via di quella testimonianza?»

«Esatto, estorta con la violenza, a quanto dicono. E vedendoti in azione non mi stupisce. Il Barbolani l'aveva fatta sua e avallata, rischiando un putiferio. Il questore allora gli ha "consigliato" di spostarsi. Ora è a Roma. Sei stato un bel casinista tu, a quanto pare.»

«Ah, che bello esser ricordato con tanta stima.»

«Io non te ne voglio. So che hai fatto un gran bel lavoro qui, ma i tempi son cambiati. Il Fascismo e l'OVRA sono acqua passata se non l'avevi inteso.»

Bombacci rise, con un gesto della mano a tagliar l'aria come per tacitare ogni polemica:

«Pensala come vuoi. E ora bando alle ciance. Hai una stanza libera?»

«Ho quella del vice, che non c'è più: trasferito a Palermo.»

«Chi? Mangiaverza?»

Sgusciamaroni annuì, mentre le gote si comprimevano ed espandevano come un mantice per poi espellere una voluta di fumo azzurro e profumato, che prese a fluttuare sul piano del tavolo.

«Anche lui! Eppure aveva testimoniato contro di me alla commissione Ferilli. Che ha combinato?»

«Droga, mio caro. Si è fatto beccare a nasconderne un po' per rifilarla di sottobanco a un informatore. Come compenso, capirai. Solo che l'informatore ha informato me e lui è saltato: o sotto inchiesta o trasferito. Laggiù avrà modo di redimersi.»

«Non lo facevo così audace. Peccato. Era un buon diavolo alla fine.»

«Audace? Fesso, direi. La droga è una brutta bestia. Va saputa domare. Non tutti sono preparati a combatterla come si deve.»

«Eh, già.» Bombacci schiacciò la cicca sul posacenere, sputando fumo dalle narici, e Sgusciamaroni premette un bottone sulla plancia del telefono sollevando contemporaneamente la pesante cornetta: un apparecchio che stava lì dal 1942.

Parlò senza cavarsi la pipa di bocca: «Lo Cascio, mandami il Fanfulla. Subito».

Un attimo dopo l'uscio si aprì e comparve Ercole, cioè il sergente Fanfulla. Che di nome faceva Leoluca, ma che in pelle di leone con clava poteva benissimo fare la star di un colossal di Cinecittà.

«Comandi, commissario.»

«Leoluca, questo è il commissario Bombacci. Portalo nell'ex ufficio del vicecommissario. Controlla che funzioni tutto: luce, telefono eccetera, e poi occupati di fargli montare una telescrivente.»

«Dovrebbe funzionare già tutto.»

Bombacci si volse a entrambi.

«Darò il numero del centralino di qui ai miei contatti. Se mi chiamano, trascrivete e riferite. Ora devo fare un paio di telefonate urgenti.»

Il Fanfulla lo squadrò dall'alto in basso con sospetto. Aveva un testone gigantesco, su spalle poderose e mani grandi come ventilabri.

«Il commissario Bombacci si occuperà delle indagini della bomba. Qui, tutto dev'essere a sua disposizione. Fai pure quel che ti dice, Fanfulla. Tranquillo. È uno dei buoni.»

La stanza del vicecommissario Mangiaverza era piccola, ma ben attrezzata. E proprio come la ricordava: la sedia girevole in alluminio, la scrivania Buffetti dal piano di linoleum verde, il calamaio con orologio e biro pretenziose, il lume da tavolo ministeriale, la libreria, il divanetto, la bandiera nell'angolo, il tavolino con macchina da scrivere per dettare rapporti e verbali. L'unica cosa cambiata dai suoi tempi era la foto del Presidente: prima Saragat, ora Leone.

«Vorrei anche un registratore, una macchina fotografica e un agente capace di far funzionare quel coso» disse indicando la telescrivente.

«Subito.»

«No, non subito. Quando ve lo chiederò. Puoi andare.»

Ercole batté sui tacchi e uscì, chinando leggermente il capo per non batterlo contro lo stipite.

Bombacci schiacciò il bottone delle linee riservate e chiamò Caccialapreda per avvertirlo della nuova base operativa.

«Ok, come vuoi. Sei tu il capo, no? Ma dov'eri finito? A casa non rispondevi. Han trovato altri volantini e i resti di una sacca che evidentemente li conteneva, se può interessarti. Tutti uguali. Abbiamo il testo completo, te lo faccio recapitare da un corriere.»

«Ascolta, piuttosto. Pare abbiano usato un esplosivo a base di nitrato d'ammonio, un fertilizzante. Dovresti far setacciare tutti i rivenditori di zona, chissà che a qualcuno non venga in mente di un compratore sospetto, o mai visto prima. Cose così.»

«Non dovrebbe esserci che la cooperativa di Legnaia e il Calosi sementi delle Due Strade, ma allargherei il cerchio almeno a tutta la Toscana. E ascoltami piuttosto. Mi ha cercato il PM: ci ha convocati per domattina alle 12.30. Tu ufficialmente sei il mio assistente, vero?»

«Sì. Sono sotto copertura anche per i magistrati. Dove?»

«Come dove? In tribunale, in piazza dei Giudici.»

«So dov'è il tribunale.»

«Ah, certo. Cerca del giudice Gravitomene.»

«Gravitomene?»

«Esatto, Lunario Gravitomene.»

«Ma, dici sul serio?»

«Certo, non mi permetterei mai. Che colpa ne ho se a questo gli han dato un nome del genere?»

«E… la moglie lo chiama Lunario?»

Caccialapreda fece una risata aspra, crudele.

«No, che cavolo. Si fa chiamare Paolo. Ma se vuoi farlo imbestiare, tu presentati chiamandolo dottor Lunario. E vedrai che roba.»

«Ma tu sei tutto matto, amico.»

Riattaccò sul suono di una nuova prolungata risata.

La stanchezza cominciava a farsi sentire. Si lasciò cadere pesantemente sulla sedia girevole, crollò col capo sulle braccia incrociate e chiuse gli occhi per un breve sonno.

Trillò il telefono. Realizzò al secondo squillo, tirò su il capo al terzo e rispose al quarto.

«Salve commissario, sono Francia.»

«Chi le ha dato questo numero?»

«Mi aveva detto lei che aveva intenzione di far base al Tiratoio.»

«Ma è una linea riservata!»

«Non per la moglie del commissario Bombacci…» risatina.

Bombacci si sentì invadere da una corrente di gioia. Cercò di respingerla, perché ne conosceva i sintomi: guai in vista. Doveva riagganciare alla svelta.

«Coraggio allora, mi dica.»

«Ha letto il mio pezzo?»

«No.»

«Me l'ha comprato *Paese Sera*, edizione serale. Se si sbriga lo trova in edicola.»

«Ah, sì, mi han detto: è lei che ha pubblicato la bufala del consolato?»

«Ovvio. Non è quello che voleva?»

«Non per telefono, la prego.»

«Non è una linea riservata questa?»

«Bene. Avanti.»

«Vorrei farle altre domande. Ma… "non per telefono"» altra risatina d'imbarazzo.

Bombacci pensò che la cosa migliore, per non perdere tempo, era di invitarla a cena, così avrebbe unito l'utile al dilettevole. Che non sapeva più quale fosse delle due cose il "dilettevole", se cioè mangiare – visto che in ventiquattr'ore aveva messo sotto i denti solo una brioche stopposa e un cappuccino – o incontrarsi di nuovo con lei.

«Conosce il Troia?»

«Lei vuole sempre scherzare. Dal Troia non possiamo parlare liberamente. Che ne dice piuttosto della Buca dei Tintori, in corso Tintori. Conosce?»

Non conosceva, era fuori zona. Bombacci non era un viveur. Quando arrivò si sentì mancare: la taverna era scura, in penombra. C'erano solo dieci tavoli neri, con tovaglie rosse e candele accese. I bagliori delle fiammelle si riflettevano sui cristalli dei bicchieri. Lei lo aspettava a un tavolo riservato accanto a una nicchia, in un posto troppo intimo, e i suoi occhi scintillavano. Teneva le mani giunte e su di esse poggiava il mento. Le labbra, stirate in un leggero sorriso, tradivano intenzioni segrete. Nel locale non c'era nessun altro e lei era come trasfigurata: indossava un maglione beige dolcevita con una spilla di strass dai riflessi policromi; i capelli, raccolti a crocchia, splendevano come fili d'oro. Un leggero trucco rendeva le sopracciglia più sensuali e le unghie smaltate accarezzavano con involontaria malizia il gambo di un calice di cristallo.

Sembrava felice di vederlo.

15

Il Tappabuchi

Alle cinque del mattino il commissario Bombacci si svegliò di soprassalto al sesto squillo del telefono. Accanto a lui, Francia lo imitò pochi secondi dopo, cercandolo istintivamente con la mano. Ma lui era già sgusciato fuori dal letto, nudo e peloso com'era. Scivolò, cadde disteso. Francia rise, tappandosi la bocca. Lui imprecò ma, tirando da terra il cordone della cornetta, riuscì ad afferrare la linea.

«Il commissario Bombacci?»

«In carne e ossa…» ansimò «…rotte.»

«Come scusi?»

«Lasci perdere. Spero solo per lei che si tratti di roba importante. Chi parla?»

«Sergente Rombolaro.»

«Aspetti un attimo.»

Si sedette sulla seggiola accanto all'apparecchio. Francia intanto s'era infilata il maglione a collo alto, che le lasciava scoperte le snelle gambe. Scalza, lo raggiunse con un plaid che gli gettò sulle spalle baciandolo a tradimento sulla bocca. Poi si diresse in cucina a preparare qualcosa.

«Pronto? Che succede?»

«Nulla, perché?»

«Mi scusi, ma è urgente. Sono il sergente artificiere della Scientifica. Ricorda? Devo parlarle.»

«Dove e quando.»

«Al Tappabuchi?»

«Esiste ancora?»

«Che io sappia sì.»

Bombacci rimase perplesso. Gli artificieri in genere… che c'entrano coi poliziotti d'indagine? Bah.

«Mi dia mezz'ora.»

Molti pensavano che il bar del Tappabuchi si chiamasse così per via del programma televisivo omonimo condotto da Corrado e Vianello nel 1967. Invece era una coincidenza, visto che aveva aperto nel 1962, unico bar del quartiere fornito di televisione. E quella televisione non era mai servita, se non accidentalmente, per vedere la trasmissione. Semmai il contrario. Veniva infatti lasciata spesso accesa a tutto volume, mentre nella saletta al piano di sopra i capi e capetti della mala spicciola di San Frediano studiavano colpi, si scannavano per la divisione del bottino o erano impegnati in una bisca clandestina. Il ruolo del palo spettava sempre al titolare, Gino Infarinato, un vecchio arnese dell'anonima scassinatori. Se la TV taceva all'improvviso, era il segnale convenuto del fuggi-fuggi generale. Nella stanza satura di fumo, illuminata solo da una lampadina pendente dal soffitto, c'era una botola segreta camuffata nel muro dietro un comò: apertura a molla e scivolo sottostante che portava direttamente nella carbonaia. Da lì darsi alla fuga traversando i cortili fatiscenti dei vecchi palazzi tra via dell'Orto e via del Leone, e magari raggiungere il territorio franco del bordello della Samanta in via del Campuccio era un gioco da ragazzi. Quando andavano d'amore e d'accordo i gentiluomini si lanciavano a turno, come un plotone di parà, mentre il designato richiudeva la botola, risistemava il comò e scompariva nella latrina attigua, le braghe calate, simulando il più grosso e impellente dei bisogni corporali. Ovviamente era necessario addestramento e sangue freddo. Che saltava quando era in corso una rissa, che allora continuava accanita per il primo lancio. Questo un giorno aveva causato un fatale ritardo: Bombacci, pistola in pugno, aveva fatto irruzione beccando gli ultimi due che si spintonavano davanti allo scivolo. "Trucco scoperto, covo bruciato", si diceva in gergo. Semplice aforisma della mala valido per tutti i tempi e tutti i… covi. Ora il bar vivacchiava tra tombole e scoponi e, almeno ufficialmente, Gino Infarinato aveva messo la testa a posto accettando, in cambio di non esser più tormentato dalla giustizia, di farne il ritrovo segreto di poliziotti *border line* si direbbe oggi, cioè di quella fronda di agenti, ufficiali e sottufficiali, in odore di "golpe" e "fascisti" – come avrebbero scritto i giornalisti se solo fossero riusciti a intingere il becco in questo segreto – e invece semplicemente orgogliosi di vestire la divisa e di difendere l'ordine alla faccia degli intellettuali alla Pasolini.

Il bar si trovava all'angolo con via del Leone, una strada stretta tra antichi palazzi. Era ancora chiuso, ma dal bandone sollevato a metà filtrava la luce.

Non lo trovò cambiato. La stessa porta a vetri oscurata da una tendina, il bancone lustro bordato d'acciaio, gli sgabelli alti, i tavolini di legno traballanti, gli specchi illuminati da neon dietro le mensole degli alcolici, le lampade giallastre a parete e, dietro una rientranza, le scale che portavano al piano superiore. Ma, soprattutto, non era cambiato Gino Infarinato, che in quel momento stava armeggiando per riordinare le tazzine da caffè: stessi baffoni a manubrio, stessi avambracci tatuati, stessa bazza a spatola e naso adunco, stessi occhi ravvicinati e pungenti, stessi capelli bianchi stopposi, solo un po' più lunghi. Le guance invece presentavano la novità, secondo la moda, di due folti basettoni. Quando lo vide, lasciò cadere la tazzina nell'acquaio. Chiuse il rubinetto dell'acqua, si asciugò le mani sul grembiale, passò davanti al bancone e gli corse incontro per stingergli la mano in una specie di morsa. L'unico avventore, che fino a quel momento, seduto al banco, aveva dato le spalle al nuovo arrivato, ruotò sul cuscino girevole: il sergente Rombolaro.

«Che mi venga un colpo. Il Bombacci! Il terrore di San Frediano, l'incubo della mala d'Oltrarno! Eravate voi dunque che costui attendeva!» disse l'oste indicando teatralmente il Rombolaro.

«Sono venuto a trovare vecchi amici» rispose Bombacci, gelido; non c'era motivo di tanta ruffiana cordialità.

Come a leggergli nel pensiero, il ribaldo si affrettò a giustificarsi: «Ah, qui tutto è cambiato, sapete. Non si vede un bandito neppure a cercarlo col lanternino: il locale è stato derattizzato!».

«Non si vedono, ma si sentono: un gran botto ier notte no?»

Infarinato scrollò il testone: «Oh commissario, o che vu credehe voi, che si sappia qualcosa noaltri? Quella l'è gente diversa. Quelli li evitano i posti come il mio come la peste. Quelli son gentaccia, e professionisti!».

«Tanto professionisti» intervenne Rombolaro «che si sono fatti scoppiare la bomba sotto il culo con ventiquattr'ore d'anticipo!»

Bombacci si sedette accanto a Rombolaro, mentre Infarinato chiudeva il bandone.

«Volete un caffè? Offre la ditta. Poi andate di sopra, la stanza l'è tutta vostra. Io non so e non voglio sape' nulla. Inteso?»

16

L'artificiere

Appena entrati nella stanza di sopra, Rombolaro chiuse la porta a chiave; poi, senza dire una parola si mise a ispezionare con professionalità tavolo, mobile, finestre, latrina, lume. Bombacci l'osservava perplesso e si mise seduto al tavolo. Quand'ebbe finito, gli si sedette di fronte. Bombacci, che s'era già acceso la sua, gli offrì una sigaretta. Si presero lunghi istanti per assaporare il benefico fumo che dilatava i bronchi, mentre la nicotina e il resto si mischiava in bocca all'aroma del caffè appena offerto dall'oste.

«Come mai tante precauzioni?»

«È per gli informatori della commissione d'inchiesta.»

«Cooosa?»

«C'è una commissione per stanare i poliziotti con idee nostalgiche, diciamo.»

«Cioè?»

Il sergente tirò dalla cicca, gli occhi socchiusi: «In polizia sono entrati i sindacati, che vorrebbero una riforma in senso garantista: meno autonomie, meno armi, più controlli. Insomma, legarci le mani.»

Soffiò fumo dalle narici come un drago a riposo. Non tradiva né rabbia, né agitazione, né timore. Era una roccia, anche d'aspetto: basso, tarchiato, con mani a tenaglia ma dai movimenti precisi e fermi.

Riprese: «Alcuni di quelli della vecchia guardia vogliono reagire. Stanno cercando di organizzare una sorta di... contro-sindacato che ostacoli l'infiltrazione di funzionari e agenti dalle idee bacate. Recentemente, un gruppo di questi "cospiratori" ha preso a riunirsi in questa sala. Pare che qui si parli un po' troppo, si vagheggi di un passato che non tornerà mai più, si faccia insomma un po' di fronda nostalgica, nulla di che, ma di questi tempi, almeno qui a Firenze, potrebbe essere più che sufficiente perché la commissione di cui sopra espella e trasferisca. Se non peggio». Rombolaro tirò dalla sigaretta, ne scosse la cenere, emise fumo di nuovo dal naso.

«Bah! Così è» disse poi frugandosi nella tasca interna del giubbotto di pelle. «Ora guardi questo.»

Fece scivolare attraverso il piano del tavolo uno dei farneticanti volantini del GRUNEFAR, che rivendicava l'attentato appellandosi alla necessità di scuotere le coscienze sulla purezza della razza, messa in pericolo dalle sinistre terzomondiste e negroidi di cui il Presidente e i suoi lacchè erano i viscidi servitori ecc. ecc.

«Mi faccio frate se questa merda è autentica» chiosò il sergente quando l'altro ebbe finito di leggere.

«Io non ci ho creduto nemmeno un istante.»

«So che oggi v'incontrerete col PM.»

Che gliene fregava a un tecnico della Scientifica di quel che faceva un operativo? Decise di stare in campana.

«Sì, quello dal nome strambo… Gravitazionale o roba simile.»

«Gravitomene, Lunario Gravitomene. Che minchia di nome, eh?»

«Già.»

«Beh, è lui che presiede all'organo che controlla i lavori della suddetta commissione. È anche iscritto al sindacato dei magistrati che inciucia con il PCI, e quindi con i nostri nemici sovietici. Sappiamo da fonti sicure…»

«Sappiamo?»

«Sì, noi del SID.»

«Eccoci!»

«Certo, commissario. Altrimenti che verrei a fare qui, mi spiego? Dunque. Sappiamo da fonti certe…»

«Certe?»

«Infiltrati nel sindacato magistrati.»

«Magistrati anch'essi?»

«Ovviamente.»

«Cazzo.»

«È un momento di grave transizione per il Paese nostro. Veda commissario…» l'accento siciliano lo faceva assomigliare più a un mafioso che a un poliziotto.

Bombacci, al pensiero di poter esser caduto nell'ennesima trappola, si toccò di sfuggita le palle: un gesto apotropaico, diciamo.

«Le dicevo che sappiamo da fonti certe…» s'interruppe per succhiare avidamente dalla cicca, come se da quella dipendesse la sua salvezza eterna. Poi la schiacciò sul posacenere. Bombacci gli lanciò il pacchetto.

«...sappiamo, dicevo, che Gravitomene sosterrà la pista neonazista contro ogni evidenza contraria.»

«Ma...»

«Veda, io nulla da ridire avrei, nulla, se questa pista fosse vera. Il fatto è che non lo è, mentre il giudice ha ricevuto ordine di spingere perché lo diventi.»

Un Bombacci ingenuo: «Me ne sfuggono i motivi».

«Intanto perché la stampa già sa della rivendicazione e tornare indietro, quando si rivelerà fasulla, sarebbe un problema: i complottisti strillerebbero che il regime vuol coprire i fascisti. Scioperi, disordini, manifestazioni. Poi perché giova alla causa.»

«Siamo a questo punto?»

«Vogliono accreditare la tesi che i rossi colpiscono solo obiettivi selezionati: poliziotti cattivi, carabinieri fascisti, questo o quel ministro corrotto. Mentre i neri sparano nel mucchio: banche, treni, teatri uccidendo soprattutto innocenti. Vera o falsa che sia, questa tesi instilla nell'opinione pubblica l'idea che comunque i rossi siano preferibili ai neri. E la cosa fa comodo un po' a tutti, anche a chi ci governa. Sa qual è lo spauracchio dello Stato attualmente?»

«No, qual è?»

«Un rigurgito di fascismo, commissario. Hanno il terrore di un golpe di destra, tipo Grecia. Ingigantire la minaccia fascista agevola le simpatie per una sinistra che, erede di Togliatti, sogna di arrivare al potere con lo strumento elettorale.»

«Come la mettiamo col terrorismo rosso?»

«Sembra strano, ma fa il gioco della sinistra parlamentare. Il KGB finanzia e arma i gruppi della sinistra extraparlamentare per destabilizzare il sistema, in questo coadiuvato dalla fronda montante della contestazione che ce l'ha a morte con i tutori dell'ordine. Chiaro fin qui? Bene. Ora sgombriamoci la mente dalle obsolete categorie destra e sinistra. I terroristi non sono né rossi né neri. Sono soldati. Chiaro? Soldati, cioè mercenari al soldo di un padrone. Allora la domanda è: perché il KGB colora di rosso i suoi terroristi? Non sarebbe meglio, per la causa, colorarli di nero? Cioè farli passare per fascisti? Eh ehhe ehhe, mio caro. No! Attenzione: se chi uccide selettivamente poliziotti, carabinieri, magistrati e ministri anticomunisti, si definisse fascista, come potrebbe poi la sinistra accusare di fascismo le forze dell'ordine e il regime, come fa ora per il tramite di pennivendoli, intellettuali e cantautori? Perché mai Belzebù dovrebbe avercela con Belzebù? Cadrebbe in contraddizione! D'altra parte è conveniente per i destabilizzatori scegliere questo stile "mirato" di crimine, per non esacerbare gli animi del corpo elettorale. L'uomo della strada cosa dice? "Ah, beh, io sono al sicuro. Loro la bomba sul treno non la mettono." Per cui è preferibile che il terrorismo selettivo si definisca comunista. Quanto poi alla sinistra parlamentare, si proporrà come salvatrice del Paese: da un lato rinnovando le cose, spazzando via la vecchia classe dirigente corrotta e indebolita dalla destabilizzazione, e dall'altro prendendo le distanze dai "compagni che sbagliano". Una volta preso il potere per via elettorale, a un semplice cenno del KGB, le Brigate rosse, Lotta continua, Potere operaio e compagnia cantante sparirebbero nel nulla. Questo il piano.»

Soffiò via il fumo con violenza e schiacciò la cicca. Si accese un'altra sigaretta: «Che poi riesca è un altro paio di maniche».

«E il terrorismo nero?»

Rombolaro si strinse nelle spalle.

«Sono anche loro mercenari, ma dipinti di nero. L'ideologia è una maschera. E loro servono, come ho detto, a solidificare nella massa votante il concetto che il fascismo è il solo e vero *bau bau* del nostro tempo.»

«Dunque c'è il KGB anche dietro a loro?»

«Ovvio.»

«E la CIA sta a guardare.»

«Finanzia Gladio e aiuta il SID, per ora. Ma finché la DC inciucia con i comunisti, non interviene sul campo.»

«Mi gira la testa.»

«Ci rifletta e vedrà che tutto torna.»

«Non ho voglia di rifletterci. Non me ne frega nulla di queste stronzate. Vorrei solo stanare quei maiali che hanno ammazzato due dei nostri. Chiaro?»

17

Minchiate

Rombolaro ridacchiò, divertito.

«Le ho guastato la giornata eh? E non vorrebbe essere qui, vero?»

«Poco ma sicuro.»

«Anch'io. Ma non è questione di spazio. Di tempo piuttosto! Tornare a guardie e ladri, per esempio.»

«O forse a quando c'era Lui, caro lei?»

Rombolaro reagì con veemenza:

«Neanche per sogno. Io sono un monarchico cattolico liberale.»

Si fece il segno della croce.

«E com'è che un artificiere…»

«Durante la guerra ero nell'ADRA, gli Arditi Distruttori della Regia Aeronautica. Ero uno delle due teste di minchia che, da soli, in Nord Africa, distrussero 25 quadrimotori B-24 Liberator, uccidendo quaranta soldati inglesi. Era il 18 giugno del 1943. La guerra per noi finì lì: fummo fatti prigionieri e spediti in un campo di concentramento in Australia.»

«25 bombardieri! Come avete fatto?»

«Minandoli uno a uno. Dato che avevamo solo dieci cariche abbiamo dovuto ingegnarci. La fortuna è stata che i bestioni eran parcheggiati ala contro ala, a contatto. Inoltre avevano tutti il pieno di carburante ed erano gravidi di munizioni e bombe. Ah, commissario… un fuoco d'artificio come da quelle parti non s'era mai visto.»

«E poi?» chiese Bombacci, interessatissimo.

«Durante la condotta evasiva, senz'acqua, senza cibo, stremati, dopo tre giorni abbiamo accettato l'aiuto di un arabo, che poi ci ha traditi.»

Scosse il capo.

«Ma della prigionia non posso lamentarmi. I tedeschi ci avrebbero impiccati seduta stante. Invece gli inglesi, giunto l'8 settembre, ci chiesero di collaborare con quelli del SAS contro i tedeschi. Accettammo al volo. Il mio camerata è morto in un'operazione in Malaysia per Sua Maestà britannica, a me è andata meglio.» Fece un verso che forse era una risata.

«Tornato in Italia, nel '48 sono entrato negli incursori del Col Moschin. Ho frequentato negli anni ben 47 corsi di aggiornamento, anche in Inghilterra e America: sono un vero esperto in tutto ciò che fa il botto, dai petardi alle bombe atomiche, e in ogni operazione di *sabotage*.»

Ridacchiò scotendo il capo.

«Ma la vita militare in tempo di pace dopo un po' mi venne a noia. Volevo far qualcosa di buono per il Paese. Così ho vinto un concorso e sono entrato in polizia, a Palermo, ai tempi d'oro dei banditi, dei rapinatori e dei mafiosi vecchio stampo. Poi, per una minchiata, mi hanno fatto scegliere tra l'espulsione o il trasferimento. Ed eccomi qua.»

Bombacci lo seguiva divertito.

«Che genere di minchiata, se è lecito? Una simile alla mia?»

«Ah, peggio. Stavo per andare a letto con la moglie del commissario capo.»

Bombacci rise.

«"Stava" per?»

«Sì… come dirle… quello rientrò inaspettatamente e mi trovò in salotto, seduto comodamente sul divano.»

«Embè?»

«In collo avevo sua moglie.»

«Cavolo, ma… non l'avete sentito armeggiare alla porta?»

«Quel che non le ho detto, commissario, è che per terra c'era una bottiglia di rum. Vuota. Immagini dov'era finito il contenuto. E poi il grammofono a tutto volume ha fatto il resto. Ma lasciamo stare. Mi pento e mi dolgo.»

«*Promoveatur ut amoveatur?*»

«Buona la seconda. Promozione no: secondo lei quante volte avranno avuto bisogno di me negli anni Sessanta? Le bombe son tornate di moda da poco. Così, quando mi hanno offerto di entrare nel SID, dato che stavo morendo di noia, ho accettato…»

Rombolaro trasse un gran respiro, puntò il pacchetto delle sigarette e ne arraffò un'altra. Il fumo intossicava la stanza, obbligando

la luce spiovente dall'unica lampada a dividersi in suggestive rag-
giere, un po' come quando il sole squarcia le nuvole. A nessuno dei
due venne in mente di aprire un poco la finestra: in quel veleno ci
sguazzavano beati.

«Coraggio, torniamo a noi. Dunque, come le dicevo, questo Gravitomene non vorrà sentir storie su altre piste. E dato che quella nera
non arriva da nessuna parte, ficcheranno dentro uno o più innocenti, sulla scorta di false testimonianze.»

«E le indagini? Tutta una farsa?»

«Caccialapreda riceverà il mandato del giudice e sarà costretto
a una retata in ambienti neri, o supposti tali, pena l'espulsione dal
corpo. È un bravo poliziotto, ma il suo ostentato anti-comunismo è
imbarazzante, è sulla lista nera anche lui: se si opponesse lo sostitu-
irebbero immediatamente con uno dei loro.»

«Allora che facciamo?»

«Mi dica un po'» disse il sergente picchiando con l'indice sul volantino. «Perché dice che è falso?»

Bombacci accennò col mento al simbolo, sputando via fumo: «La
svastica: non vede che è orientata a sinistra invece che a destra? Un
vero nazista non avrebbe mai commesso un errore simile».

«Ecco, vede? Semplice. Ovvio che non può essere una prova giu-
diziaria, ma certamente è una carta da giocare. Siamo già d'accordo
con Caccialapreda. Lei dovrà farglielo notare, al giudice, il quale sicuramente non se ne accorgerebbe; però con bel garbo, mi raccomando: non
gli faccia pensare che gli sta dando dello scemo. Davanti al Caccialapreda non potrà insistere troppo sulla sua tesi. Arriverete a un compro-
messo. Caccialapreda riceverà il mandato per la nera e lei sarà lasciato
libero d'indagare sulla rossa. Ma non si scopra: non sa del suo incarico
speciale. Sarà Caccialapreda a suggerire al giudice la soluzione, facen-
dogli nel contempo credere che lei, essendo isolato e di mala fama, non
arriverà a nulla. Salverete così le apparenze e tutto s'aggiusta.»

«La fa di molto facile.»

«Per dare una spintarella al piano, ci sarebbe da fare un'altra cosa
in verità.»

«Sentiamo.»

«Veda signor commissario. Questo volantino la stampa ancora
non lo conosce, e invece bisognerebbe farglielo avere il prima possibile: il fatto della svastica rovesciata disinnescherebbe la forza di
una smentita tardiva. Un giornalista dovrebbe poi intervistare un

poliziotto esperto di porcherie del genere, il quale dichiari pubblicamente che ormai si dubita dell'autenticità della rivendicazione e che la magistratura inquirente ha deciso di scartarla. Il pezzo dovrà uscire subito dopo il vostro incontro con Gravitomene, la mattina appresso.»

Rombolaro tacque, piantando un paio d'occhi di ferro in quelli di Bombacci: «Un rischio enorme: facciamo dire al PM quel che non ha detto».

«Che dovrà dire poi ufficialmente per non smentire la stampa.»

«Non vorrei essere né quel giornalista, né quel poliziott…»

A Bombacci cadde la cicca di bocca. Stava iniziando a capire dove l'altro volesse andare a parare.

«Esatto. Ci vuole un giornalista… fidato. E un poliziotto che non abbia più molto da perdere.»

Al commissario parve di vedere nello sguardo di quello squalo una traccia di scherno, ma forse la sua era solo esagerata suscettibilità.

«Scordatevelo!» esclamò levandosi in piedi e sventolandosi la mano come un tergicristallo davanti alla faccia.

Rombolaro non si scompose. Spense la sigaretta, gli rubò l'ultima, l'accese con calma, sventolò il fiammifero, soffiò via il fumo.

«Si sieda, la prego. Restiamo amici.»

Bombacci si sedette, passandosi una mano sulla faccia. Provava l'orribile sensazione che qualcuno gli stesse presentando il conto della cavolata fatta con Francia. E non si sbagliava.

«Premetto che le sue questioni private non m'interessano, mi creda, e tantomeno mi scandalizzano. L'ho già fatta partecipe delle mie, per cui… Il fatto è che circa una dozzina di persone l'hanno vista ieri soccorrere quella giornalista, che ha finto di svenirle tra le braccia.»

«Che ha finto di svenire lo dice lei.»

«Ah, beata ingenuità. Ma glielo concedo. Poi il conducente dell'Alfa ha riferito…»

«L'infame!»

«No, ma che infame! Chi gli fece la domanda persona d'alto rango era. Gli ingiunse di parlare sotto minaccia di gravi sanzioni. Gli disse che ne andava della sicurezza nazionale.»

«Addirittura. E chi era?»

«Manco io lo saccio. Fatto sta che si è risaputo che idda è stata a casa sua. Allora le hanno messo un picciotto alle costole e abbiamo scoperto il resto.»

«Il resto?»

«Che è un'informatrice della STASI.»

«Mi prende in giro?»

«No commissario. Cinque anni fa si è trasferita in Italia come inviata del *Journal de Paris*. Fa parte della rete di informatori secondari, quelli che non hanno una preparazione specifica. È stata contattata dai tedeschi orientali a Parigi, quando ancora frequentava l'università. Il *Journal de Paris* è un foglio moderato con simpatie destrorse. Una contraddizione solo apparente: le ha permesso di introdursi in ambienti da cui attingere informazioni in modo non sospetto: avvocati, magistrati, politici, funzionari di polizia… roba così. In genere questo tipo d'informatori raccoglie quello che può, fa rapporto periodico e dettagliato al suo contatto, il quale decide cosa farne.»

«Non è una freelance?»

«Potrebbe esserlo qui in Italia. Non ha detto che scriveva per un giornale estero?»

«No.»

«Avrà avuto i suoi motivi.»

Bombacci era al tappeto. Lottava disperatamente con se stesso per non darlo a vedere. Ma forse l'altro se ne avvide.

«Mi spiace, commissario» proseguì, grattandosi col pollice le setole che aveva al posto dei capelli «D'altra parte, mi perdoni, la minchiata l'ha fatta lei. Lei è troppo impulsivo. E poi rifletta. L'han fatto per la vostra e nostra sicurezza: dovevamo vederci chiaro. Ora che ci si vede chiarissimo, le chiedono questo favore: fare in modo che la ragazza passi alla stampa il volantino, dopo averle rilasciato un'intervista in cui dichiara quel che si è detto.»

«Potrebbe rifiutarsi.»

«Non credo. Nel caso, dovrà costringerla ricattandola: se pubblichiamo di lei, è bruciata.»

Bombacci ingoiò il filo spinato, prese il volantino e lo ripiegò diligentemente in quattro prima d'infilarselo nella tasca della giubba. In fondo tutto tornava. A questo ormai servivano arnesi come lui.

«E se i telegiornali ci precedessero?»

«Impossibile, il colloquio col PM è a porte chiuse. Gli direte che per motivi di sicurezza sarà meglio per ora non parlare con la stampa. Capirà. Da buon comunista non è un amante della libertà di stampa, se m'intende.»

«Mi toglieranno le indagini. Mi sbatteranno fuori dal Corpo.»

«Non occorre che dia il suo nome. La giornalista dichiarerà che non glielo ha rivelato. E se anche sospettassero, il suo capo a Milano, coordinato con Rebula, farà in modo che non succeda. Vedrà, filerà tutto liscio.»

18

Cappuccini e brioche

Bussarono alla porta.

«Chi è?»

«Sono io» rispose l'oste. «Sono arrivate le paste calde, appena fatte. È l'ora del rancio.»

Bombacci estrasse la pistola e aprì la porta, stando di lato. Infarinato era solo, entrò traballando con un vassoio in mano: cappuccini, brioche e un odore meraviglioso. Squadrò il Bombacci, poi il Rombolaro.

«Aho!» esclamò. «Questa l'è 'na hamera a gasse. E aprite quella benedetta finestra, figlioli…» Mollò il vassoio al Bombacci e spalancò le finestre.

«Evvai, un po' di ricircolo.»

«Grazie» disse Rombolaro. «Tenga chiuso ancora per un quarto d'ora, per favore. Abbiam quasi finito.»

«Voi fahe i'kkè vu avehe daffare. Io son giù con lo skioppo per ogni evenienza…» mimò un mitra che spara. «Che s'azzardino a entrar qui dentro senza i' mi' permesso. Bona ragazzi.»

E richiuse la porta.

«Non mi è mai piaciuto» disse Bombacci.

«Non piace nemmeno a me.»

Rombolaro annusò accuratamente i cappuccini e anche le brioche, senza toccarle.

«Cosa fa?»

«Fiuto esplosivi.»

«Nei cappuccini, nelle brioche? È una psicosi la sua!»

«Ma sono ancora vivo, dopo tutto quel che ho passato.»

«Ma…»

«Libero. Possiamo bere e mangiare.»

Bombacci si mise seduto con aria perplessa.

«C'è un composto, si chiama Protomark. È un liquido simile al miele che, versato in una bevanda calda, s'innesca da solo, e quando le labbra si posano sulla tazzina… *bum*. E della testa non resta nulla. Idem per le brioche. Meglio non rischiare se con una fiutatina si può evitare, no?»

«Che odore sentirebbe?»

«Gradevole, ricorda la rosa canina.»

Bombacci addentò la brioche con molta cautela: «Buona però.»

Rombolaro rise e in pochi secondi trangugiò la sua e prosciugò il cappuccino. Poi, mentre l'uno chiudeva la finestra, l'altro poggiava il vassoio per terra, rovesciandoci sopra una montagna di cicche dal posacenere. Rombolaro tornò al tavolo tirando fuori il suo pacchetto.

«Ora tocca alle mie.»

«Per me basta.»

«Ah, io accanito fumatore sono. Dicono faccia male: lo metto accanto al bene! Dunque!»

Accese, sventolò il fiammifero e lo gettò per terra.

«Gli ordigni, soprattutto quelli fatti in casa, lasciano tracce che ci permettono di risalire con certezza alla miscela usata e alla quantità. Le confermo quindi che hanno usato Ammonal» disse. «Sa cos'è, immagino.»

«Ho già dato disposizioni per fare ricerche a tappeto su eventuali recenti vendite di nitrato d'ammonio.»

«Sarà come cercare un ago nel pagliaio. Potrebbero aver usato una società agricola di facciata. Forse le sarà più utile sapere che gli specialisti di questo tipo di miscela sono gli irlandesi dell'IRA, del PIRA, dell'INLA e compagnia. Sappiamo che alcuni istruttori vengono "prestati" o "affittati" a cellule estere, per istruire gli aspiranti bombaroli. Spesso con risultati deludenti: il tempo è poco e il mestiere non s'improvvisa. E sa perché? Perché anche se le operazioni da fare sono semplici, come nel caso dell'Ammonal, l'esplosivo richiede comunque nel fochino una freddezza glaciale. Che non si acquisisce in poche sessioni clandestine. Il che spiegherebbe perché questi balordi sian saltati in aria troppo presto. È certo poi che abbiano usato detonatori elettrici, per cui non resta che una spiegazione: avevano probabilmente lasciato aperto il contatto dei reofori, sensibilizzandoli a una scarica elettrica accidentale. Come sia potuto accadere nel dettaglio non ha importanza, di certo la causa va trovata nella dabbenaggine e nella pessima preparazione del gruppo. Comunque, i detonatori non si trovano dal tabaccaio. Ci sono produttori e venditori autorizzati, ma è difficile che ricorrano a questi canali: cave di marmo, società di demolizioni, roba grossa. È più probabile il mercato nero.»

«Se questi sono stati addestrati dagli irlandesi, si potrebbe chiedere ai servizi antiterrorismo inglesi qualche informazione in più?»

«Penso di sì. Gli inglesi hanno costituito un reparto ad hoc. Il CRW, *Counter Revolutionary Warfare Wing*. Mi hanno da poco dato l'incarico, dati i miei trascorsi di collaborazione, di prendere contatto con loro per un mutuo scambio di informazioni e competenze in vista di una cooperazione europea. Vedrò cosa posso fare.»

«Quindi, ricapitolando: balordi con scarsa preparazione e maldestri. Mi orienterei a cercare un piccolo gruppo autonomo, o quasi, o una scheggia impazzita, comunque dalle scarse risorse umane ed economiche...»

Il sergente indicò il piano di sotto: «Iddu, non potrebbe aiutare?»

«Forse, ci penserò.»

«In che "parrocchia" cercherà?»

Bombacci guardò l'orologio, poi alzatosi in piedi si mise a camminare su e giù per la stanza.

«Le confesso che da un po' faccio il tifo per gruppi anarcoidi.»

«Nell'inchiesta su piazza Fontana s'era partiti dagli anarchici e ora si sta arrivando ai fascisti. Potrebbe essere un'idea che acquieta anche la magistratura.»

«Taluni dicono che a indiziare gli anarchici fossero stati gruppi deviati del SID.»

«Minchiate.»

Bombacci guardò l'orologio.

«Un'ultima cosa. Nell'articolo preferirei non parlare di anarchici.»

«Perché?»

«Firenze non ha una gran tradizione. Se c'è qualcosa, sono gruppuscoli molto liquidi. Diffusa la notizia, si squaglieranno.»

«E che possiamo farci?»

«In linea teorica potrebbero esserci anche altre piste. La malavita organizzata per esempio.»

«La mafia? Non avrebbe mai pensato a tirar giù un teatro. A che pro?»

«Se ci fosse stato, oltre al Presidente, un magistrato o un commissario particolarmente impegnato nella lotta alle cosche?»

Rombolaro ci pensò un po' su.

«Ma non c'era nessuno.»

«Sicuro? Il commissario della mobile di Palermo, Sonny Spezzaferro. È in prima linea, ha ricevuto già diverse minacce. Dichiarerò alla stampa che sarebbe stato fra gli ospiti.»

«Sonny Spezzaferro!»

Esclamò Rombolaro lasciandosi di nuovo cadere sulla sedia.

«Mi ascolti bene. Lei lo chiamerà e gli dirà di non smentire. Può farlo?»

Rombolaro oscillò il testone quadrato, con la mascella scolpita nel legno che pareva pesare da sola quanto tutto il mondo: «Lo conosco anche».

«Dunque, meglio no?» Bombacci già si fregava le mani.

«C'è solo un piccolo problema.»

«Quale?»

«Ha presente quella femmina che tenevo in collo? Beh, era sua moglie.»

19

Nome in codice: Merlo

Borgo San Frediano era in bianco e nero quel giorno. Nuvole basse coprivano la striscia di cielo tra gli antichi palazzi, aggrappandosi alle gronde dei tetti. Il selciato di pietra forte rifletteva la luce scialba dei lampioni ancora accesi. Il traffico frusciava pigro sulla via e l'umidità penetrava fin nelle ossa. Bombacci alzò il bavero e si ficcò le mani nei tasconi del cappotto, la destra a impugnare la pistola: hai visto mai...

Respirò a pieni polmoni, spostandosi sul lato protetto, quello dove c'erano i veicoli parcheggiati. A confronto dell'aria viziata del Tappabuchi, quella era l'aria del Cervino.

In testa, un mulinello di pensieri, ruotante attorno a un solo nome: Francia.

Si fermò in un bar, comprò un gettone e s'infilò nella cabina del telefono. Formò il numero riservato. Rispose subito la ruvida voce che conosceva: «Max».

Agì sul pulsante e il gettone cadde nel serbatoio dell'apparecchio con il caratteristico rumore da slot machine: nessuna vincita per lui quel giorno, però.

«Merlo.»

«Finalmente.»

«Puoi raggiungere urgentemente il commissario Sonny Spezzaferro?»

«Beh, sì, immagino di sì. Perché?»

«Farò tra poco una dichiarazione alla stampa nella quale rivelerò che, secondo me, occorre privilegiare la pista del crimine organizzato, fondandola sul fatto che tra gli invitati alla prima c'era anche il suddetto. Devi avvertirlo e chiedergli di non smentire.»

Silenzio. Una volta tanto aveva costretto Max a riflettere, lui che aveva sempre ogni mossa chiara e ogni risposta pronta.

«Vedrò cosa posso fare. Il fatto è che… La mafia è gelosa delle proprie iniziative e, in genere, non gradisce che qualcuno l'anticipi.»

«Eh… e chi se ne frega.»

«Non vorrei che prendessero la palla al balzo per farlo fuori davvero.»

«Senti, ormai mi par di aver capito come gira il mondo qui. Credo che potreste anche accordarvi con qualche boss del cazzo perché non rompa i coglioni, per una volta no? In fondo si tratta di stanare degli anarchici, ma non voglio avvertirli a mezzo stampa, se m'intendi.»

«Mi proponi un accordo Stato-Mafia?»

«*Perdìe!* Sarà la prima volta?»

«In un paio d'ore! Solo per non spaventare i topi di fogna fiorentini!»

«Li vogliamo prendere questi stronzi o no? Hanno fatto fuori due poliziotti. Uno lascia tre figli piccoli. Li voglio in gabbia questi merdosi.»

«Il Rospo, non può pensarci lui?»

Bombacci comprese al volo che il Rospo era Rombolaro.

«Questi nomi del cazzo li scegli te?»

«Devo dire che Merlo è perfetto.»

«La prossima volta ti spacco la faccia.»

«Siamo seri.»

«Sono serissimo.»

«Il Rospo è impedito a parlare con Spezzaferro.»

«Perché? Meglio di lui! È siculo, no?»

«Gli insidiò la moglie e per questo perse il posto.»

Una delle rare risate di Max emerse dalla cornetta.

«Siete tutti uguali, voi donnaioli.»

«Un'altra cosa. Hai modo d'indagare alla svelta su di una persona sospetta?»

«In genere sì.»

«Voglio sapere tutto su una certa Françoise Le Maitre de la Garonne, una giornalista autonoma soprannominata Francia.»

Max ridacchiò: «Quella che ti sei portato a letto ieri?»

«Sai tutto anche tu?»

«Siamo una squadra.»

«Allora parla.»

«È un'informatrice della STASI.»

Dunque era certo: si era illuso per qualche ora di aver stregato una bella donna, e invece era stato da lei infinocchiato come uno scolaretto innamorato della maestra. Della giornalista "che fa finta di svenirgli tra le braccia". Non si era mai sentito così stupido e inutile. Davvero, nient'altro che una pedina.

«Pronto? Merlo! Merlo ci sei?»

«Sì. Divertente eh?»

«Beh, un po' sì, devo dire. Ma c'è anche dell'invidia: è bella, no?»

«Ma vaffanculo, Max.»

«Beh, non la vedo così tragica. Lei non sa che tu sai. Questo è un vantaggio che puoi sfruttare se si rifiutasse di collaborare.»

«Da quando siete sulle sue tracce?»

«Da quando ci hanno riferito che l'hai soccorsa. C'era uno della squadra presente alla scena.»

«Chi?»

«Non posso dirtelo.»

«Sollozzo?»

«Chi sarebbe?»

«Lascia perdere.»

«La cosa è sembrata sospetta, tranne che a te ovviamente.»

«Molto spiritoso.»

«Quando ti ha chiamato per l'intervista e tu l'hai invitata a cena, ancora non sapevo nulla di lei, a parte che era una giornalista. Il resto l'abbiamo saputo solo qualche ora fa, verso le undici di sera. Tu eri ancora… ehm… a dormire, diciamo. L'idea di sfruttarla ci è venuta comunque prima, cioè già ieri pomeriggio, appena saputo il nome del Gufo.»

«Il Gufo?»

«C'era una busta sigillata con i nomi in codice in casa tua, evidentemente non l'hai manco aperta.»

Non l'aveva aperta.

«Cazzo però amico!»

Bombacci alla fine comprese che gufo stava per PM.

«Come avete fatto a scoprire che è un'informatrice?»

«Nel circuito lo sapevano, ma non era una pedina importante. Ce ne sono diverse di queste figure in ogni città, lo fa anche la CIA: forniscono in genere solo informazioni ambientali che servono, se e quando servono, per rifinire azioni più importanti e rischiose.»

«Li pagano?»

«Di rado. Il più delle volte lo fanno per patriottismo o per un ideale. Altre volte perché costretti.»

«Rigamonti cosa sa di tutto questo?»

«Tutto.»

«Fanculo.»

Clic.

Forse Max avrebbe avuto altre cose da dirgli. Pazienza: Bombacci non seppe resistere al piacere effimero ma intenso, quasi come un orgasmo, di sbattergli in faccia la cornetta.

20

Svastiche

Segretamente, sperava che fosse stata davvero ipotermia, che davvero le stesse morendo fra le braccia, com'era successo al povero Louis a Cortina, qualche anno prima. Non voleva poi farle una colpa di non avergli rivelato il suo secondo "lavoro", né tantomeno d'esser comunista. E di certo andare a letto con lui non le era dispiaciuto. S'illudeva forse che fosse vero amore una storia così veloce? In fondo… In fondo che? Doveva sforzarsi di vederla professionalmente, anche se lo imbarazzava terribilmente scoprire ogni volta di non saper scindere il lato meramente sessuale da quello sentimentale. Insomma: era cotto. "E ora?" si chiese svoltato l'angolo di via Sant'Onofrio, mentre non riusciva a imporre alle sue gambe di fermarsi per riflettere ancora un po', prima di aprire il portone. Guardò l'orologio. Doveva sbrigarsi, erano già le otto passate. Si era raccomandato che l'aspettasse: avrebbe ubbidito? Certo. Se doveva spremerlo per altre informazioni, oltre alla bufala del consolato americano, l'aveva aspettato per forza, la troia.

"Troia", si disse ancora salendo le scale. "Troia", pensò per la terza volta aprendo l'uscio di casa.

Francia s'era vestita, profumata, pettinata. Gli si lanciò al collo, soffocandolo di baci. Bella. Pensò. Bella. Si accorse all'improvviso che far finta di nulla era fin troppo facile, se in cambio poteva godere di lei. Dei suoi occhi, del suo corpo, della sua voce. E chi sa, pensò dopo aver perso un'altra mezz'ora sul letto con lei, potrebbe anche farmi diventare comunista.

Scoppiò a ridere: «Che c'è?».

«C'è che mi stai fregando.»

«Lo so. Ma è così bello fregarti. Vederti perso di me. Sentirti mio.»

«Tra tre ore devo vedere il PM e non abbiamo ancora fatto nulla.»

Si mise seduta. Nuda com'era, la luce del comodino traeva dalla sua pelle riflessi madreperlacei; i capezzoli risaltavano in quel lucore come gocce di sangue. I capelli in ciocche ondeggianti le sfioravano le spalle.

«Abbiamo?»

«La vuoi o no l'intervista?»

«L'abbiamo fatta ieri.»

«Butta via tutto. Ho qualcosa di meglio per te.»

Poco dopo, in cucina, seduti l'uno di fronte all'altra, Bombacci le mostrò il volantino e le spiegò tutto quel che voleva da lei.

Francia ascoltò attentamente, poi disse: «Guarda che la svastica è un antichissimo simbolo, che a volte compare destrorso altre volte sinistrorso. Indifferentemente».

Bombacci ebbe un moto di stizza.

«Beh, in antico chi se ne frega! Tu l'hai mai vista sinistrorsa sulle bandiere naziste? Pensi che Hitler avrebbe permesso indifferentemente le due versioni?»

«No.»

«Ergo?»

«Nulla, se è per questo non ho neppure mai visto un simbolo in cui fascio e svastica s'intrecciano.»

«Ma che c'entra, scusa.»

«C'entra. Potrebbero aver fatto apposta una svastica rovesciata, per indicare una sorta di differenziazione, un nuovo inizio, un aggiornamento beneaugurale, visto com'è finita l'altra versione, insomma… capisci? Non è una prova di nulla. Se il giudice avesse un minimo d'intelligenza ci riderebbe su, a questa obiezione.»

«Grazie per il minimo d'intelligenza che non ho.»

«Scusa, ma… mi pare un'obiezione stupida la vostra. Non reggerà. Vi coprirete di ridicolo.»

Bombacci cominciò a temere che quella donna fosse insopportabile. Soprattutto ora che i suoi più bassi istinti erano sazi. Si alzò in piedi, mentre lei rideva a crepapelle.

«La pianti di ridere?»

Si mise a girare intorno al tavolo rimuginando. Poteva aver ragione, in linea teorica. Il fatto è che era convinto che il simbolo sinistrorso avesse culturalmente un significato e quello destrorso un altro, e che i nazisti l'avessero scelto per uno scopo ben preciso, scartando l'altro. Corse in salotto, alla libreria, dove gli era parso di aver visto un'enciclopedia. C'era davvero. In soli quattro volumi, ma forse... con un po' di fortuna... Prese quello giusto, lo aprì al lemma svastica, tornò in cucina trionfante.

«Dunque, ascolta: "nel buddismo giapponese la versione levogira rappresenta amore e misericordia, destrogira forza e intelligenza". Eh? Col cavolo che è indifferente.»

Francia fece spallucce.

«Dunque, ripeto: un gruppo di neonazifascisti, per quanto scornacchiati, non avrebbe mai e poi mai scelto un simbolo che potesse avere un senso diverso da quello per il quale, forza e intelligenza, petto ad amore e misericordia, fu scelto dai nazisti. Chiaro? Insomma, è come se una setta cristiana s'inventasse come simbolo la croce rovesciata. Impossibile.»

«Nient'affatto!»

Bombacci chiuse il libro con un tonfo.

«Nient'affatto cosa?»

Francia si guardava le unghie, beffarda.

«Quello che hai appena detto.»

Bombacci guardò l'orologio. Mancavano solo due ore e mezzo all'incontro col giudice e non erano ancora arrivati a nulla.

«Per carità, Francia... cosa? Di che?»

«Prima della battaglia di Mentana i volontari dell'esercito pontificio adottarono come stemma e bandiera proprio una croce rovesciata.»

«Ma che cazzo dici... è il simbolo dei satanisti.»

«Informati, ignorantello. Come fu crocifisso san Pietro?»

«Ok, a testa in giù. Come finirò io tra poco se non ci sbrighiamo, cazzo.»

«Quell'organo ce l'hai sempre in bocca... è a me che piace, non a te. Ricordi?»

Bombacci si passò entrambe le mani sui capelli e si sedette.

«La croce rovesciata assomiglia anche a una spada: per cui, essendo un esercito, quel simbolo rovesciato univa la triade: Cristo, il papato e l'arma di difesa della fede e della libertà.»

«Basta. Mi hai rotto le palle. Lo capisci o no che sto cercando...»

«...un pretesto per deviare le indagini dalla parte politica verso la quale vanno le vostre simpatie di criptofascisti.»

«Ma sei scema? Tu davvero pensi questo? Davvero pensi che dei nazifascisti avrebbero potuto inventarsi un simbolo del genere invertendo l'orientamento di un simbolo per loro sacro?»

«Potrebbero averlo fatto apposta per depistarvi con astuzia. Sapendo che dei babbei di poliziotti, credendosi furbi, ci sarebbero cascati.»

«Francia mi stai rovinando. Comunque tu la pensi, io devo fare questa cosa. O con te o senza di te. Ma se è senza, quella è la porta e vai a farti fottere.»

«Già fatto per stamani!» Francia si alzò, batté il volantino sul tavolo e corse via a prendere la sua roba.

All'improvviso, il povero Bombacci comprese che la crisi ipotermica del giorno avanti era autentica. Se gli fosse interessato spremere informazioni da lui nei giorni a venire, non avrebbe innescato quella polemica da quattro soldi, non lo avrebbe umiliato così; se non fosse stata sincera nei suoi pensieri, non si sarebbe lasciata andare a quello scatto d'ira rischiando di compromettere tutto.

«Ferma!»

La donna si stava infilando l'eskimo.

«Vai a farti fottere lo dici alla prossima!» urlò.

Lui le sbarrò la strada e si beccò il primo sonoro ceffone della storia. Poi scoppiò a piangere. Lei, non lui. E gli crollò fra le braccia singhiozzando.

Non sapeva quasi nulla di questa donna. Eppure gli pareva di averla conosciuta da sempre. Lo aveva stregato e avrebbe dato dieci anni di vita perché non se ne andasse. Ma non voleva, non poteva dirglielo. Si limitò a stringerla forte, tra i singulti. Poi prese a carezzarle i capelli. Si calmò.

«Perché siete così voi uomini?»

«Così come?»

«Cocciuti, orgogliosi, impulsivi.»

«Guarda che sei tu che non capisci. Il nostro obiettivo è onesto. Questa non è la pista buona. Il magistrato pare voglia il caso chiuso alla svelta. Ne andranno di mezzo degli innocenti.»

«Queste son cose che fanno in Russia!»

«Ne sai qualcosa tu, vero?»

«Giochiamo a carte scoperte allora.»

«Io le mie le ho già scoperte da un pezzo.»

Francia si svincolò da lui, le guance rigate. Le porse un fazzoletto.

«Sai tutto?»

«Qualcosa.»

«Anche che hanno in mano mio padre?»

21

STASI

Il tempo correva veloce. Questa proprio non ci voleva, pensò il commissario. Ma non poteva rimandare. L'ascoltò con pazienza, seduti di nuovo in cucina, tenendosi le mani come due ragazzini.

«Mio padre è tedesco, della parte orientale...»

«Perché hai il nome francese?»

«È il nome di mia madre. Conobbe mio padre durante l'occupazione tedesca di Parigi, nel 1940. Lui era un ufficiale medico e lei un'infermiera. Un classico, vero? Eppure è la verità. Si sposarono e lo seguì nella ritirata, incinta di me. Dopo la capitolazione di Berlino, rimanemmo intrappolati nella parte orientale. Nel 1961, quando fu eretto il muro, avevo ventun anni. A quel tempo mio padre era ricercatore nell'ospedale della Charitè, come dipendente dell'università Humbolt. Faceva parte di un'equipe che lavorava su incarico ministeriale a non so che tipo di progetto, ma temo si trattasse di mutazioni genetiche sui batteri a scopo bellico. Nel 1965 tentammo la fuga dal Muro. Mia madre fu colpita da una sventagliata di mitra, io caddi dall'altra parte e fui soccorsa dagli occidentali. Mio padre, ferito a una gamba, sopravvisse. Lo incarcerano e torturarono per cercare di fargli confessare chissà cosa: voleva solo essere libero. Un giorno, pochi mesi dopo – io ero ospite a Parigi da una zia – fui contattata da un emissario della STASI, responsabile di zona di una rete di informatori: si faceva chiamare Karl. Mi disse che conosceva mio padre dai tempi della guerra, che stava bene, per ora, ma che rischiava la fucilazione. D'altra parte era anche uno scienziato necessario al Partito del popolo. L'unico modo per tirarlo fuori dai guai era dar loro qualcosa in cambio. Se si poteva provare che la figlia lavorava per la DDR, tutto poteva aggiustarsi: da un lato lui, sapendo che loro avevano me, avrebbe rigato diritto. Dall'altro io, sapendo che avevano lui, avrei fatto tutto quel che dicevano. Così, dato che ero laureata in scienze politiche, avevo la tessera di giornalista e sapevo due lingue, tramite un uomo politico francese venduto al blocco dell'Est mi trovarono un posto nel *Journal de Paris*. Introdotta in ambienti elevati, avrei dovuto riferire qualsiasi cosa rivestisse interesse politico o militare: cosa aveva detto questo generale o questo ministro durante cocktail, balli, cene, oppure dietro le quinte del giornale, quando si fanno le riunioni e si selezionano le notizie, quali pubblicare e quali no e perché, o tirar su le calze a colleghi che avessero da poco ficcato il naso in segreti militari o presunti tali. Cose così. Non era difficile, né rischioso. In realtà, gli ambienti che potevo frequentare non erano così esclusivi ed erano rari i casi in cui potevo offrire informazioni pregiate, tanto che Karl, per amicizia nei confronti di mio padre, era costretto a filtrare alla STASI informazioni raccolte da altri, passandole per mie, o a modificare le mie per renderle appetibili. Per tre anni andò tutto abbastanza liscio: ricevevo ogni mese una lettera di mio padre e raramente anche una telefonata. Poi, nel 1968, Karl scomparve. Arrivò un tanghero: faccia sfregiata dall'occhio destro al mento, senza un orecchio. Un vero uomo-lupo. Mi disse che Karl era stato richiamato in patria per problemi disciplinari e che d'ora in avanti avrei dovuto trasferirmi a Firenze. Poco dopo il direttore mi spedì qui come inviata speciale, dove fui subito contattata dal mio nuovo referente, un giovane dagli occhi di ghiaccio: si fa chiamare Ivan. C'era anche lui stanotte al Comunale, camuffato da mio fotografo.»

«È lui che ti ha fatto il mio nome?»

«No, l'ho sentito io per caso da un collega che diceva a un altro "Oh, ma quello è il Bombacci, icchè ci fa qui?" e l'altro "T'ha' ragione t'hai! Unn'era staho trasferito a Milano? Oh, qui gatta ci hova ragazzi!".»

«Sapevi che ti avrei portata a casa?»

«Cosa? Oh, no. Dico: venti sotto zero, digiuna, con quel miserabile eskimo! Finché ero nel gruppo, il tepore della folla mi scaldava, ma poi sono stata attanagliata dal gelo e anche dalla paura, devo dire. Così esposta non lo ero mai stata. No. È stato un vero colpo di fortuna. E spero che il bel rapporto che ho fatto a Ivan, giovi alla mia causa personale...»

Francia aveva chinato la bella testa, appoggiando la fronte sulla mano, gli occhi chiusi. I capelli le cadevano di lato, in onde elicoidali.

«Cosa gli hai detto?»

«Che avevo avuto l'impressione che tu non fossi quel che dicevi di essere e di non esser qui per fare quel che dicevi di dover fare.»

«Mi hai tradito subito...»

Sollevò il capo, si asciugò gli occhi, si soffiò il naso: «Ti conoscevo appena».

Bombacci decise di calare un velo su quell'argomento.

«Torniamo a te. Come mai qui a Firenze? Città tranquilla, priva di fermenti. Potevo capire Torino, Milano... ma Firenze!»

«S'è visto com'è tranquilla. Poi Firenze ha un Partito comunista molto agguerrito: va finanziato, controllato. Ovviamente non sono sola, anche se non conosco nessun altro. Avrei dovuto introdurmi anche qui in un ambiente sensibile, si dice così. Senza l'aiuto di Karl non è stato facile. Comunque avevo delle presentazioni e un po' di mestiere l'avevo appreso, così ho fatto del mio meglio per conoscere esponenti della buona società e carpire i loro segreti, piccoli o grandi. S'impara molto frequentando i salotti, nei quali la gente parla senza filtri, si lascia andare. Poi sono bella, elegante, affabile. Fanno a gara a corteggiarmi e invitarmi a cena, a balli, a prime teatrali...»

«L'hai data a destra e a manca anche?»

«No, solo a manca.»

Bombacci le lasciò le mani, rabbuiato. Ma si capiva che parlava per sdrammatizzare, sugli occhi un velo di lacrime. Il ricordo del padre la trafiggeva.

«A proposito, mio gelosissimo uomo: sai che ero anch'io invitata alla prima del *Guglielmo Tell*? Sarei esplosa anch'io con *monsieur le Président*!»

«Sul serio?»

«Guarda.»

Andò nell'altra stanza e tornò con una busta del consolato di Francia, contenete un cartoncino d'invito.

«Caspita. E giri con l'eskimo.»

«Quella è una divisa da giornalista d'assalto. Ma non vedi che profilo ho? Non vedi come sono sottili le mie caviglie? Non vedi che sono di sangue blu?»

Tacque, tamponandosi gli occhi con un fazzoletto.

«Insomma, tra i miei amici ci sono medici, avvocati, commercialisti, industriali, qualche politico mezza tacca, un paio di cardinali, e ora anche tu... la bomba è stata davvero galeotta devo dire.»

Sorrise in modo irresistibile e i suoi occhi s'incendiarono.

Bombacci voleva evitare di chiederle se anche con gli altri avesse usato l'arma della seduzione.

Usò una perifrasi: «Tutti amici come me?».

Lei si limitò a oscillare la testa a destra e sinistra. Poi scoppiò di nuovo a piangere.

«Non sono una puttana. Anche se non sei il primo della mia burrascosa vita» disse fra i singhiozzi. «In tutto ciò, vorrei solo che mio padre fosse ancora vivo.»

«Ma…»

«Da quando Karl è stato richiamato in patria non ho più notizie, a parte la cartolina mensile. Ma chiunque può contraffare la firma, che negli ultimi tempi è leggermente diversa, come se avesse la mano malferma. In effetti mi ha detto di essere malato, ma…»

«Questo Ivan…»

«Non conosce mio padre.»

«Non puoi chiedere tramite lui di andare a visitarlo?»

«Tu non sai cos'è la DDR. Non è un carcere. È un lager. Provai con Karl, da Parigi, ma neppure lui poté far nulla. Questo mi tiene a distanza, come se fossi radioattiva. Il che mi fa pensare che Karl abbia passato un guaio serio per causa mia. Se fosse così… o mio Dio, se fosse così, il mio babbo, il mio babbino caro… sarebbe morto. Morto, capisci? Non l'ho più visto da… quando hanno falciato mia madre. Era lui che mi teneva per la mano al di là del Muro. I riflettori ci cercavano come grosse dita di gigante, i Vopos urlavano ordini, i cani abbaiavano. Stava per perdere la presa. "Va', bimba mia. Va'. Ti voglio bene". Poi una raffica, un urlo. Mi lasciò cadere…»

Scoppiò in un pianto dirotto, la testa sulle braccia intrecciate sul tavolo. Bombacci la raggiunse, consolandola come meglio poté. Non che ci fosse molto da dire o fare, in verità. Si sentiva un po' una merda nel pensare più alle lancette dell'orologio che si avvicinavano maledettamente all'ora dell'appuntamento che al suo dramma interiore. Ma non poteva farci nulla.

«Ivan… si limita ad assicurarmi che se faccio il mio dovere, mio padre non avrà nulla da temere. La solita musica.»

Bombacci voleva chiederle, roso dalla gelosia, se quel giovanissimo ufficiale non le avesse fatto intendere che comunque avrebbe potuto aiutarla se lei… Ma non osò. Francia gli lesse nel pensiero.

«No. So cosa stai pensando. È un uomo di ghiaccio, non quel tipo d'uomo che pensi. Non prova sentimenti. È una sorta di robot.» Si soffiò il naso. La crisi sembrava superata.

«Quanti anni ha?»

«Non so, tra i ventotto e i trenta.»

«Neanche trent'anni e già a capo di una rete d'informatori?»

«Se tu lo vedessi, capiresti. Ma via ora, lavoriamo.»

"Cazzo, finalmente" pensò, subito vergognandosene come di uno psico-reato di orwelliana memoria. Cercò di rimediare con una dose massiccia di melassa.

«D'accordo. Mi dispiace non sai quanto. Ora però dobbiamo davvero scrivere quel pezzo. Ti rilascerò un'intervista nella quale mi assumerò ogni responsabilità di quella risibile interpretazione riguardo la svastica… Lo proporrai al tuo giornale e per concessione al *Corriere della Sera*. Potrai anche prenderne le distanze, anzi, anche sostenere la tesi contraria. L'importante è che passi la notizia. Va bene?»

La baciò sulla fronte e trillò il telefono. Bombacci guardò l'ora. Era fottutamente tardi.

«Pronto.»

«Sono io. La volpe è d'accordo, ma i lupi no.»

«Senti, con questo bestiario del menga, io…»

«Ingegnati.»

Bombacci eseguì mentalmente la spericolata equazione: volpe = commissario Spezzaferro; lupi = mafiosi.

«Cosa vogliono i lupi?»

«Non gradiscono che l'opinione pubblica creda che siano disposti a farne fuori cento per uno solo.»

«Poverini, li capisco. Devono salvare la faccia.»

«L'onore, dicono.»

«Al diavolo, Max… andiamo!»

«A loro basta che tu faccia autocritica appena avrete beccato i colpevoli veri.»

«In pratica che chieda scusa?»

«Sì. Dicendo che eri stato tratto in inganno dai magistrati, che non avevi studiato abbastanza il fenomeno perché sei di Firenze. Che i lupi prima di sbranare qualcuno ci pensano su mesi, a volte anni. Figurati se mettono una bomba nel mucchio per una miserabile volpe.»

«Va bene, ci può stare. E, per curiosità: se non la facessi la smentita?»

«Allora sarai considerato un infame.»

«Nient'altro?»

«Agli infami in genere spezzano le gambe.»

«Nell'intervista non metto il mio nome…»

«Ovvio, ma loro lo vogliono, per tenerti in ostaggio.»

«Va bene, abbiamo scelta? Daglielo. Poi? Altre condizioni?»

«Che ti riguardino no. Avrebbero chiesto l'abbandono delle indagini sull'assassinio del giornalista Gentilini.»

«E la volpe?»

«Da quest'orecchio non ci sente.»

«Ovvio. Quindi?»

«Quindi tu fai come ti hanno chiesto, al resto pensiamo noi.»

Clic.

«Chi era?» chiese Francia

«Un amico. Dai, al lavoro.»

In qualche modo il pezzo venne fuori, strutturato in forma di domande e risposte. Bombacci si era presentato con un nome di fantasia, agente Alfa, qualificandosi come uno degli investigatori della squadra mobile del commissario Caccialapreda. Dato che il pezzo sarebbe uscito dopo il colloquio con Gravitomene, le fece scrivere che "la magistratura inquirente ha già formalmente preso le distanze dalla rivendicazione mediata dai responsabili dell'attentato attraverso farneticanti volantini rinvenuti sul luogo. I motivi non risiedevano solo nell'errore dell'orientamento della svastica, per quanto di per sé probante, ma anche in una serie di indizi e di circostanze che avrebbero fatto comunque propendere per una pista diversa". Alla domanda: "Quale?" rispondeva: "Per ora non sono autorizzato a dirlo. Di certo non di estrema destra, né di estrema sinistra, a dire il vero: non è il loro stile. Posso solo dirle che non esistono solo delitti politici".

"Vorrebbe insinuare che potrebbe essere coinvolta la criminalità organizzata?"

"Non voglio insinuare nulla. So solo, per quanto noto agli inquirenti, che al Comunale di Firenze, ospite per la prima del *Guglielmo Tell* ci sarebbe stato, oltre al presidente della Repubblica, anche il commissario Sonny Spezzaferro, della mobile di Palermo, il cui impegno nella lotta a Cosa Nostra forse non è noto al grande pubblico, ma certamente è noto ai malavitosi di quella città."

«Spezzaferro quando leggerà questa roba?»

«Max l'ha già avvertito.»

«Max?»

«Lascia perdere.»

22

Dal giudice

Il giudice Lunario Gravitomene dimostrava più dei 45 anni che aveva, almeno se paragonato ai due fusti che si vide comparire davanti: il Caccialapreda alto, spalle quadrate, viso ossuto e sguardo quasi feroce. Per l'occasione aveva sostituito il casentinese arancione con un giaccone a mezza coscia, assai più sobrio, ma mantenendo una spilla provocatoria dell'Armata rossa appuntata all'occhiello della risvolta. Il giudice, che era miope, non la notò. O almeno così sperava il Bombacci, il quale invece si era presentato in tenuta più sportiva. Un po' meno alto, in jeans a zampa d'elefante, scarpe da cantiere, giubbotto di pelle e berretto di lana nero: aitante, capelli rasati dietro la nuca stile militare anni Cinquanta, la mascella forte, gli occhi penetranti.

I commissari si accomodarono. Il giudice sedeva alla sua scrivania occupata da due pile di faldoni: una a destra e l'altra a sinistra. Sollevò la testa dal rapporto che Caccialapreda gli aveva fatto avere: era calvo, salvo una coroncina di capelli grigi, un viso ovale e occhi a fessura, corazzati da un paio di grossi occhiali.

«Passi avanti?» si limitò a chiedere, mentre rapiva con lesto movimento un foglio dalla pila di destra, lo firmava con la stilografica da tavolo per poi poggiarlo su quella di sinistra.

Caccialapreda gli fece scivolare il famoso volantino sulla scrivania.

Gravitomene lo prese con una mano delicata, pallida, pulitissima. Bombacci non poté fare a meno di nascondere le sue: grosse, scorticate dal gelo, unghie sporche: la Seicento si era fermata; aveva dovuto armeggiare col carburatore prima di richiudere il cofano, mollargli un calcio sulla fiancata e raggiungere il tribunale quasi di corsa.

Il giudice lesse attentamente. Non sorvolò affatto sulle frasi ridicole, ripetitive, ridondanti, della serie "letta una lette tutte": sembrava anzi affascinato da quella prosa delirante. Era un ometto piccolo, stava seduto gobbo, insaccato in una giubba di tweed molto elegante. Sulla grande libreria dietro le spalle, anch'essa zeppa di libri e faldoni, Bombacci notò un cavallino di legno montato su ruote e, accanto, un pupazzo di creta fatto da un bambino.

I due commissari si lanciavano di tanto in tanto occhiate furtive. Bombacci teneva gli avambracci poggiati sulle cosce e con le mani faceva girare il cappello. Il giudice, come infastidito da quel movimento, alzò appena lo sguardo miope verso di lui, gelandolo. Bombacci smise immediatamente. Caccialapreda si coprì la bocca con la mano, per nascondere un ghigno.

«Prosa di sinistra, contenuto di destra» sentenziò poi, lapidario. «Non mi convince.»

I due poliziotti deglutirono, cercando di nascondere il loro stupore. Il giudice tornò con lo sguardo miope sul volantino, in particolare sullo stemma.

«E poi… la svastica, non dovrebbe essere girata verso destra?»

«Effettivamente sì, signor Giudice» azzardò Caccialapreda. «Anche questo indizio, effettivamente...»

«Bah» sospirò il magistrato prendendo un altro foglio dalla pila di destra. «A questo particolare non darei soverchia importanza. Questi grulli sono spesso anche dei cialtroni...» firmò e sistemò il foglio sulla pila di sinistra. «Mi è capitato una volta un caso in cui in un covo di fascisti trovarono una bandiera italiana, con il suo bel fascio littorio cucito nel bianco, ma i colori rovesciati...»

«Vuol dire con il rosso all'asta invece del verde?»

«Esattamente.»

Altro foglio, altra firma graffiante.

«Qualche idea?»

Caccialapreda: «Ecco, pensavamo a una pista anarcoide...»

Gravitomene sollevò lo sguardo al di sopra degli occhiali. Esitò un secondo, posò la penna.

«Sì, lo penso anch'io. Direi di tentare in quella direzione.» Riprese la penna, colpetto di tosse. «Per quanto riguarda la stampa, chi è stato a dire ai giornali che l'obiettivo era il consolato americano?»

«Io, signor giudice; veda...»

«Ah. Visto che lei è così… fantasioso, ha qualche idea per addrizzare il tiro?»

Bombacci spiegò velocemente l'inghippo che coinvolgeva il commissario Spezzaferro e la mafia. E, visto che le cose si stavano mettendo bene, informò il PM di aver già rilasciato la famosa intervista a un giornalista fidato che l'avrebbe proposta al giornale "solo dopo il nostro colloquio, nel caso voi, signor giudice, foste stato d'accordo" – mentre in realtà l'aveva già venduta ai giornali in previsione che il giudice non fosse stato d'accordo: sottigliezze.

«È molto rischioso, per Spezzaferro e per voi.»

«Abbiamo deciso di rischiare, faremo la smentita a cose fatte.»

Il giudice si adagiò contro l'alto schienale della poltrona girevole, unendo la punta delle dita. Sotto la giubba di tweed aveva un panciotto con orologio a taschino e catenella.

«Una smentita?» ripeté con un mezzo sorriso, «servirà il giusto: *nescit vox missa reverti…*».

23

Tempo Perso

«Questo ha capito al volo e non ha fatto problemi. Che ne dici?»

Appena fuori, Caccialapreda si accese una sigaretta. Bombacci non rispose: gli giravano alla grande, per la spiacevole sensazione di essere finito in un tritacarne di teste di cazzo.

Si tirò su il bavero del giubbotto e calcò bene il cappello: il tempo era nuvoloso, piovigginava e tirava anche vento. Dato che la Seicento era ferma in mezzo alla strada e che non aveva alcuna intenzione di occuparsene, decise di tornare a casa a piedi.

Fecero un tratto insieme, fino al parcheggio dove invece una gazzella attendeva il suo "capo".

Finalmente sbottò:

«Vorrei sapere che razza d'informazioni avevate.»

Si fermarono.

«Caro mio, vorrei saperlo anch'io. Credo che la sua cosca l'abbia avvertito che stavolta era meglio mollare l'osso. Si sarebbero coperti di ridicolo. E gli anarchici, che spesso si alleano con le destre estreme, possono servire da potta e da culo. Mettiamola così. Vuoi un passaggio?»

Lo chiese con quell'aria di superiorità che lo contraddistingueva. Non aveva più il colbacco russo né la pistola al cinturone sul cappotto alla Strelnikov, ma il piglio era il medesimo della notte in cui si erano conosciuti.

«No, grazie. Vado a piedi. Una giornata così bella...»

«Vai vai. Ma, se vuoi saper la mia: i bombaroli sono morti nel botto e i loro mandanti o complici si sono squagliati.»

«Ma io li voglio beccare. E li beccherò.»

«Beh, mi tocca: sono a tua disposizione, sai dove trovarmi.»

In realtà Bombacci aveva un appuntamento telefonico con Rigamonti al Tempo Perso, un bar molto frequentato di via de Neri, d'angolo con via dei Leoni, davanti alla Loggia del Grano, dove avrebbe potuto mischiarsi tra gli avventori senza dar troppo nell'occhio. Anche se in realtà, rispetto alla moda del tempo, era come una mosca bianca: quando non indossava completi e cappotti alla Marlowe e tentava di fare il giovane, come oggi, si distingueva comunque per i capelli rasati sulla nuca e le basette corte, in un momento in cui fiorivano alla grande capelloni, basettoni, barboni, camicie floreali a colletti alti fino alle orecchie, scarpe a punta, cappotti stretti in vita e borsetti. I capelli avrebbe anche potuto farseli crescere, ma ci voleva tempo. Quanto al borsetto, mai! Che si fottessero. Che lo giudicassero pure un relitto d'antan. Amen.

Il Bar del Tempo Perso era cambiato in quegli anni: penombra, soprattutto in un giorno bigio come quello, specchi e luci soffuse al neon ovunque, un lampadario sferico di vetro variopinto che mandava bagliori quasi psichedelici, tavoli di fòrmica con gambe sottili di ferro cromato, divanetti di finta pelle rossa, separé. Era una via di mezzo tra la tradizione dei bar dopolavoristi e il Korova Milk Bar di *Arancia Meccanica*, effetto volutamente creato dalla nuova gestione per rispondere alla sua doppia personalità: di giorno era rimasto il "bar del tribunale" e ci si potevano incontrare giudici, avvocati, dipendenti del palazzo di giustizia, guardie ma anche malviventi. Questi ultimi ovviamente in incognito, lì in attesa di assistere alle udienze di questo o quel "fratello" arrestato, o per fare da basista per qualche messaggio da portare a complici, mogli, figli, fidanzate, trasmessi loro da qualche guardia corrotta durante la pausa tra un trasferimento e l'altro. Di notte, invece, il riverbero delle sue luci multicolori attraeva eccentrici fricchettoni alla Frank Zappa.

In un angolo un tanghero di pelo fulvo, in cappotto di cammello dalle spalline imbottite e dalle risvolte esageratamente larghe, giganteschi favoriti, baffoni e capelli alla Ray Dorset, fece cadere quasi in contemporanea al suo ingresso una moneta nella fessura di un Wurlitzer iridescente. Dopo qualche secondo, mentre Bombacci ordinava un caffè, manco a farlo apposta attaccò la banda fracassona di *In the summer time*.

Buttato giù il caffè e posata sul banco una moneta, entrò nella cabina che si aprì con un risucchio.

Compose il numero sulla ruota di plastica trasparente e si chiuse dentro, tagliando fuori ogni rumore.

«Aquila.»

«Merlo.»

A Bombacci parve di sentire un ghigno soffocato di scherno dall'altra parte del filo, ma si morse la lingua.

«Ti sei calmato!»

Al solito, non si capiva se fosse una domanda o un'affermazione: Rigamonti dava sempre l'impressione di non chiedere mai nulla a nessuno.

«Parla.»

«Ti ho cercato tre volte prima che tu andassi dal Gufo.»

Se c'era del risentimento nella sua voce, che si fottesse.

«Sei geloso? Stavo mettendo a punto l'intervista.»

«Non eri in casa, né al commissariato!»

«Veniamo al sodo.»

«Volevo avvertirti di una novità importante riguardante il Gufo.»

«Immaginavo.»

«Scommetto che è filato tutto liscio.»

«Fin troppo.»

«Alla fine hanno deciso di avvertirlo.»

«Chi e di cosa?»

«Chi, non ha importanza. Di cosa invece sì: uno dei nostri si è incontrato con uno dei loro e hanno raggiunto un accordo; questa storia va chiusa il più alla svelta possibile. In fondo è un caso di scarsa importanza: hanno fatto cilecca e ci sono anche rimasti.»

«Sono morti due dei nostri. Uno lascia tre figli piccoli.»

«Era il loro mestiere: ci siamo apposta per proteggere la vita degli altri rischiando la nostra.»

«E allora?»

«E allora si sono accordati: loro si mostreranno ragionevoli, lasciandoci liberi di agire.»

«Infatti non ha avuto nulla da ridire sulla pista anarchica.»

«Ovvio, ha capito al volo che è la chiave per trarci tutti d'impaccio. Bravo.»

Per Bombacci ricevere un elogio dal collega fu come un *uppercut* al mento. Vacillò, ma si riprese subito.

«Certo, perché degli anarchici non gliene frega nulla a nessuno.»

«Diciamo che possono far comodo: sono parenti poveri, rivestiti di romanticismo. Tutti li odiano ma nel profondo anche un po' li amano. E all'occorrenza si tingono anche di nero: in piazza Fontana sembra siano coinvolti insieme a loro anche gruppi di estrema destra. Per cui...»

«Per cui...?»

«Carta bianca.»

«Cioè?»

«Hai due settimane per fare pulizia; come, non importa.»

«E se non mi bastassero?»

«Codice T.»

Clic.

Bombacci restò con la cornetta ronzante in mano. Uscì dalla cabina. Nel bar c'era molta gente e nessuno pareva badare a lui, a parte un paio di ragazze che si diedero di gomito osservandolo e ridacchiando. Le note dei Mungo Jerry si erano da poco dissolte e ora stava attaccando John Lennon con *Imagine*. Ray Dorset lo guardò di sottecchi mentre usciva dal bar. Bombacci osservò la pioggia che si riversava sulla via, come a scegliere il percorso migliore per bagnarsi di meno. Due settimane era fottutamente poco tempo, ma la libertà d'azione era una libidine. "Codice T" invece significava ordine di insabbiare tutto nel caso non fosse riuscito. Doveva darsi da fare!

Si avviò verso piazza della Signoria, con il presentimento che sarebbe stato seguito.

24

Chi lo segue?

Ray Dorset era già nel bar, dunque o sapeva che Bombacci ci sarebbe entrato o era una vecchia conoscenza che si trovava lì per combinazione.

Il primo caso tendeva a escluderlo: che sarebbe andato lì a telefonare lo sapevano solo Max, che gli aveva trasmesso l'ordine di Rigamonti qualche ora prima, e il Rigamonti medesimo. Non restava che il secondo: ma chi mai poteva essere?

Cercò di sfrondarne mentalmente il viso dalla sovrastruttura di pelliccia e di immaginarselo come poteva essere dieci anni prima: rasato, capelli corti, al massimo ciuffo alla Elvis, giubbotto di cuoio e pantaloni larghi di fustagno. Nulla.

Giunto in piazza della Signoria, la pioggia a vento prese a sferzargli il viso di traverso, spengendogli la sigaretta. Frotte di turisti corsero ai ripari, chi sotto la loggia dei Lanzi, chi nell'atrio di Palazzo Vecchio, chi sotto i portici vasariani del piazzale degli Uffizi. Ben presto rimasero solo in due a traversare la piazza, saltando le pozzanghere, l'uno che si dirigeva a grandi passi verso via Vacchereccia e l'altro che, a trenta metri di distanza, inseguiva. Bombacci di bagnarsi se ne fregava, e forse anche l'altro. Cercava solo di capire fino a che punto volesse stargli dietro e perché. C'era solo un sistema. Svoltò all'improvviso a sinistra, nel chiasso de' Baroncelli.

Percorse quell'oscuro budello rallentando di molto, per dare il tempo all'altro di accorciare le distanze. A un certo punto sentì lo scalpiccio dei passi dietro che rimbombavano tra le alte pareti del chiasso. Davanti all'osteria dei Marcoviti, un buco nero da cui usciva odore di bollito e salse aromatiche, si soffermò come per studiare la lista: era già ora di pranzo. Una mostra scritta a mano, al riparo della pioggia, indicava le specialità del giorno: "Spaghetti bruciatonsille £

380"; "Trippa alla viv' i' parroco £ 1.000"; "Fagioli all'olio di gomito £ 750"; "Patate strappapeli £ 270"; "Cinghiale d'Erimanto £ 2.000", "Vino di chello bono, £ 50 a bevuta" ...roba così. Ray Dorset esitò, fece per tornare indietro, poi decise di proseguire, oltrepassandolo. Bombacci scattò, pistola in pugno, intimandogli l'alt. Dopo poco il povero diavolo si trovò con un polso ammanettato a un anello da cavalli infisso nel muro, uno di quei residui medievali che ancora si vedevano per le antiche vie di Firenze. Lo scroscio di una gronda rotta, cadendo da venti metri d'altezza, gli stava distruggendo l'acconciatura, spiaccicandogli i capelli e i favoriti e rivelando d'un colpo l'antica fisionomia. Nientemeno che Alfonso Levacorta, detto "il Biscia"! Un birbante matricolato che aveva sbattuto in galera nel 1965. Dato che s'era beccato dodici anni, delle due l'una: o gli avevan usato grazia, oppure era evaso.

«Toh! Guarda chi si rivede. I' Biscia.» In quel momento un uomo panciuto con un grembiale bianco da cuoco si affacciò dalla soglia della bettola, un coltellaccio in mano. Bombacci si limitò a brandire verso di lui il distintivo: fu sufficiente a farlo rientrare nel guscio.

«Devo dire che dietro questo cespuglio a distanza non t'avrei mai riconosciuto. Allora: vuoi dirmi cosa volevi da me, o devo portarti in centrale?»

«Accusandomi d'icchè? 'un si pole più nemmen girare liberi per questa città di merda?»

«Libero da quando?»

«Te 'un ti preoccupare. Lo so io da quando!»

«Nacchero, tu m'intendi! Non facciamo tanti giohini. Dimmi icchè tu volei da me e ti mollo. Altrimenti... tu lo sai bene come son fatto. E se son tornaho, sai bene cosa vole dire: che quelli mi han richiamaho, perché sentìano la mancanza de' miei sistemi. Inteso?»

«Io muto mi metto. E tu fottiti.»

«E io ti porto in galera. Intanto che non mi dici icchè ci fai a piede libero.»

«Son libero per bona condotta da tre mesi. Mi son fatto sette anni pieni, 'un ti basta? Bastardo! Lo sai che quando tu m'hai arrestaho ho perso la mi' donna e la mi' figliola la s'è persa e ora fa la vita?»

«Mi rincresce, figliolo. Ma 'un credo che se t'avessi lasciaho libero tu l'avresti salvata dalla strada, se posso permettermi. Ho conosciuto eduhatori meglio di te.»

«Perché sei tornaho? Per rovinarci a tutti?»

«Forse. Intanto dimmi: icchè ci facevi al Tempo Perso?»

«'un si pole andare ai barre a sentire un po' di musiha e a far colazione? L'ero con la mi' donna di ora.»

«Un dritto d'Oltrarno al Tempo Perso, il bar del tribunale? Parla o ti sbatto dentro.»

«E dai! Con quale accusa?»

«Aggressione.»

Il Biscia fece una risata breve ma intensa, quasi crudele.

«Non son più tempi, commissario.» Strinse il pugno libero dalle manette nel saluto comunista: «Non son più tempi degli abusi. Ora la sua parola vale meno della mia, se 'un l'avesse ancora inteso! E finirebbe che poi ai ferri ci finisce lei!»

«Per sapere se sei evaso mi basta una telefonata» fece, paziente, il commissario indicando la bettola, sulla soglia della quale ora faceva capolino un grappolo di teste. «Aspettami pure qui, che quest'acquerugiola intanto ti rinfresca le idee.»

Quando il commissario si voltò verso la bettola, tutte le teste rientraron pronte all'interno, come corni di chiocciola toccati da un dito. Fece appena in tempo a fermare l'oste.

«Ohilà, oste! Hai un telefono?»

«Commissario, fermo!»

Si voltò: obbligato al muro per il braccio destro, in ginocchio sul selciato di pietra, i capelli spiaccicati sulla nuca dall'acqua gelida, i favoriti zuppi, digrignava i denti mormorando alate parole.

«Non mi rovinare per la seconda volta, bastardo rottoinculo. Non farlo, che tu sia maledetto se lo fai!»

Bombacci congedò l'oste con un elegante gesto della mano e quello, stavolta a malincuore, ubbidì. Scostando la tendina della porta a vetri, continuò però a sbirciare, insieme a una piccola folla di avventori: il locale era ormai in subbuglio e tutti avevan lasciato i propri posti.

Qualcuno sussurrò: «Un sarà i' caso di chiamare la polizia?»

«O bischero!» gli tirò dietro un altro «o 'un lo vedi che la polizia l'è quello?»

«Quello?» chiese una voce di donna. «E sembra un bandito.»

«Sieee, bandito. Ovvia, certo: e sarà anche un bandiho» rincarò l'oste «ma l'è dalla parte di qua della barrihata. Mi mostrò poc'anzi un distintivo grosso così».

«E icchè c'era scritto?» chiese uno, beffardo. «Che l'hai letto, Gigi, icchè c'era scritto?»

«Sì, magari l'era la tessera di poero.»

«O la licenza di pesca!»

E giù tutti a ridere.

«Vaia vaia» fece l'oste girandosi, stizzito: «l'è uno del *Sidde*.»

«Il *Sidde*? E i' che l'è?» fece la donna.

«Poerini a noi, la mi Sonia un sa i' che l'è i' *Sidde*.»

«Signorina» fece l'oste ponendosi l'indice sulle labbra per chiedere silenzio: «Roba grossa. Servizi segreti.»

«Madonna...»

«Diocristo... davvero?»

«E allora chi l'è quell'altro?»

Gigi era tornato a sbirciare fuori: «Positivo, un terrorista. Ma chetahevi un pohino.»

La scena era intanto cambiata. Bombacci aveva liberato il Biscia dall'anello di ferro e se l'era legato al polso. Poi, con lesta movenza, aveva estratto la pistola dall'ascellare e, nascondendola con la falda aperta del giubbotto, ma parimenti ficcandogliene la canna nelle costole, l'aveva drizzato esortandolo a camminare.

«Oh, guardahe: in mano tien l'arma d'ordinanza! Lo sta portando via.»

Le teste si assieparono per guardare, ma lo spettacolo volgeva al termine: i due, sotto la pioggia, a braccetto come vecchi amici, stavano ormai scomparendo verso via Lambertesca.

25

Il Biscia

Bombacci ci aveva dato dentro. Alfonso Levacorta, detto il Biscia, era evaso dalle Murate, il carcere di via Ghibellina, nel luglio del 1970, sfruttando il caos provocato dalla famosa rivolta dei detenuti, prima che venisse repressa a bastonate dalla Celere. Nascosto per mesi in uno scantinato del bordello della Samanta, in via del Campuccio, aveva saputo sfruttar bene il radicale mutamento di costumi, facendosi crescere capelli, baffoni e favoriti e iniziando a vestirsi alla nuova moda dei papponi. Il tutto rifinito alla perfezione da una serie di documenti falsi: patente, carta d'identità e passaporto. Ora si faceva chiamare Alessio Largomanno e aveva sempre rigato diritto. O così diceva lui.

I due si trovavano seduti a un tavolo alla Cava del Brutto, una fiaschetteria di piazza dell'Olio, dietro il Battistero. Un locale sordido, cui si accedeva per due strette e ripide rampe di scale. Bombacci aveva scelto un tavolo vicino allo sbarco delle medesime, in modo che il suo prigioniero non potesse fuggire. Altre sortite non ve n'erano. La latrina, in fondo alla saletta dal soffitto a volta tutto nero di fuliggine, aveva solo una bocca di lupo alta quattro metri per dare almeno la parvenza di un'aerazione: il che non impediva a zaffate di orina e di feci di mescolarsi di quando in quando agli effluvi provenienti dall'attigua cucina. Arduo decidere quale fosse il più gradevole.

Un pendaglio da forca completamente calvo, naso rotto e zona barba bluastra portò due piatti di minestrone bollente servendoli prima al commissario e poi all'altro, col pollice dall'unghia nera immerso nel brodo. Non era il caso di fargli notare la mancanza di stile. Bombacci però notò lo sguardo d'intesa col Biscia: tra stronzi s'intendono sempre. Non potendo lasciar correre, in segno di silente replica si limitò ad aprire il giubbotto con la destra, in modo che quello vedesse la fondina ascellare con l'artiglieria. Non ci furono più occhiate furtive tra i due.

«Un azzardo comunque frequentare il Tempo Perso, non ti pare?»

«Dovevo farlo.»

«Immagino. Ma se non mi dici perché, ti risbatto dentro. Se invece mi aiuti, ti lascio libero.»

Erano entrambi bagnati fradici e i loro vestiti fumavano al tepore della bettola. C'erano solo altri quattro tavoli, tre dei quali occupati da altrettanti solitari che mangiavano a capo chino, gomito sinistro sulla tovaglia lercia e posate impugnate a mo' di pugnale. I nostri erano costretti a parlare sottovoce. Bombacci scacciava con violenza il dolce-amaro ricordo della prima cena con Francia a lume di candela, cercando di convincersi che in fondo si trovava più a suo agio in quei bassifondi.

«Dovevo raccogliere il messaggio di un compagno ristretto in carcere e trasmetterlo a sua moglie.»

«Un compagno.»

«La galera mi ha convertito alla causa...»

«...di sua moglie con cui vai a letto?»

Cattiveria inutile, d'accordo. Ma Bombacci era proprio un bastardo quando sentiva l'odore del sangue. Non dico che cercasse il pretesto per sparargli in testa, ma poco ci mancava. Il Biscia avvampò, serrando i pugni: «La moglie è dietro le sbarre a Santa Verdiana».

«Una bella famigliola, insomma» chiosò il commissario, portando alla bocca il minestrone con doveroso risucchio. Molto ma molto più buono di quanto avesse osato sperare. O forse era solo il sollievo che il liquido caldo portava alle membra oppresse dai vestiti freddi e bagnati.

«Se la povera gente non s'aiutasse così, con voi servi dei padroni si morirebbe sfiniti infra fine fatta.»

«Come t'anno ammaestrato bene. Ma non c'era un prete in galera?»

«C'era, ma io mi turavo le orecchie quando parlava e alla messa non son mai andaho. I preti parlan sempre per i ricchi e i padroni.»

«Ma no, che dici. Ora che han fatto il Concilio, l'è cambiata la musica.»

«Ma sie. Tutte bubbole: perdano il pelo, ma no il vizio.»

«E il messaggio l'hai avuto?»

«Sì.»

«E allora perché ti trastullavi col grammofono?»

«Si chiama jukebox, commissario.»

«Allora?»

«Per darmi un contegno, passare inosservato.»

Seguì un breve concertino di risucchi, corrispondenti ognuno a una cucchiaiata di minestrone.

Fu il commissario a rompere il silenzio: «Perché ti sei messo a seguirmi? Per farti beccare?».

«Perché volevo esser sicuro che fossi tu. Poi avrei improvvisato.»

«Improvvisato cosa?»

«Il sistema di farti fuori.»

«Mi vuoi uccidere?»

«Sì.»

Bombacci non si scompose.

«Beh, fossi in te, lascerei perdere. Dimenticavo di dirti che ho fatto carriera. Guarda.» Certo che nessun altro lo vedesse, gli fece scivolare sotto il naso il distintivo del SID. «Uccidere un commissario di pubblica sicurezza è di per sé un atto gravissimo. Se poi questo è anche sul libro paga del SID è un atto assolutamente suicida. Tu non hai neppure un'idea di quanto tremendamente fascisti diventino i colleghi quando devono vendicare uno di loro.» Stava bleffando, ovviamente. «Non ne faresti solo tu le spese, ma anche la tua donna, tua figlia e chi sa quanti altri.»

«Come i mafiosi insomma.»

«Ehhh, figliolo. A furia di accusarci di ciò che non eravamo, ci avete costretti a diventare ciò che siamo. Per difenderci. In psicologia si chiama *transfert indotto*. Ma tu sei anche una capra, che vuoi capire di certe sottigliezze, eh? Povero trinariciuto! T'hanno infinocchiato per benino, vai, 'un dubitare: i buoni di qua, i cattivi di là; o bianco o nero. Ti hanno lavato il cervello. E pensare che ti ammiravo. Mi piacevi.»

Il Biscia sbuffò, sprezzante.

«Sì, quando ti chiamavano il Biscia perché riuscivi a entrare nei cunicoli più stretti, senza fare il minimo rumore. Non c'era finestra o grata capace di resisterti. Nessuna serratura aveva segreti per te. Avevi mani da chirurgo, sensibilità di pianista, intelligenza sottile, furbizia diabolica e anche una discreta dose di onestà: avevi le tue regole, in fondo. Non rubavi ai poveri, davi la decima in beneficenza, aiutavi le vedove. Eri un ladro gentiluomo insomma. E ora guarda come ti sei ridotto: imbolsito, goffo, non hai saputo neppure pedinarmi senza farti beccare come un novellino. Bah.»

Il Biscia sembrò colpito da queste parole, cui seguirono altre cucchiaiate col risucchio, ora dell'uno, ora dell'altro.

«E ora che mi hai fatto l'elogio funebre? Che farai? Mi riporti dentro?»

Bombacci scosse la testa: «No. Ti propongo un patto.»

«Ho scelta?»

«Sì. Se non ci stai ti riporto dentro. Se ci stai, ti prometto che poi mi dimenticherò di te.»

«Ah, embè?»

«Embè, tu dovrai promettere a tua volta.»

Ultimo risucchio del Bombacci, cucchiaio posato sulla scodella con rumore di coccio.

«Bono» sentenziò «bono.»

Quando anche l'altro ebbe finito, il pendaglio da forca si avvicinò con aria truce al tavolo, pulendosi le mani lerce al grembiale.

«Cosa offre la casa?»

«Sarsicce e fagioli in umido. 'un c'è altro. Prendere o lasciare.»

«Sempre così cortesi e raffinati da queste parti?»

L'uomo stirò le labbra in una specie di sorriso: «Sempre, quando entran degli sbirri.»

«Ma chi ti ha detto che sono uno sbirro?»

«Avete il ferro.»

«Se l'avessero solo gli sbirri, il ferro, staremmo lustri. Non ti pare?»

L'aria truce dell'oste si mutò in terrore. Se quello non era uno sbirro, allora era di certo qualcosa di molto peggio. E di peggio non c'era che una cosa: la banda della Calvana, di cui tutti parlavano in quel periodo.

«Portaci i' che tu hai, oste della malora. E che sia bono e sano, se m'intendi. O qui la va a finir male: inteso?»

Il Biscia teneva il capo chino. Oh, Dio, come riconosceva in questo maledetto camaleontismo il Bombacci da prima linea. La merda spietata che batteva i bassifondi col lanternino per bonificarli dai ratti come lui. Roba che Reinhard Heydrich al confronto era un boy scout.

«Allora, dicevamo? Ah, sì: lavorerai per me.»

«Mi proponi di tradire i miei amici? Rimandami dentro.»

«Dipende da chi sono i tuoi amici. Ascoltami bene...»

26

E ora?

La stampa non sapeva più che pesci pigliare. Alcuni giornali si becchettavano tra sostenitori della notizia che l'obiettivo fosse il consolato americano, e chi invece sosteneva, in linea con l'ultima intervista rilasciata dal misterioso poliziotto che aveva tirato in ballo la mafia, che fosse in realtà il teatro Comunale. Questo caos informativo era quel che ci voleva perché uno come il Bombacci potesse lavorare indisturbato, ma si trattava però anche dell'unico risultato ottenuto fino ad allora.

Nel suo ufficio del Tiratoio, la testa fra le mani, osservava pieno di sconforto il foglio e il lapis che aveva davanti. Ercole, cioè il sergente Leoluca Fanfulla, gli passò una chiamata sulla linea riservata.

La voce all'altro capo del filo pronunciò una sola parola, prima di riattaccare: «Universale».

Era il primo segno di vita del Biscia dopo l'accordo fatto con lui due giorni prima. Per evitare di essere visti insieme, avevano stabilito che si sarebbero incontrati in un cinema dopo l'inizio dell'ultimo spettacolo, in modo da entrare al buio e a sala semideserta. Il cinema doveva essere ogni volta diverso e le chiamate brevissime: bastava che pronunciasse il nome del cinema.

L'Universale però non era un cinema, ma una camera a gas situata in una palazzina di via Pisana, poco fuori porta San Frediano. Negli anni Sessanta vi si consumavano tonnellate di sigarette e sigari toscani al giorno, e ora, anno di grazia 1972, il Bombacci avrebbe avuto un incontro molto intimo col dolciastro aroma della cannabis. Un locale di cui i fiorentini dicevano servisse a tutto, fuorché guardare il film. In quel "tutto", quella sera, ci sarebbe stata anche la prima soffiata del Biscia.

Erano le 19:00. Aveva dunque ancora più di tre ore e mezzo di attesa snervante, anche se piacevolmente interrotte dalla cena che aveva fissato con Francia.

Stava per prendere la cornetta in mano per chiamare Rombolaro, quando Ercole bussò alla porta: «Signor commissario, hanno chiamato dal comando vigili urbani».

«E che vogliono?» Bombacci gli fece cenno di sedersi: vederlo così enorme, incombente, lo metteva a disagio.

«Hanno trovato una Seicento abbandonata in mezzo di strada, col motore in avaria e l'evidente segno di una poderosa pedata sullo sportello lato guida.»

«Davvero interessante, Fanfulla.»

«Beh, ecco, la targa combacia a quella della macchina il cui conducente, l'altro giorno, avrebbe minacciato un vigile con la pistola.»

«Cosa? E perché mai?»

«Secondo l'agente, che ha sporto denuncia contro ignoti, il malvivente, fermato dall'agente medesimo per manifesta infrazione...»

«Che infrazione?»

«Guida pericolosa ed eccesso di velocità. Il malvivente, dicevo, alla richiesta di esibire i documenti gli avrebbe invece puntato contro una pistola.»

Bombacci sgranò gli occhi: «Una pistola?»

«Esattamente, signor commissario. Pare che la tenesse sotto la coscia mentre guidava.»

«Il pervertito.»

«Ehm. Il malvivente ha minacciato con la suddetta pistola l'agente, intimandogli di consegnare l'arma di ordinanza. Poi avrebbe estratto il caricatore e, controllato che non avesse il colpo in canna, l'ha resa all'agente.»

«La pistola.»

«Scarica. Il caricatore invece gliel'ha sottratto, presumibilmente perché il munizionamento era compatibile con la sua arma. Che, essendo un calibro 9 corto ...fa presumere che il malvivente avesse un'arma proibita.»

«Che storia incredibile. E perché quel fesso non si è tenuto anche la pistola?»

«Forse perché per un malvivente è scomodo e rischioso tenere una pistola registrata.»

«Ricerca sulla targa?»

«È questo il punto. I vigili urbani dicono che al PRA la targa risulta di un veicolo rottamato nel 1968.»

«Ehhh che ti devo dire, Fanfulla? Qualcuno avrà rubato la targa da un cimitero di auto, l'avrà attaccata su quella carriola e poi... e poi... Senti, io son qui per star dietro a ben altre rogne...»

«Il fatto è che il commissario è fuori e ho pensato doveroso avvertirla di questa telefonata.»

«Ma perché han chiamato proprio noi?»

«Dopo la bomba, hanno passato a noi l'incombenza dei rapporti con il Comune e, siccome i vigili urbani dipendono dal Comune, han pensato a noi per sapere se possiamo occuparci del caso.»

«Senti, stila un bel rapporto e poi mettilo sulla scrivania del capo. Certo che un malvivente si metta a fare il matto con una Seicento... mah.»

«Può dirlo forte, commissario. Però, se posso permettermi...»

Bombacci assunse una posizione più comoda sullo schienale. Cominciava a friggere.

«Permettiti pure, Fanfulla.»

«Ecco, devo dire in coscienza che l'altra mattina ho visto quella medesima auto ferma davanti al parcheggio del Cestello.»

«Caspita.»

«E poi ho visto la persona che vi è salita alla guida.»

«Sceso, sceso Fanfulla. In una Seicento si scende, non si sale.»

Fanfulla, il viso di pietra, abbozzò una smorfia.

«Era lei, signor commissario.»

«Fanfulla, ma dico, scherziamo?»

Ercole ondeggiò il testone in segno di diniego. Bombacci, arreso.

«Bene, e allora? Che facciamo? Sporgerai denuncia?»

«Mi dica lei, signor commissario. Se saprà darmene una buona ragione, resterò muto come una tomba. Altrimenti, dovrò fare il mio dovere.»

Bombacci lo squadrò severamente.

«Ascoltami bene. Attualmente sono in verità un poliziotto sotto copertura. Cioè in forza al SID. Registrato?»

Gli sbatté sotto il muso il distintivo.

«Sono qui a rischiare la pelle per nulla. E alla prima cazzata, ammesso che non mi becchi un colpo in testa, mi disconoscono. Dunque cosa penseresti? Che almeno mi diano dei mezzi per combattere la loro guerra, no? E lascia stare che ora è anche la mia, perché quei bastardi hanno ucciso due dei nostri. E invece? Mi mettono a disposizione una Seicento scassata! No, dico, ti rendi conto? E nemmeno un ufficio come si deve. Bene. Con quella carriola stavo arrancando verso Careggi per interrogare l'unico sopravvissuto alla strage, un teste importante, sicuramente uno della banda. Ma dovevo far presto, perché stava crepando sotto i ferri. Bene che faccio? Corro, Fanfulla. Salto sui marciapiedi, supero in linea doppia continua, passo contromano e col rosso. Sì, certo, la sirena? Un catorcio sfiancato. La gente rideva quando l'accendevo. Così l'ho gettata via. E il vigile che fa? Mi ferma. Non c'era tempo per spiegare. Avevo la pistola pronta perché in guerra si va preparati: venivo dal teatro di una strage mica da poco, potevano avermi individuato, ho molti nemici, occasione unica per farmi la pelle, no? Bene. La pistola era il modo più veloce per sbarazzarmi del vigile. Non volevo che il teste morisse prima del mio arrivo, chiaro? Per cui l'ho disarmato. Perché? Semplice: perché non volevo trovarmi una pallottola nella nuca sparata da un vigile del menga mentre scappavo via al suo alt. Capito?»

Il Fanfulla sembrava davvero impressionato.

«Beh, visti i fatti...»

«Visti i fatti che, Fanfulla? Vuoi far denuncia? Fai. Il SID mi tirerà fuori e tu avrai la carriera troncata.»

«Non volevo dire questo, lei mi sta usando torto.»

«Facendo torto, Fanfulla. Si dice facendo.»

«Io non ho studiato come lei, signor commissario...»

Bombacci sventolò una mano, distogliendo lo sguardo. Era imbestialito.

«Volevo solo chiederle se ce l'ha fatta.»

«No. È crepato pochi minuti prima che io arrivassi al CTO.»

Plumbei attimi di silenzio.

«Non avrei comunque fatto in tempo.»

«Mi spiace commissario di aver dubitato di lei. Si metta però nei miei panni. Potevo tacerle la cosa?»

«Hai fatto bene, sei un bravo poliziotto. So che potevi anche andare direttamente dal tuo capo, e non l'hai fatto. Di questo ti ringrazio.»

«Come procedono le indagini commissario?»

«Benissimo, guarda.»

Bombacci girò il foglio sul quale, in tutta la sera, aveva scritto solo queste parole:

AMMONAL
IRLANDESI
ANARCHICI
DUCCIO, MARIO

E ORA?

Eh, sì, commissario. E ora?

PARTE SECONDA

Ivan

27

Al cinema Universale

Pagato il biglietto e scostate le tende, i polmoni del Bombacci vennero aggrediti dal Cyclon B che qualche neonazista doveva aver effuso nella sala tramite gli aeratori. Una cortina di fumo rendeva quasi impossibile individuare lo schermo e il rumore che rimbombava nell'angusto locale non era tanto quello del film, quanto quello degli spettatori che facevano di tutto, come recitava il popolare adagio, fuorché guardare il film. Gli accordi erano di trovarsi sempre nell'ultima fila, ultimi posti a destra, se possibile. Il cespo d'insalata alla Ray Dorset non doveva essere difficile da riconoscere, anche se di capelloni ce n'erano parecchi. Con l'aiuto di una torcia elettrica, il cui fascio di luce, avvitandosi a fatica in quel nebbione, sembrava trasformarsi in una sorta di spada laser, e quasi a tentoni, riuscì in qualche modo a individuare il posto libero accanto al suo uomo. Il Biscia sedeva con gli stivali poggiati sulla fila davanti e, per non esser da meno della tribù dei fumatori in cui era finito, stava pompando energicamente da una canna.

In quel momento, accanto aveva un ragazzo che stava lanciando una manciata di raudi tre file più avanti. Lo scoppio fece balzare sulla sedia alcune ragazze, che risposero berciando e lanciando mozziconi di sigaretta. Qualcuno rispose con una pistola Very, il cui artifizio andò a conficcarsi nello schermo, facendoci un buco largo mezzo metro.

Alla bravata, si sollevò una gigantesca ola di gioia, mentre tre posti a sinistra una coppia, incurante di tutto, ci dava dentro alla grande.

Il commissario estrasse la pistola e si sedette mettendosela, al solito, sotto la coscia. Hai visto mai?

«Non c'era un altro posto?»

Berciò nell'orecchio del Biscia, che si voltò appena, levandosi di bocca la canna e gettandola schifato chi sa dove.

«Devo dire che è molto cambiato dai miei tempi! E anche quello schifo che mi han dato dei ragazzi. Mi gira la testa!»

«Va bene. Parla alla svelta e sfiliamoci.»

«Un tipo, il Trappola, pizzicato a svaligiare un tabaccaio di via dei Pepi, è stato arrestato dai carabinieri qualche giorno fa, il 17 dicembre.»

«E allora?»

«Il Trappola è alle Murate, in attesa di giudizio. È un recidivo, per cui lo condanneranno senz'altro. Il suo vero nome è Ciro Malegonnelle.»

Da qualche parte esplose un altro ordigno, grosso stavolta, che creò dapprima un improvviso silenzio, poi un urlo di panico, quindi un coro di risate. A un certo punto fece irruzione un pazzo in sella a una vespa. Impennando sulla ruota posteriore, percorse tutto il corridoio centrale, per andare poi a schiantarsi sotto lo schermo. Boato di risa e *standing ovation*.

«Se qui arriva la polizia son dolori!»

«Sei tu lo sbirro.»

«Su, vai avanti!»

«Ho saputo che il Trappola...»

Dietro la nube di fumo, qualcosa di simile a un film seguitava a esser proiettato sullo schermo, ma nessuno sembrava essersene accorto. Come nessuno si era accorto che la vespa, entrando in sala, aveva permesso sulla sua scia l'ingresso indisturbato anche di una banda di balordi in giubbotto borchiato e capelli rasati. Negli anni Sessanta, in Inghilterra, quella sarebbe stata la classica incursione di una pattuglia Rocker in un covo Mods. Verso la fine del decennio i Mods si erano liquefatti in movimenti disparati, dagli Hippy ai radical chic, dai contestatori studenteschi agli intellettuali di sinistra, dai pacifisti ai radicali, mentre i Rockers si erano brutalmente trasformati nei famigerati Skinhead.

Erano in quattro, pieni di birra e anfetamine. Dovendo scegliere dove colpire, furono irresistibilmente attratti dalla capigliatura afro del Biscia, la cui sagoma s'intravedeva nella nebbia alla loro destra, teneramente accostata – così pareva in quella distorsione psichedelica di droghe fluttuanti e rumore assordante – a quella del Bombacci. Raggiuntili, uno di loro inserì il capo rasato fra i due.

«Ma cosa mai avranno da dirsi questi due frocetti?»

E fece scattare la lama di un coltello.

Il Biscia non si scompose.

«Caschi male fratello. Non ho nulla da darti.»

Bombacci si accorse che il ragazzo aveva una svastica tatuata sull'avambraccio. Chi sa perché ebbe modo di notare che fosse regolarmente orientata a destra.

«Ma che bei capelli da negro di merda! Forza ragazzi, trascinateli fuori che ci divertiamo un po'.»

Il resto avvenne molto velocemente. Uno dei balordi abbrancò il Bombacci al collo, facendo a sua volta balenare una lama. Il commissario aveva già in mano la pistola, che come si ricorderà teneva sotto la coscia – hai visto mai? Sì, ora vedeva che aveva fatto la cosa giusta – per cui gli venne facile colpirlo col calcio in fronte, liberarsi dalla stretta sull'urlo rauco di lui, afferrarlo a sua volta al collo, tirarlo in basso e poi, gran finale, fiaccargli in bocca la canna, rompendogli la chiostra dei denti, mentre il coltello cadeva a terra nell'indifferenza "Universale". Contemporaneamente, il Biscia aveva fatto di meglio: scattando come la vecchia ma non del tutto arrugginita molla che era, forgiata da anni di risse di strada e di carcere, aveva disarmato il coglione e, impadronitosi del coltello, glielo aveva senza esitazione piantato in gola fino all'elsa. Poi si era alzato, aveva scavalcato lo schienale della poltroncina e aveva cominciato ad allontanarsi, con calma. Bombacci dovette decidere alla svelta il da farsi. I tangheri erano in quattro e i due rimasti si avventarono sul Biscia prima che questi riuscisse a svignarsela. Sfilata allora la canna dalla bocca del balordo, che vomitante e sputante sangue s'accasciò al suolo, con un balzo fu addosso agli altri. Un tipo alto e magro, anche lui in giubbotto borchiato e testa rasata, aveva tirato fuori a sua volta una lama con la quale stava per trafiggere il Biscia che, sgambettato, ora si dibatteva nella stretta del complice. Non c'era tanto da cincischiare: quelli gli stavano ammazzando l'informatore. Si fosse limitato a intimargli di fermarsi – sia pur qualificandosi come poliziotto – il Biscia si sarebbe preso comunque la stoccata fatale, anche solo per l'inerzia della mano, che ora il Bombacci osservava come in un tempo sospeso avanzare al rallentatore contro quella pelosa gola scoperta. Escludendo un intervento divino, solo una cosa poteva fermare quella mano: un pilloro da nove millimetri.

Bombacci levò col pollice la sicura dell'arma, che aveva già il colpo in canna, ed esercitò la necessaria pressione sul grilletto.

Il colpo secco e sordo si mischiò alla grande con il caos Universale e così, indisturbata e veloce, la pallottola andò ad attingere la testa rasata, fulminandola a morte. Poi, con una precisa identica pressione, l'arma fedele, avendo riarmato nuovamente la camera di scoppio, fece partire un secondo colpo, che attinse questa volta la schiena di quello che, accortosi del problemino, stava battendosela a gambe. La schiena non per caso o per errore, ma per precisa scelta. Se avesse mirato alla testa, da quella distanza avrebbe potuto mancarlo e colpire un innocente: la schiena offriva un bersaglio più facile. Il ragazzo crollò a terra. Bombacci avrebbe potuto e forse dovuto finirlo, ma non ne ebbe il cuore. Confidò che, ammesso fosse sopravvissuto, non sarebbe mai stato in grado di riconoscerlo o di farne un identikit attendibile agli investigatori cui sarebbe stato affidato il caso. Che per beffa del destino sarebbero stati proprio quelli del Tiratoio!

Il Biscia guardò il commissario, un solo istante, ma con uno sguardo che diceva tutto quanto c'era da dire in quel frangente: "E ora che si fa? Proseguiamo col nostro gioco? Oppure ci salutiamo qui? Ma se me la do a gambe, mi sparerai? Ti converrebbe, forse, perché stasera ero con te e potrei testimoniare quel che hai fatto. Del resto, anche tu potresti testimoniare contro di me. Potremmo trovarci tutti e due in cella insieme, alla fine".

Tutto questo diceva quello sguardo. Il tempo per decidere era poco. Maledettamente poco. Nonostante il caos Universale, qualcuno presto si sarebbe accorto che lì la morte era passata veloce con la sua falce arrugginita a mietere almeno due vittime fresche. E infatti, sulla bolgia s'elevò d'improvviso un grido di donna: un urlo straziante, di paura vera, di panico bloccante, prodotto da polmoni intasati di veleno e da una mente stranita dalle droghe e, per mollezze e deboscia d'educazione, assolutamente non avvezza ad assistere dal vero a opere di morte. Cessarono di esplodere gli sciocchi petardi, cessò l'orgia dei bontemponi con i suoi schiamazzi e le risa. Lo schermo tacque all'improvviso e, per qualche miracolo del Signore, le luci non si accesero.

Calò il silenzio in un buio Universale.

«Nanni, non fare il bischero. Tien gli occhi bassi!» sussurrò il Bombacci all'orecchio del Biscia. «E portiam via i coglioni da qui. Ma non t'azzardare a scappare o ti fulmino.»

Poi esplose tre colpi in direzione dello schermo in modo da provocare il panico ma senza rischiare di uccidere nessuno: essendo di materiale elastico, avrebbe fatto passare le pallottole ma fermato il rimbalzo di ritorno. In quel fuggi fuggi di eroi della notte, i due, come sugheri in un torrente in piena, si lasciarono trascinare fuori.

28

Il messaggio

Faceva freddo nel parchetto di piazza Pier Vettori. Tempo improvvisamente sereno, stelle e falce di luna brillavano in cielo. Il Biscia e il Bombacci sedevano l'uno vicino all'altro su una panchina di ferro. In quella accanto, un barbone dormiva steso su un cartone, avvolto in una coperta. Gli addobbi natalizi lampeggiavano sulle insegne dei negozi e attorno alle finestre delle case. Era la vigilia di Natale, ma per loro tre non sembrava proprio.

Osservavano di lontano il parapiglia dell'Universale. Videro arrivare le volanti della polizia e poi l'ambulanza, sempre troppo lenta rispetto alla voce acuta della sirena che la precedeva. I lampeggianti dell'una e dell'altra sferzavano gli edifici. Molta la gente era affacciata alle finestre e qualcuno, timidamente, si stava raggruppando anche per strada, tenuto a bada dai poliziotti. Bombacci avrebbe dovuto essere lì e invece era uno degli assassini. La sua arma aveva fatto fuoco due volte, uccidendo certamente almeno una persona.

«Capo» ghignò il Biscia accettando la sigaretta che l'altro gli offriva. «Se riparte a sirene spente, hai freddato anche il secondo.»

«Taci.»

«L'hai fatta grossa stavolta eh?»

«L'ho fatto per salvarti la vita.»

«Disinteressatamente eh?»

«Esatto.»

«Potevi evitare di sparare la seconda volta, ma avevi paura delle complicazioni. Vedi quando dico che sei fascista? Ai tempi dell'OVRA, nessuno ti avrebbe incriminato per questo. Oggi, invece, se io cantassi, aprirebbero un'inchiesta e potrei così sbarazzarmi di te per sempre: trent'anni non te li leverebbe nessuno, con i giudici che finalmente abbiamo. E in carcere, uno sbirro sai che fine fa?»

«No, dimmelo tu Biscia, che sei divertente.»

«Dureresti tre mesi, forse quattro. Prima di rifarebbero il deretano, e poi… *zac.*»

Si portò il pollice da un orecchio all'altro, passandolo sulla gola pelosa che l'altro gli aveva salvato. L'ingrato.

In quella, l'ambulanza partì. A sirene spiegate.

«Potrebbe comunque morire sotto i ferri» commentò cinico il Biscia.

Fumarono per qualche secondo, assorti in diversi pensieri.

«Cosa conti di fare, signor commissario?»

«Riprendere il discorso interrotto.»

«Fa un freddo boia.»

«Vedo là un bar illuminato. Ma non credo sia prudente. Parlami svelto e si va a nanna.»

Biscia emise il fumo dalle narici, sputacchiò qualcosa di lato, si strinse nel bavero del cappotto.

«Prima dell'intervallo, ti stavo dicendo che questo Ciro Malegonnelle, in arte Trappola, è ristretto alle Murate, in attesa di beccarsi un decino, dato che è in recidiva.»

«Che ha combinato?»

«Ha aggredito un tabaccaio con una spranga, fracassandogli il cranio.»

«È morto?»

«No, è vivo per miracolo. Ha sfasciato la cassa e portato via qualche pezzo. Ma l'hanno beccato dopo duecento metri, il coglione. Ehhh, commissario: questi giovani son solo cervelli vuoti.»

«Quindi?»

«Quindi ho saputo che questo fesso era della banda di balordi del Comunale.»

Bombacci s'irrigidì.

«Fonte certa?»

«Tu hai un gran culo, commissario, lo sai?»

«Questa mi giunge nuova.»

«Ricordi perché ero al Tempo Perso?»

«Perché dovevi ricevere un messaggio da trasmettere alla moglie di un detenuto, detenuta anch'essa.»

«E sai chi era quel detenuto?»

«Non mi dire.»

«Te lo dico: il Trappola.»

«E il messaggio che diceva?»

«Segreto postale, commissario.»

Bombacci estrasse la pistola, pollice sulla levetta della sicura: «Ne
ho mancato uno, ma te stai certo che da questa distanza ridurrò il
tuo fegato in poltiglia bona a malapena pei randagi».

«Mi spingi a tradire. Dopo questo, che resterà di me?»

«Ti spingo a fare un'opera bona. Vuoi che prosegua questo caos di
merda? Non vuoi combattere anche tu il disordine? Pensi che nella
tua Russia sovietica sia ammissibile un casino come questo?»

Bombacci fece un ampio gesto con la mano armata, per indicare
l'Universale e, per metafora, il mondo intero nel quale nessun dei
due si sentiva a proprio agio ormai.

«E leva quel coso, mi dà sui nervi.»

Il commissario eseguì, scotendo la testa.

«"Metti un cero a santa Barbara, che, se non era per questa cosa,
ce le avevo rimesse anch'io le penne al Comunale".»

Bombacci balzò in piedi.

«È il messaggio?»

«Parola per parola.»

«Diceva solo questo?»

«No ovviamente. Ma il resto non ti compete.»

«Chi te l'ha trasmesso?»

«Un secondino delle Murate.»

«Come si chiama?»

«Ehi! Commissario, via, o che son domande da farsi codeste? È uno
che prende soldi da diversi detenuti per fare questo servizio. E non
osa tradirli perché chi è fuori lo farebbe fuori. E scusa il bisticcio.»

«Pensi che sappia altro che potrebbe interessarmi?»

«No, e comunque non posso chiedere nulla. Io sono lì nei giorni
e all'ora canonica. Lui si avvicina, ci salutiamo, cazzeggiamo un po'
per la gioia dei curiosi, quindi mi trasmette il messaggio a voce. Io lo
mando a memoria e riferisco al destinatario; in questo caso alla su'
moglie a Santa Verdiana, che l'è a du' passi dalle Murate, come ben
sai. Ma che voi, miha si posson parlare tanto facilmente, soprattutto
ora che quello è di fresco al fresco e in attesa di giudizio. Bello eh? Di
fresco al fresco... che ne dici?»

«E te, come tu fai a trasmetterlo?»

«Mi passo come parente, o amico, gli porto qualcosa, un libro,
un'arancia, e poi sussurro la letterina al microfono, o attraverso il
vetro. Se il messaggio non è pericoloso, o è in codice, faccio passare
di sotto un biglietto.»

«E lei ti diede risposta?»

«Nessuna. Fine delle trasmissioni.»

«Ora ti guadagni da vivere così?»

«Anche.»

«Tu lo conosci questo Trappola?»

«Di vista.»

«Non sapevi che bazzicava i bombaroli?»

«Era un ragazzino quando mi hai ficcato dentro. Conoscevo bene il fratello, Pippo, ma è morto quando ero in carcere.»

«Com'è morto?»

«Arrestato per rapina, ha fatto l'infame servendovi delle dritte mica da poco; allora i compagni l'hanno giustiziato e buttaho in un fosso.»

«Pippo come?»

«Malegonnelle, ovviamente, come il fratello.»

«Ah, sì. Me lo ricordo. Ma non l'arrestai io.»

«Tu ci avevi già liberati della tua presenza.»

«Ai miei tempi era un delinquente comune.»

«E infatti l'hanno pizzicato come un delinquente comune, ma non lo era. Militava in un gruppo anarchico.»

«Ne sei sicuro?»

«Orpo.»

«Che gruppo?»

«Non lo so. Probabilmente si sciolse grazie alle sue soffiate.»

«Chi raccoglieva le informazioni?»

«Un agente del commissariato, non so chi. Al Tiratoio doveva esserci il tuo successore.»

«Hanno mai trovato gli assassini, che tu sappia?»

«Mai trovati, Bombacci. Liberi come fringuelli.»

Pausa. I due si guardarono.

«Mica c'eri più te, in giro.»

Loro malgrado, risero insieme.

«Beh, stai in campana, Biscia. Dopo stanotte mi sa che voleranno bassi.»

«Anche tu, commissario. Ci sei dentro quanto me.»

Si separarono.

Bombacci decise di fare un ampio giro, per evitare le pattuglie. Tutto il quartiere era in agitazione, e la quiete nelle strade non tornò che verso le tre di notte, più o meno quando il commissario apriva la porta di casa.

Dalla fragranza dell'aria comprese che lei era lì, anche se non l'aveva aspettato sveglia. Chiuso in bagno, si spogliò e si ficcò sotto la doccia. Aveva ucciso un uomo, forse due. Lasciò che l'acqua gli scorresse sulle membra esauste e infreddolite. Il calo improvviso di tensione gli provocava ora un tremito alle mani e gli cadde due volte il sapone per terra. Non era la prima volta che uccideva, era già successo dieci anni prima, in un conflitto a fuoco "regolare" con altri della pattuglia. Questa volta era stato diverso. Si meravigliò della prontezza che aveva dimostrato nel reagire per evitare il peggio al Biscia e trovò il coraggio anche di giustificarsi per la fredda esecuzione dell'altro compare che stava dandosi alla fuga. Ma era lì il tarlo: quel gesto non era stato da poliziotto, ma da gangster. Tutto in quella faccenda era un susseguirsi di atti e di pensieri da fuorilegge. Si ripromise di interessarsi al balordo, sapere almeno se ce l'avrebbe fatta. Non certo per pietà cristiana: voleva solo esser confortato dalla notizia che il suo atto da bandito non avesse almeno sortito gli effetti fatali: in fondo, aveva volontariamente rinunciato a finirlo.

Scosse violentemente la testa bagnata, per liberarsi da quei pensieri, e cercò invece di concentrarsi sull'unica cosa che ora desiderava in modo irresistibile: infilarsi a letto accanto al corpo caldo di Francia. Si asciugò, si lavò i denti, s'infilò il pigiama. Entrato in camera, sentì un cattivo odore. Perplesso, avanzò comunque fino al letto senza accendere la luce.

Fu allora che si accorse di due cose: che le lenzuola erano bagnate e che il corpo di Francia non era caldo.

29

Buon Natale, commissario

In preda a una tremenda certezza, appena stemperata da un irragionevole filo di speranza, si alzò lentamente, raggiunse a tentoni il muro e accese la luce centrale.

Francia giaceva supina, la gola squarciata, polsi e caviglie legate alle sbarre del letto. Il sangue inzuppava coperte e materasso e un getto violento colava dalla parete. Chi sa perché, la prima cosa che pensò fu che tutta la casa era piena delle sue impronte, mentre chi aveva fatto il lavoro aveva certamente indossato dei guanti: Francia l'aveva fatto entrare, poi le aveva rubato le chiavi, con le quali aveva richiuso la porta.

Elementare Watson...

Allora, solo quando ebbe il cuore irrimediabilmente trafitto dalla consapevolezza dell'irreversibilità della morte, crollò in ginocchio, tenendosi la testa con le mani insanguinate, singhiozzando come un bambino.

La parte poliziotta dell'anima lo richiamò all'ordine dopo pochi minuti di abbandono. Ripresosi, considerò freddamente il da farsi.

Non c'erano che due possibilità, un vero dubbio amletico: o spararsi un colpo in testa e farla finita lì – nessuno l'avrebbe pianto, nessuno avrebbe sentito la sua mancanza – oppure reagire, alzarsi, combattere. Non scelse la prima solo perché era in pigiama e la pistola l'aveva lasciata nella fondina, in bagno. Una strana provvidenziale dimenticanza, dal momento che in genere la teneva sotto il cuscino, o sotto il letto.

Si alzò in piedi. Spense tutte le luci e tornò in bagno a lavarsi mani e viso. Aprì la finestra sul cavedio posteriore e respirò a pieni polmoni, poi guardò l'ora: le tre e mezzo di lunedì 25 dicembre 1972. Buon Natale commissario! Si asciugò, si rivestì, raggiunse il telefono e compose il numero che non avrebbe voluto usare mai più. Non per quello. Non come a Cortina. Non perché ritornasse il passato.

Max rispose al sesto squillo, quando il commissario stava ormai per riattaccare.

«Max.»

La voce del suo "angelo custode" sembrava provenire dall'oltretomba. Evidentemente lo aveva svegliato.

«Sono io.»

«Che succede?»

«Sono nei guai.»

Max si destò del tutto.

«Cioè?»

«Vieni subito, non posso spiegarti ora. Ma guardati le spalle ed entra in silenzio, senza suonare. Io sono alla finestra, ti apro quando ti vedo.»

«Un quarto d'ora.»

E un quarto d'ora fu. Max entrò portando in casa una folata di freddo.

«Allora?»

Bombacci si passò una mano sulla testa e senza dire una parola lo condusse in camera da letto. Max si limitò a serrare la mascella. Poi disse: «Spiegami».

Bombacci non ci mise molto, omettendo però la faccenda della sparatoria all'Universale e limitandosi a fare accenno all'incontro notturno con un informatore. Poi si lasciò cadere sul divano in salotto, mentre l'altro gli versava da bere.

«Comprendi che va fatta sparire, vero?»

«Altrimenti non ti avrei chiamato.»

Mentre Bombacci tirava giù il suo rum, Max passeggiava avanti e indietro lungo la stanza, tenuta rigorosamente al buio. Filtrava dalle tendine solo la luce lampeggiante di una stella di Natale appesa tra due palazzi sopra la strada. Nel silenzio, se ne percepiva il leggero *buz* dell'intermittenza.

La mezzanotte era passata e il commissario aveva sentito i rintocchi del duomo colpire da lontano i timpani della sua coscienza moribonda quando ancora si affrettava per strade secondarie preoccupato solo, lui poliziotto, di sfuggire ai poliziotti: tardivo richiamo a una vita diversa.

«Ci credi a quel che ti ho detto, vero?»

«Ovvio, perché?»

«Perché quello che ha fatto il lavoro, l'ha fatto in modo che cadano i sospetti su di me. Il coltello è uno di quelli della cucina, se hai visto. La porta...»

«Ascolta, campione, non perdiamo tempo. È chiaro che è uno scherzo fatto da chi ti vuole fuori dai coglioni. A meno che... non siano stati loro.»

«Loro chi?»

«Quelli della STASI. Potrebbero aver scoperto che parlava troppo con te. Potrebbero non aver digerito l'intervista che le hai concesso, potrebbero non aver gradito che tu te la portassi qui... Le possibilità sono mille. Chi era il suo referente?»

«Un certo Ivan.»

«Lei ha aperto la porta, capisci?»

«O pensava che fossi io, oppure...»

«Oppure uno che conosceva. Ascolta, non è che io voglia fare il sadico, ma certo il fatto che l'abbia uccisa a letto... mi capisci?»

«Sì.»

«Non è che se l'intendeva con questo Ivan? O che ne era costretta?»

Bombacci si passò le mani sulla testa, fin dietro la nuca.

«Cazzo, Max. È legata. Non hai visto? L'ha costretta!»

«Non è facile legare una donna che si ribella.»

«Sì, se hai una pistola.»

«Beh, certo…»

«Lei sembrava sincera. Mi disse che Ivan era un tipo gelido. Non le aveva fatto la minima allusione. Mi aveva detto anche...» al duro Bombacci si ruppe la voce in gola. Ma no! Non di fronte a Max! «Fanculo, Max... Nulla. Lascia stare.»

«Apri gli occhi, amico. L'ha uccisa a letto. Vuoi che controlli?»

Bombacci drizzò la testa, sgranando gli occhi: «Che controlli cosa?».

«Beh, dico. So come si fa. Posso vedere se... beh, hai capito.»

«Può servire a qualcosa?»

«In casi del genere, il medico legale è la prima cosa che fa.»

«Ti prego, lascia stare.»

«Allora ascolta: non sarà facile come l'altra volta. Qui siamo soli, non è il caso di avvertire nemmeno Rigamonti.»

Così, sgombrato il tappeto da divano e tavolino, vi posero sopra il cadavere e ve lo avvolsero.

«Non c'è una porta di servizio in questo stabile?»

«No.»

«Beh, ascolta. Dobbiamo metterla in macchina, prima che si irrigidisca.»

«Ci vedranno tutti.»

«È un rischio che dobbiamo correre. Che ore sono? Le quattro e mezzo. Ce la fai da solo? Io vado a mettere l'auto qua sotto, davanti alla porta.»

«Max, è troppo presto. Aspettiamo un'ora decente, con la luce: saremo meno sospetti. Porteremo giù prima un paio di sedie e un tavolino, poi il tappeto. La gente penserà a una specie di trasloco.»

«Ho una macchina piccola.»

«Non puoi rimediare un furgone?»

Max ci pensò su un po'.

«Forse. Aspettami qui, spero di metterci poco.»

Quando la porta si fu richiusa dietro le spalle di Max, Bombacci cadde di nuovo nel baratro. Osservava con un misto di pietà e orrore quel grosso sigaro di stoffa e nastro adesivo che conteneva il corpo della donna con la quale per la prima volta nella vita aveva accarezzato in segreto l'idea di metter su qualcosa di simile a una famiglia. Pazzo! Giornalista, col padre prigioniero della DDR, informatrice della STASI... e chi sa quante balle gli aveva raccontato: ma i suoi occhi no, non avevano mentito. Lo sapeva. Lo sapeva. S'inginocchiò sul suo corpo, posò le mani su quel ridicolo sarcofago, lo carezzò cercando di sentire le forme di lei. Ma lei non era più. Non avrà neppure una degna sepoltura e suo padre non saprà mai più nulla di lei.

Quando Max bussò secondo la cadenza stabilita, un paio di ore dopo, già albeggiava.

Aveva in mano dei grossi sacchi di stoffa grezza e nastro adesivo in abbondanza.

«Ce n'hai messo di tempo.»

«Sai, i negozi eran chiusi.»

«Dove l'hai trovato?»

«Domani i vigili urbani avranno un'altra denuncia di furto da archiviare. A proposito, che è successo stanotte?»

«Un tafferuglio, credo. Sirene, ambulanze. Per non finirci in mezzo ho dovuto fare una gran deviazione. Ho visto del fumo che usciva da un cinema, non so altro.»

Max lo guardò di traverso, quasi che gli leggesse nel pensiero. Ma, da bravo professionista, evitò di forzare quell'evidente menzogna.

«Coraggio» disse invece «mettiamo nei sacchi la biancheria sporca, separata dai vestiti e dagli effetti di lei. Poi puliamo il sangue.»

«Dal muro come si fa?»

«In qualche modo faremo. Coraggio. E cambia alloggio alla svelta, questo è bruciato.»

30

Fanfulla

Che era Natale si capiva dal poderoso scampanio delle chiese e anche il clima, freddo e nuvoloso, faceva del suo meglio per convincere i riottosi fiorentini a entrare nell'atmosfera.

Bombacci di buon mattino aveva aiutato Max a trasbordare tre sedie, un divanetto, un tavolino e un tappeto straordinariamente pesante e ben arrotolato sul furgone; poi lo aveva aiutato a scaricare il tappeto in un magazzino abbandonato a valle delle Cascine, tra l'Indiano e San Donnino, dove i poveri resti di Francia erano stati svolti dal tappeto e avvolti in una rete metallica che, col favor delle tenebre, avrebbero gettato nel fiume. I pesci li avrebbero divorati e le ossa sarebbero rimaste sul fondo per molto tempo. Bombacci si era fatto il segno della croce e aveva pregato in silenzio, mentre Max, rispettoso, era rimasto in disparte. Tornati in città, avevan passato alcun ore a ripulire la stanza dal sangue, quindi si eran divisi.

Bombacci salì pesantemente le scale del Tiratoio. Non si era fatto la barba, era pallido e spettinato, con i vestiti gualciti e sporchi, ma tentò ugualmente di darsi un contegno da uomo normale, nonostante il peso che sentiva sul petto. Salutò distrattamente al gabbiotto. Il commissariato era in fermento ancor più del giorno del dopo-bomba: nella notte, sul capo di Sgusciamaroni era caduta la tegola della sparatoria all'Universale. Si trovava a casa per la cena della vigilia con i parenti più stretti, in ghingheri per la messa di mezzanotte in duomo, quando era stato raggiunto da una telefonata del sergente Fanfulla, rimasto di guardia. Aveva dovuto abbandonare la tavola e precipitarsi sul posto.

Un alberello di Natale, addobbato con qualche pallina di plastica e lucine intermittenti, ammiccava solo soletto in un angolo, accanto a un minuscolo presepe minimalista.

«Buon Natale, commissario.»

«Oh, Fanfulla. Buon Natale.»

«Ha sentito di stanotte?» chiese Ercole, mentre Bombacci, sperando di evitarlo, cercava di raggiungere il suo ufficio.

«Qualcosa sì, Fanfulla. Ma non ho avuto tempo di approfondire. A chi han dato l'indagine?»

«A noi, commissario. C'è stato un morto ucciso con un colpo in testa, un altro con una pugnalata alla gola e un ferito grave.»

«Pugnalato anche lui?»

«No signore, gli hanno sparato alla schiena. Ma indossava un giubbotto di quelli dei motociclisti americani, di pelle di cavallo spessa quasi mezzo centimetro, e una borchia, sa di quelle metalliche che portano certi balordi? Beh, ha parzialmente deviato il colpo, che essendo stato esploso da circa sette metri di distanza, sarebbe stato altrimenti fatale.»

«Ce la farà?» chiese il commissario con voce atona. Negli occhi, come di cieco, aveva solo lo strazio della sua donna in attesa di diventare pastume per i pesci dell'Arno. Aprì la porta dell'ufficio, sperando di liberarsi del gigante.

«Sì. Purtroppo.»

«Perché purtroppo, Fanfulla?»

«Perché era un tipaccio. Era stato arrestato due volte per violenza sessuale, si era già fatto quattro anni di carcere. Ora lo cureranno a dovere e tornerà in strada a far danni, magari a vendicarsi.»

«Che vuoi farci» Bombacci stava per chiudersi dentro.

«Ah, commissario, l'ha cercata Corradini, della Scientifica. Se vuol richiamarlo...»

«Grazie, sì.»

Bombacci chiuse la porta, ma l'altro bussò immediatamente dopo.

«Mi scusi, posso entrare?»

«Certo, ma ho poco tempo, sergente. Devo stendere un verbale di ricapitolo.»

Fanfulla era tanto alto e grosso che stentava a passare dalla porta. Aveva nel volto qualcosa di acromegalico, che lo faceva somigliare a Carnera. Era veneto e si sentiva dalla parlata: una rarità, lì a Firenze.

«Prego, siediti.»

«Volevo dirle che l'assassino ha sparato due proiettili calibro nove. Nove corto.»

Bombacci si sedette e si accese una sigaretta. L'integerrimo Fanfulla non fumava o, se fumava, mai in servizio! E lui era sempre in servizio. Lui non faceva il poliziotto, era un poliziotto. Nell'OVRA sarebbe stato perfetto, altro che Bombacci.

«Embè?»

«Veda, lei sa meglio di me che il calibro nove è un calibro proibito. Lo adotta l'esercito per la Beretta modello 34, tuttora in dotazione agli ufficiali; e la polizia, col medesimo modello. I malavitosi usano in genere o il 22, per lavori di precisione, o il 38, o il 7.65. Non ho reminiscenza di delinquenti che usino il calibro nove. Non le pare strano?»

Bombacci fece una smorfia, scrollando le spalle.

«Certo, perché il munizionamento proibito sarà un problema per loro vero? Non hai mai sentito parlare del mercato clandestino delle armi?»

«Sì, ma... veda...»

«Fanfulla. Per esempio. Se tu avessi dieci anni di più, sapresti che, dopo l'8 settembre, molte armerie di caserme sono rimaste aperte e migliaia di armi trafugate. Tra queste, molte Beretta modello 34: pistola piccola, semplice, leggera e potente. I vecchi registri di matricola sono collegati a ufficiali morti o finiti chi sa dove. Sono armi pulite. Ci sta quindi che...»

«Commissario, mi perdoni, ma la domanda devo fargliela: so che lei è in qualche modo coinvolto con quel che è successo ieri all'Universale. Ho bisogno che lei mi chiarisca, o dovrò fare un rapporto scomodo.»

Bombacci rimase inerte, catatonico.

«Cosa te lo fa pensare?» chiese con aria stanca, sputando fumo e spengendo la cicca sul posacenere.

«Ieri lei alle 18.23 ha ricevuto una telefonata anonima che le ha detto solo una parola: "Universale". Dopo di che lei ha riattaccato, come se sapesse di cosa si trattava.»

«Non era una linea riservata quella?»

«Non per il comando: veda, il commissario mi ha ordinato di ascoltare tutte le sue telefonate, segnare ora e persona con cui parla.»

«Dov'è il commissario oggi? Penso che dovrò fargli le mie rimostranze. L'ordine che le ha dato è inqualificabile. Io sto lavorando col segreto di Stato. Mi pareva di essere stato chiaro.»

«Il commissario non c'è stamani. Ehm, mi permetta, credo che per evitare di rimanere coinvolto in altri scandali, abbia preferito darmi quell'ordine. Non le avrei detto nulla se non avessi il fondato sospetto che...»

«..."che" cosa?»

«Che sia stata la sua pistola a sparare.»

«E se anche fosse? Pensi che io, semmai, abbia sparato senza un doveroso motivo?»

«No, ma capisce, la procedura in questi casi...»

«E con quello pugnalato come la mettiamo?»

«Con rispetto parlando, pensavo che me lo spiegasse lei.»

Bombacci soffocò una risata.

«Ascolta bene. Io ti ammiro, davvero. Voi veneti siete soldati formidabili, ubbidienti e ligi al dovere. Ma stai attento a non pestare qualche cacca... succede quando si conferisce esagerata importanza alle regole. Allora, io non sparo da anni. E sì, ero all'Universale per incontrarmi in incognito con un informatore. Non è più un cinema, ma una bolgia dantesca. Un ritrovo di tossici e di provocatori. L'incontro è semplicemente saltato dopo pochi minuti: mi sono rifiutato di continuare. Uscendo, poco dopo ho sentito gli spari. Non sono tornato indietro perché non posso essere coinvolto in altre storie, neppure come possibile testimone, intendo. Il caso del Comunale mi assorbe a tempo pieno. Mi sono appostato ai giardinetti di piazza Pier Vettori e, quando ho visto che gli anticorpi del sistema si erano attivati, mi sono sfilato.»

Ma il Fanfulla era deciso a vederci non chiaro, chiarissimo.

«Signor commissario, io sono nuovo qui. Ma ho fatto in tempo a sapere in quanti scandali il Tiratoio è rimasto coinvolto negli ultimi tempi. Per cui cerchi di comprendermi.»

«E cosa vorresti farmi allora?»

«Le chiederei con rispetto di consegnarmi la sua arma d'ordinanza.»

Bombacci si protese in avanti con la mano dietro l'orecchio, come dire: "Ho capito bene?".

«Temporaneamente. Per una perizia balistica. Abbiamo recuperato i proiettili, sia le punte che i bossoli. Così ci leviamo ogni pensiero.»

«La richiesta è un po' informale, non ti pare?»

«Lo so, ma lo faccio per proteggerla, commissario. Farò tutto io, in segreto. Ho un amico alla Scientifica, oggi è comandato ed è solo in laboratorio. Non dirò di chi è l'arma. Gliela renderò entro stasera. Così, se è come spero, non ci saranno strascichi.»

Bombacci si fece serio. Prese qualche secondo per pensarci su.

«D'accordo» disse poi, risoluto. «Tanto a che mi serve? Non so nemmeno perché la porto.»

Bombacci estrasse l'arma dall'ascellare e gliela consegnò, tenendola ritualmente per la canna. Fanfulla estrasse una busta di carta e ve l'infilò, richiudendola.

«Grazie, commissario.»

Uscito che fu e richiusa la porta, Bombacci scosse la testa.

"Vaìa, pohero fanatico. Fai la perizia, fai" pensò, mentre sollevava la cornetta per chiamare il Corradini.

Quello che il gigante non poteva sapere era che il commissario ne aveva due, di modello 34: quella d'ordinanza, che gli aveva appena consegnato, e quella "pulita" che Max, in elicottero, gli aveva restituito dopo quattro anni...

Indovinello: quale delle due aveva sparato all'Universale?

31

Algebra elementare

«Corradini.»

«Bombacci.»

«Oh, commissario. Buon Natale, se si può dire ancora.»

«Effettivamente, c'è di meglio. Anche lei sul pezzo, oggi?»

«Sembra che Firenze voglia all'improvviso far concorrenza a Milano, eh? Ha sentito di stanotte?»

«Già, me lo diceva ora il sergente, qui… Fanfulla.»

«Ah, il Fanfulla. Visto che tipo eh? Ligio, scrupoloso, incorruttibile. E che razza di gigante, eh?»

«Sì, bravo elemento. Speriamo non ce lo sottraggano quelli della squadra olimpica. Comunque so che stanno origliando tutte le mie telefonate.»

«…»

«Lasci stare. Mi aveva chiamato?»

«Sì, pensavo che le potesse interessare. Sono state trovate le teste.»

«Cosa?»

«Sì, commissario, le teste delle vittime. Certo, non intere, a una manca la mascella, a un'altra tutta la sezione frontale…»

«Ok, lasci perdere.»

«Beh, quattro teste e, rimettendo insieme anche gli altri pezzi, ora abbiamo la certezza che le vittime dell'esplosione sono quattro.»

«Cinque.»

«Come cinque? Ah, beh, certo. Cinque con quello morto all'ospedale.»

«Dunque, sul campo, due poliziotti e due balordi.»

«Esatto commissario.»

«Siete riusciti a scoprirne i nomi?»

«A parte quelli dei poliziotti, ovviamente… degli altri due è stato un po' più laborioso e ci siamo riusciti solo a metà.»

«Cioè due diviso due uguale uno. Ottimo!»

«Beh, sì. Uno attraverso le impronte digitali: appartengono a un certo Rizieri Tannoia, un pregiudicato. Faceva il muratore/ricettatore. Aveva un magazzino in via Baccio Bandinelli. Caccialapreda ha mandato una squadra, han fatto rilievi, c'era un casino pazzesco là dentro. Molti sacchi di juta... parli con lui dopo. Tutte le altre mani ritrovate sono orrendamente bruciate, senza polpastrelli, le ossa esposte coperte da una specie di pellicola catramata...»

«Okkei, Corradini. Passiamo oltre.»

«L'altro aveva in tasca un documento intestato a un certo Leonardo Garzoncelli, poi risultato falso.»

«Cercherò di capire dove se l'era procurato ed è comunque un indizio. Dunque, ricapitolando: senza contare quello all'ospedale e senza contare i due poliziotti, i giocatori caduti sul campo sono solo due. Corretto?»

«Corretto.»

«Senza più ombra di dubbio?»

«Senza più alcuna ombra di dubbio.»

«Grazie. Grazie... e resti nei paraggi, se avessi ancora bisogno di lei.»

Riattaccato il telefono, Bombacci si alzò e prese a deambulare per la stanza. L'unica cosa certa, era che Rizieri Tannoia, imprenditore edile, era quello che Duccio aveva chiamato Mario quando aveva parlato col direttore. Bene. Detto questo, c'era qualcosa che non quadrava, maledizione. Non quadrava proprio. Un particolare, forse un'inezia... ma il diavolo a volte si nasconde nei particolari, no? Non ci aveva fatto caso, finora. Eppure chi sa perché si sarebbe aspettato dal Corradini la notizia di cinque vittime sul campo, non quattro. Perché? Perché? Si rimise seduto, il gomito puntato sul piano di vetro, la testa poggiata sulla mano, gli occhi chiusi. In quei pochi giorni, ne erano successe così tante che... all'improvviso.... ecco! Si alzò, frugò nella tasca interna del cappotto, trovò il taccuino e l'aprì all'ultima pagina usata. Durante il colloquio con il direttore del teatro, a un certo punto aveva scritto: "Mario+2 compagni". Si mise di nuovo a sedere, si concentrò. Emersero dalla memoria le precise parole del dottor Alzascene: "Duccio mi ha detto: Mario mi dà una mano, viene con due suoi compagni". Lì per lì, era stato attratto dalla parola compagni e ne era seguita una piccola discussione. Ora invece, il particolare che l'aveva colpito era quello numerico. Due, più Mario fanno tre, più due poliziotti, fanno cinque vittime, non quattro. Dunque cinque giocatori meno quattro espulsi dalla Morte, fa un giocatore ancora vivo.

Ahhh, scacciò una mosca inesistente con la mano. "Improbabile". Pensò. "Impossibile! Eppure..."

Alzò di nuovo la cornetta.

«Fanfulla, chiamami di nuovo il Corradini.»

«Subito.»

«Corradini.»

«Un'ultima cosa, Corradini. Non posso spiegarle, ma le chiederei un piacere. Anzi lo consideri un ordine.»

«Dica, se è nelle mie facoltà.»

«Dovrebbe comunicare alla stampa che i morti sul campo sono tre invece di due.»

«Mah, posso ritardare di qualche giorno la notizia, commissario. Ma dire una cosa che poi comunque risulterà non vera...»

«Ascolti, questa è materia di sicurezza nazionale. Deve fare così e basta. I fascicoli saranno segretati. Nessuno saprà mai nulla. C'è il SID di mezzo, mi comprende?»

Corradini rimase perplesso per qualche secondo.

«Mi può fare avere una velina in tal senso? Devo falsificare diversi atti.»

«Non dovrà falsificare un bel nulla. Dirà solo una bugia a fin di bene, mentre il fascicolo, sigillato e timbrato *top secret*, come fanno gli americani, resterà in archivio. Poi passerò io a prelevarlo. Molto semplice.»

«Bene commissario. Mi fiderò di lei.»

Rimase a rimuginare alquanto dopo avere attaccato. Schiacciò il bottone rosso.

«Comandi!»

«Fanfulla, mi serve il fascicolo di un ribaldo che avete arrestato qualche giorno fa, si chiama Ciro Malegonnelle, detto Trappola, e di suo fratello Arduino, detto Pippo. Subito.»

«Bene, commissario.»

Poi chiamò Caccialapreda in questura, ma non c'era. Si fece dare il numero di casa. Rispose una donna, sullo sfondo grida di bambini mischiate a voci profonde di adulti.

«Sono il commissario Bombacci, cercavo il dottor Caccialapreda.»

«Anche il giorno di Natale!»

«Signora, mi spiace ma...»

Sentì una voce tuonare.

«Chi è che rompe che stiamo per andare a pranzo?»

Bombacci guardò l'orologio, era già quasi l'una.

«Dai qua...» la voce tolse la cornetta alla donna: «Chi rompe?».

«Io.»

«Ah. Che c'è?» non sembrava la voce di chi fa salti di gioia.

«La città è in fiamme e tu pensi al pranzo di Natale?»

«Sono gli effetti collaterali di avere famiglia, socio» disse sottovoce, con aria cospiratrice.

«Ascolta, puoi ottenere dal PM un permesso per interrogare un ospite delle Murate?»

«Chi è?»

«Uno che han beccato qualche giorno fa e che potrebbe saperla lunga.»

«C'è una procedura. Devi farmi rapporto, dirmi chi è e perché...»

«La fonte dell'informazione è riservata.»

«Va beh, ovvio. Tieni presente però che non potrai incontrarlo senza avvocato.»

«Merda. Vero.»

«E non l'avvocato che ha per il caso attuale, ma un nuovo avvocato per questo nuovo eventuale...»

«Potrei tentare in parlatorio, secondo te? Presentandomi come amico, o parente.»

«Prova, ma è una procedura irregolare. Bombacci... mi sembra che tu sia stato in letargo per questi ultimi anni. È arrivato il garantismo, capisci? I delinquenti hanno sempre ragione. Tutela, diritti, e menate varie. Gli stronzi siamo noi. Hai capito perché mi vesto in quel modo? Per farli incazzare. Inteso? Uso metodi da fascista vestito da guardia rossa: mando i loro neuroni in corto, capisci?»

«Bene, mi arrangio, lascia stare. Non voglio dare pubblicità a questa pista. Buon pranzo. Ah... dite anche la preghierina prima d'iniziare?»

«Ovvio. Conduce il suocero.»

Clic.

L'orario delle visite alle Murate, se non ricordava male, andava dalle 14 alle 15:30.

Aveva qualche minuto per pensare a Francia, e a Ivan. Quand'è che aveva saputo del suo ruolo d'informatrice? Glielo aveva detto per primo il Rospo, cioè il sergente Rombolaro, quando erano nella stanza al piano superiore del Tappabuchi, la mattina del 21 dicembre. Francia era morta tra le 22 del 24 e le due del mattino del 25, dato che il corpo era già freddo, ma non ancora rigido. Tre giorni e mezzo per elaborare un piano e colpire. Più che sufficienti. D'altra parte, la stanza al piano di sopra del Tappabuchi era risultata sicura: Rombolaro aveva ispezionato in cerca di microfoni, senza esito. Per cui il terzo sospetto, Farina, sembrava escluso. Mah.

«Fanfulla!»

Urlò attraverso la porta.

Il gigante comparve sulla soglia: «Comandi!».

«Voglio un'auto civetta qui sotto per le 14:00 in punto. La migliore che c'è: Alfa Romeo, ovviamente.»

«Commissario, abbiamo solo tre auto civetta e due sono in riparazione.»

«Bene. Tre meno due quanto fa Fanfulla?»

«Uno commissario.»

«Ecco, preparatemela.»

«Non è un'Alfa, commissario.»

«E cos'è?»

«Una Fiat 127 color cammello, auto dell'anno 1972.»

Per la prima volta da quando lo conosceva, il Fanfulla sorrise.

32

Infarinato

Il Tappabuchi non era lontano, poco più di centocinquanta metri, in borgo San Frediano 95 rosso, angolo via del Leone. Due entrate, una per ogni via. Più lo scivolo "segreto" per la carbonaia. Bombacci camminava a passo svelto. Le strade eran tutta una sfilza di serrande chiuse e di miseri addobbi lampeggianti nel grigiore dell'ora. Trovare un bar aperto il giorno di Natale non era facile da quelle parti, ma avrebbe scommesso che il Tappabuchi lo era. Anche perché per il Farina, quel buco era la sua vita. Senza moglie, senza figli... solo un malanno lo avrebbe inchiodato in casa, che comunque era al piano di sopra. Semmai lo avrebbe tirato giù dal letto, o dal cesso, attaccandosi al campanello del portoncino accanto.

Svoltato in borgo San Frediano il commissario passò sul lato sinistro, dove c'erano macchine parcheggiate e da dove avrebbe potuto giungere in vista del bar da una prospettiva migliore. Indossava ancora gli abiti della sera avanti, e cioè il suo unico possibile travestimento: jeans, scarpe da fatica, maglione, berretto di lana e giubba di cuoio, nella tasca destra della quale la mano stringeva la pistola. Quella "pulita". Carica, colpo in canna, sicura inserita, pollice sulla sicura e indice già posato sul grilletto. Hai visto mai?

Non poteva indugiare. Scelto un passo, doveva essere quello. Non voleva dar l'impressione di aver fretta, ma nello stesso tempo, a un osservatore, doveva apparire chiaro che aveva comunque una meta precisa. Per questo non poteva né fermarsi né indugiare. Ci fosse stato qualcosa che non quadrava, da osservare meglio, si sarebbe fermato per accendersi una sigaretta. Se invece avesse avuto la sensazione che la missione andava abortita, non doveva far altro che tirare diritto, come nulla fosse, e tornare indietro per un'altra strada. Se i suoi sospetti su di lui eran fondati, dopo i massacri della vigilia,

Infarinato, prevedendo una visita della polizia, avrebbe messo un palo al piano superiore, a sbirciare in strada dalle persiane. Sapeva che lo aveva fatto altre volte, ai bei tempi. In caso di allarme, avrebbe schiacciato il campanello che collegava l'appartamento al bancone del bar.

Era aperto. La luce filtrava dai vetri, parzialmente oscurati da tende giallastre. Bombacci traversò la strada. Traffico zero. Tutti a ingozzarsi di tacchino e panettone, almeno chi se lo poteva permettere. Spalancò la porta a vetri, pistola spianata.

Infarinato si congelò, con le mani sotto il bancone. Nella sala, seduti ai tavoli di fòrmica, c'erano sette figuri. Alcuni giocavano a carte con un fiasco di vino poggiato a terra, altri mangiavano in solitaria. Tutti si voltarono, occhi sgranati, mani in alto. Bombacci sapeva che le mani d'Infarinato erano posate sull'archibugio che teneva là sotto: una doppietta a canne mozze calibro 12 caricata a pallettoni, che da quella distanza gli avrebbero polverizzato la testa. Il fatto che fosse pronto a estrarla, significava che qualcuno lo aveva avvertito.

«Fermi tutti, polizia. E tu leva le mani da lì, molto lentamente, tenendo il trombone per le canne e poggialo sul bancone. Ecco, così, bravo. Ora metti le mani sulla testa.»

Bombacci prese la lupara nella sinistra, senza abbassare la pistola. Poi, rivolto agli altri: «Mettete tutti i documenti sul tavolo. Potete venire a ritirarli al Tiratoio domani. Tu, Gino: richiama la "vedetta lombarda"».

Gino sollevò la cornetta di un interfono e azionò l'interruttore: «Luca, vien giù. Tutto a posto».

Di lì a poco la porta si aprì e comparve un ragazzo dai capelli ricci e il viso triangolare, alto e magro, con un maglione a strisce e jeans strappati. Bombacci fece in tempo a vedere sui polsi le asole del drogato, cioè le cicatrici allargate e arrossate causate dalle ripetute bucature. Come palo, non doveva essere un gran che, ma si vede che quello passava il convento, ormai.

«Metti i documenti sul bancone.»

Tirando su col naso, Luca eseguì, estraendo una carta d'identità unta e bisunta.

«Passa domani al commissariato a ritirarla. E ora tutti fuori!»

I clienti, mugugnando, uscirono uno dopo l'altro.

Rimasti soli, Bombacci dette un giro di chiave alla porta, poi si rivolse a Gino.

«Esci di lì. Sali le scale e aprimi la stanza di sopra.»

«Ma... 'un eravamo amici commissario? Icchè l'è successo? Icchè avrò mai fatto?»

«Sali!»

Infarinato, il viso cinereo, la barba non fatta, i lunghi capelli sale e pepe che gli ricadevano sulle spalle, eseguì con uno stanco sorriso sulle labbra. Gli occhi furbi, però, non tradivano né paura né ansia.

Le scale scricchiolavano a ogni passo. Nel silenzio del mondo, Gino infilò con flemma la chiave nella toppa, fece scattare la serratura, spalancò la porta e accese la luce.

Bombacci lo fece entrare per primo, poi lo seguì scaricando il vecchio arnese, che posò aperto sul tavolo dopo essersi infilate le due cartucce in tasca. La stanza era sempre lei: quadrata, di cinque metri per cinque, tavolone, sedie, trumò, cassettone, quadretti, porta del cesso. Tutto era stato ben controllato dal Rospo. Ma. C'era un ma... Lo sguardo si posò con levità sulla parete alla sua sinistra, quella che nascondeva, dietro un *trumeau* bombato a due ante, la botola a molla che permetteva di accedere allo scivolo della carbonaia: la via di fuga segreta in caso di allarme. Bombacci si prese il tempo di pensare.

«Ma che ce l'hai un mandato, commissario?» fece il Gino Infarinato accendendosi con noncuranza una sigaretta. «'un ti bastan' i casini in cui ti se' ficcato 'n passato? Ne voi ancora?»

Scosse la testa. Bombacci lo lasciò dire.

«'un l'avehe capito che i' vento gl'è girato?» continuò, smeleggiante.

«Il vento sarà girato, ma io no. Io vado controvento. E dovrete abbattermi per fermarmi.»

Gino sputò fumo di lato.

«Belle parole! Ma bada che qualcheduno non le pigli alla lettera!»

«Chi per esempio? Ivan?»

«Chie?»

«Ivan, Gino. Il russo. Lo spione del KGB prestato alla STASI.»

Se il volto di Gino tradì qualcosa che avrebbe voluto tener nascosto, le sue parole proseguirono spavalde.

«Oh, da' retta, ma che vu' sehe impazziti alla centrale? Ma di che cazzo stai parlando?»

«Sposta il mobile e apri la botola.»

«Tu lo sai icchè c'è là dietro. No?»

«Rinfrescami la memoria.»

«Ripeto: che ce l'hai un mandato? Se tu 'un ce l'hai, nisba. O corri a fartene dare uno.»

Gettò la sigaretta a terra e la schiacciò con rabbia.

«Il mandato 'un ce l'ho, ma ho questa, che l'è meglio.»

Sollevò la pistola, puntandogliela contro.

«Lo sai che se mi spari i giudici ti farebbero verde e tu finiresti in galera per il restante...»

Quel che il Gino ignorava era che il Bombacci aveva già di molto oltrepassato il confine oltre il quale un poliziotto non è altro che un uomo inferocito disposto a tutto: aveva davanti mille vie di fuga, oppure nessuna. Che avesse sparato o meno.

Sparò.

Un colpo secco, crudele, in una stanza chiusa, sul piede destro del Gino, che si accasciò a terra dapprima senza un lamento; solo con ritardo di qualche secondo si mise a urlare, guardandosi terrorizzato il piede ridotto a polpetta pronta per cuocere. Ingredienti: carne fresca alla stringa, ossa rotte in tomaia di scarpe.

Bombacci, chinatosi, gl'infilò la canna in bocca. Bruciante, si fece strada tra i denti con un rumore orribile. Gino cercò di slamarsi, ma senza successo.

«Tranquillo, vedi? S'è bell'è freddata. Allora, pensi che ci metterei dell'altro a sparare il secondo?» Gino fece segno di no scuotendo la testa, e allora il Bombacci estrasse la canna.

«Pazzo» biascicò. «T'hanno visto tutti, dianzi! Non la scamperai in eterno!»

«Uhhh, che paura.»

«Ti han già sentito tutti nel palazzo, verranno a battere all'uscio. Sei finito. Finito!»

Bombacci esplose un altro terribile colpo, spappolandogli l'altro piede.

Gino trattenne il fiato, si morse la lingua gonfia, poi urlò con quanto fiato aveva in gola.

«Bastardo che vuoi da me? Verranno a battere all'uscio! E tu..»

«Infame!» ringhiò il commissario avvicinandosi al suo orecchio peloso. «Tu l'hai uccisa! Parla o ti sparo in pancia.»

Gino ora piangeva. Il sangue dai piedi s'allargava in una pozza sulle mattonelle sporche.

«Io non ho ucciso nessuno!»

«Ascoltami bene, dimmi come hai fatto ad avvertire Ivan!»

Gino finalmente indicò il trumò.

Il commissario chiuse a chiave la porta, poi spostò il mobile. Rispetto all'ultima volta che l'aveva vista, la botola aveva guadagnato una griglia identica a quelle che si mettono per l'aerazione dei muri. Dietro la griglia comparve un secondo fondo in cartongesso. Sistemato tra botola e cartongesso c'era un microfono, noto col nomignolo di *Keighebag*, cioè "KGB Bug", collegato a un trasformatore a sua volta collegato a una presa nel muro. Lo scivolo era stato quindi tappato. Stupidi a non averci pensato. Anzi stupido lui. Rombolaro non sapeva della botola, né tantomeno dello scivolo: per questo non vi aveva guardato!

Si accoccolò vicino alla testa canuta di Gino.

«Perché l'hai fatto, Gino?»

«Perché mi pagava.»

«Ivan?»

«A me ha detto di chiamarsi Vladimir.»

«Per riferire quel che i poliziotti si dicevano qui, nel segreto?»

«Qui e anche giù. Ci sono microfoni anche in sala.»

«E cosa gliene frega a quelli della STASI?»

«Gli importano solo notizie politiche.»

«Come l'hai conosciuto?»

«Un giorno l'è venuto qui, ero solo. Dopo che tu m'hai rovinato, arrestando mezzo quartiere, io me la son vista brutta. Questo paga bene. Quel coso l'ha installato lui. È potentissimo.»

«E dove lo incontri?»

«Si fa vivo lui.»

Bombacci si alzò in piedi e gli pestò un piede. L'urlo straziante di Gino salì al cielo del soffitto e rimbalzò sui suoi sensi di colpa. La pena nel cuore del commissario combatteva con la rabbia che covava. Il volto di Gino si era fatto pallido e rigato di sudore. Parlava a fatica, ansimando e gemendo.

«Eravamo d'accordo che se c'era qualche chicca per lui lo chiamavo al 347560, se non rispondeva c'era una di quelle trappole...» sospirò, stinse i denti e gli occhi dal dolore «...moderne, le *segretarie* telefoniche... Così, gli ho lasciato il messaggio chiave: "Scusi ho sbagliato numero". Quel coso trasmette a un piccolo registratore che tengo giù al bar. Lui è piombato qui e gli ho consegnato i nastri.»

Bombacci guardò l'orologio. Pensò velocemente. Avrebbe potuto far chiamare a Gino quel numero, fargli lasciare il messaggio e attenderlo al bar. Sarebbe stata una possibilità, ma con Gino ridotto in quello stato era troppo rischioso.

«Lo sai cosa ha fatto Ivan a quella che tu chiami la mia donna?»

«Voleva incastrare anche te.»

«Perché?»

«Portami all'ospedale ti prego, o chiama un'ambulanza. Potrei morire.» Si aggrappò ai pantaloni del commissario, che si ritrasse schifato.

«Perché?»

«Perché non vogliono che scopriate chi è stato a mettere la bomba.»

Bombacci attese, paziente, di nuovo accoccolato sulla sua preda. Come un cacciatore che esamina il cinghiale ferito a morte. Gli carezzò la guancia ispida con la canna della pistola.

«Dimmi tutto o ti foro la pancia.»

«Quelli son balordi, Bombacci. Hanno pochi soldi. Per campare ora rubano ai bar, agli uffici postali, ai tabaccai. Ma prima eran sul libro paga di organizzazioni legate ai servizi d'oltre cortina. È tutto un puttanaio, Bombacci.» Si aggrappò di nuovo ai pantaloni, rischiando di calarglieli. Bombacci lo colpì sul dorso della mano con la pistola.

«Ahiii, cazzo, cazzo.»

«Parla o t'ammazzo!»

«Da un po' di tempo questi gruppuscoli anarchici non son più a libro paga dei russi, li hanno sganciati. Il motivo chiedilo a loro, che cazzo ne so io. Perciò li hanno inseriti in una rete di controlli: temono che possano tradire il circuito.»

«Che circuito?»

«Quello che lega questi stronzi tutti insieme. KGB, STASI, PIRA, IRA, Bahader Mehinof, OLP, CIA, Mossad. Hanno tutti le mutande sudicie.»

«Quando hanno deciso di controllarli?»

«Ma che ne so, io...»

Gino perdeva sangue, si era fatto ancor più pallido, anzi cinereo. Tra poco sarebbe diventato viola e di lì a poco avrebbe perso conoscenza. Bombacci doveva sbrigarsi a farlo cantare.

«Parla, dannazione. Chi sono questi balordi?»

«Il capo lo chiamano Cane, ma non so quale sia il nome vero. Giuro. Non mi sono mai immischiato con quelli. La cellula anarchica del quartiere si chiama Salvador French.»

«E chi sarebbe?»

«So una sega, Bombacci.»

«Cosa sai di un certo Arduino Malegonnelle, detto Pippo?»

«So che è stato ammazzato per infamia.»

«E di suo fratello Ciro, detto Trappola?»

«Lui era della cellula. L'hanno arrestato il giorno prima dello scoppio.»

Silenzio. Bombacci l'osservò. Il petto andava su e giù, in iperventilazione. Di quel passo sarebbe incappato dritto in una sincope ipossica. Ai piedi aveva ora due polpette da friggere. Levargli le scarpe non sarebbe stato un affare piacevole. E forse non avrebbe camminato mai più come si deve. Gliene importava qualcosa? Pensò a Francia. No. La pietà era scomparsa.

«Ivan l'ha sgozzata come un capretto.»

«Mi dispiace.»

«Potevi non avvertirlo.»

Gino chinò il capo sul petto.

«Sì, avrei potuto. Ma non l'ho fatto. Ho avuto paura più di lui che di voi. E ora spara. Ma in capo, non nella pancia. Non farmi soffrire. Tanto sono bruciato, e quelli non perdonano.»

Gli prese la mano armata e si infilò la canna in bocca. Bombacci fu tentato fortemente di farlo, ma poi estrasse la pistola, gliel'asciugò sul maglione e la ripose in tasca.

«Dimmi dove posso trovare questo Ivan.»

Bombacci attese, paziente, che Gino riprendesse fiato. Lo stava perdendo.

«Alla chiesa russa di via Leone X. Spesso va lì.»

«A pregare?»

«Sie, pregare. A spiare.» La voce debole, la testa all'indietro e gli occhi chiusi, Gino si permise comunque il lusso di riunire le dita della mano nel gesto italico del carciofo che va su e giù: «Si finge un immigrato, e intanto controlla i transfughi dell'URSS».

Bombacci s'alzò di nuovo in piedi. Prese l'archibugio e, dopo averlo pulito accuratamente dalle sue impronte, lo posò di nuovo sul tavolo.

«Ascolta vecchio, ora 'unnè più tempo di cazzate. Ti chiamo un'ambulanza. Ma bada a icchè tu dirai alla polizia. Ti ritroverei, o io o il mio socio. E allora morirai, te lo giuro. Taci, da' retta. Di' che l'è stato un tanghero biondo, dagli occhi di ghiaccio, che voleva farti aprire la cassaforte. O di' quel che ti pare. Ma stai accorto, perché i' Bombacci non perdona.»

Invece di prendere le scale, sfondò il doppio fondo in cartongesso e s'infilò nello scivolo della carbonaia. Mentre filava in basso sentì la voce del Gino che lo inseguiva.

«Hai mai perdonato, Bombacci? Eh? Pezzo di merda! Hai mai perdonato la poera gente costretta al crimine dai padroni? Eh? In galera tu li hai sempre sbattuti...»

33

Bombaroli

Atterrato su alcuni sacchi di tela vuoti nella carbonaia, alla luce di un fiammifero trovò l'antico interruttore della luce, di quelli in bachelite, a farfalla. Una lampadina a filo illuminò di luce scialba lo squallido ambiente: mura incrostate di fuliggine e cataste di carbone calcificate. Incernierata nel muro, c'era un'enorme ruota di ghisa azionabile con due mani da un manico perpendicolare alla circonferenza esterna. In antico era collegata alla pompa di un pozzo, il cui cavedio chiudeva uno degli angoli della stanza. Notò che in quel punto la fuliggine era meno densa. Si avvicinò con circospezione per esaminare le fughe dei mattoni. Gli parve di vedere uno spiraglio. Inserì le dita, pulì dalla polvere, tirò verso di sé. Alcuni mattoni si mossero. Ne sfilò prima uno, poi un altro e un altro ancora, fino a ricavare un'apertura abbastanza grande da infilarci la testa. Guardò dentro. Sulla destra, attaccata a un chiodo, c'era una lampada a petrolio. Sopra la sua testa, c'era un verricello manuale con catena e gancio in posizione di riposo. Accese la lampada con un fiammifero. La luce rischiarò il tubo del pozzo, ma il riverbero gli impediva di capire fin dove arrivasse. Prese un ciocco di carbone e lo lasciò cadere. Contò fino a tre e poi sentì un picchio secco. Acqua non ce n'era laggiù. A destra c'era una scala a staffe di ferro infisse nel muro. Con la lanterna nella destra, prese a scendere. La scala finiva in una vecchia cisterna cilindrica e vuota, a parte quattro casse militari addossate alla parete.

Erano chiuse solo con i loro ganci di ferro, senza lucchetto. Le aprì. Una conteneva un centinaio di detonatori elettrici e diverse scatole di munizioni, calibro 9 e 7.62 NATO. Nella seconda c'erano una quarantina di bombe a mano a frammentazione del tipo Ananas. Nelle altre due, le più grandi, venti fucili mitragliatori d'assalto AK 47 calibro 7.62, con quaranta caricatori pieni ciascuna. Tutto "made in URSS".

Bombacci crollò seduto su un groppo di calcinacci.

«Hai visto il Gino!» mormorò.

Da solo, non poteva far nulla: le casse dei fucili pesavano più di cento chili l'una. Per il momento, tutto quel ben di Dio doveva restare dov'era.

Richiuse tutto, risalì la scaletta, sistemò i mattoni al loro posto e uscì per la botola a ribalta nel cortile tergale, un sudicio quadrato disseminato di rottami – tazze da cesso, lavandini, biciclette, bottiglie e, in un angolo, perfino la carcassa di un vecchio autocarro Fiat 615 – e circondato dal retro di vetusti palazzi interrotti da un passaggio ad arco, che immetteva in via del Leone.

Aveva cambiato idea: non sarebbe più andato alle Murate a trovare il Trappola. Dopo aver chiamato l'ambulanza dal primo bar sulla via, s'affrettò a casa sua, che aprì con circospezione, l'arma in pugno. Chiusosi dentro a paletto, e stoppinate le finestre, cominciò a demolire sistematicamente i divani, i mobili, le poltrone. Squarciò quadri, sfasciò cassetti e pannelli, sbranò rivestimenti, con furia selvaggia ma accorta, esaminatrice. Non ci mise molto a trovare il primo KGB Bug del salotto, incastrato in un vano della libreria, e poi un altro dispositivo, dall'aspetto sinistro: un dischetto circolare con una lunga e flessibile antenna, conosciuto nel giro come *The Thing*, la Cosa. Il bastardo li aveva spiati! Non perse tempo a cercare altro. S'infilò i microfoni in tasca, dopo averli distrutti a pedate, e corse al Tiratoio, dove intanto il sergente Fanfulla gli aveva preparato i fascicoli sia del Pippo che del Trappola.

C'erano le foto segnaletiche e alcune informazioni interessanti a fare un quadro dei due fratelli, ma non decisive. La cellula si chiamava davvero "Salvador Franch" ed era stata sgominata dal suo predecessore, il commissario Barbolani, grazie alle soffiate del Pippo. Nessuna traccia di un giocatore soprannominato Cane. Probabilmente la cellula si era riorganizzata dopo il 1970, anno dell'assassinio del Pippo. Nei fascicoli, il Trappola non appariva come affiliato ad alcuna cellula politica. Forse il Pippo aveva evitato di coinvolgerlo? Vai a sapere. Strano comunque che il Trappola, stando al Biscia, facesse parte della combriccola, dato che con ogni probabilità era stato il Cane a fargli ammazzare il fratello. Ci stava anche che i due fratelli non si amassero, visto che uno dei due era un traditore. Per gli anarchici la famiglia non aveva alcun valore, non avevano certo la morale dei mafiosi: per loro la causa valeva più del sangue. Causa che contemplava il mito della fratellanza universale ben oltre barriere borghesi come matrimonio, famiglia, fratelli e cavolate simili. Fratellanza da raggiungere ovviamente a suon di bombe. E chi se ne frega se nello scoppio morivano innocenti.

«Fanfulla!»

«Comandi.»

«C'è ancora l'Henry *Dubuà*?»

«Comandi?»

«Il Dubois, Fanfulla. L'enciclopedia del crimine politico.»

«Ah, certamente commissario.»

«Portami da bravo il volume C-F.»

«Subito commissario… ma ci servono le chiavi.»

«E chi le tiene?»

«Il commissario, ma io non so…»

«Apri lo stesso le ante, forza la serratura, spacca il vetro. Fa' come vuoi ma portamelo.»

Con quella forza erculea non fu un problema per il Fanfulla divaricare le ante della vetrina quel tanto che fu sufficiente a far sgusciar fuori dalla fessura il perno della serratura, che comunque un Biscia o un Trappola qualsiasi avrebbero aperto più elegantemente con un fermaglio da scrivania…

«Eccolo, commissario. Una buona pista commissario?»

«No, Fanfulla. Mi sto trastullando. Ho bisogno di scaricare il cervello.»

«Ha sentito dell'ultim'ora?»

«Scusa?» Bombacci aprì stancamente il grosso volume.

Si sentiva consumato dentro e temeva che dal leggero tremito delle mani o dall'espressione del volto quel rompicazzo sospettasse ancora qualcosa su di lui. Ma stavolta lo avrebbe ammazzato. Un colpo in testa e tanti saluti: già vedeva i titoli: "Polizia in crisi: commissario fiorentino impazzisce e fulmina l'attendente…".

«Un'ambulanza in borgo San Frediano al numero 95 rosso, il Tappabuchi, conosce?»

«Eh? I' bar? Certo, Fanfulla, certo. E allora?»

«Il medico ha chiamato qui, pochi minuti fa, lei era entrato da poco…»

L'ultima annotazione suonò come un monito.

«Fanfulla, ho da fare.»

«Hanno trovato il Gino Infarinato con i piedi interessati da trauma balistico, calibro e arma ancora ignoti. L'hanno portato all'ospedale di San Giovanni di Dio, vivo, ma in DPTS…»

«Che?»

«*Post Traumatic Stress Disorder*, commissario. L'abbiamo imparato al corso.»

«Ah, e cioè?»

«Disturbo post traumatico da stress. Farfugliava di "poliziotto assassino", "me la pagherai", "non perdoni mai nulla". Ho mandato una squadra a fare i necessari rilievi.»

Bombacci finse costernazione: «Ma che sta succedendo a questa città?»

«Vorrei saperlo anch'io, commissario. La tengo aggiornato.»

«Ovviamente. Potrebbe essere tutto collegato. Tutto.»

Lo shock, cavolo. Avrebbe fatto il suo nome? Fanculo, non poteva farci nulla.

Il volume che aveva davanti era lucido e intonso come nel 1934, anno in cui un lontano suo predecessore – lui manco era nato ancora – l'aveva donato al Tiratoio. Dato che era scritto fitto fitto e in francese, forse solo in due o tre l'avevano aperto in oltre quarant'anni di onorata presenza. Uno di questi era il Bombacci medesimo, che spesso lo aveva consultato anche solo per rilassarsi. Non era quello il caso.

Santiago Salvador Franch era un anarchico spagnolo. Questo il suo manifesto: "Mio unico desiderio era la distruzione della società borghese, alla quale l'anarchia dichiara guerra aperta. Il mio proposito era di sostituire l'attuale organizzazione sociale per impiantare al suo posto il comunismo anarchico. Il mio proposito non era uccidere determinati personaggi: per me era indifferente uccidere o l'uno o l'altro. Il mio desiderio consisteva nel seminare terrore".

Detto fatto. Il 7 novembre 1893, durante la rappresentazione del *Guglielmo Tell* di Gioacchino Rossini, lanciò da un palco nel Gran Teatro del Liceo di Barcellona un bomba "Orsini", uccidendo 22 persone e ferendone 35. Fu acchiappato qualche mese dopo, processato e garrotato in piazza.

La bomba "Orsini" è un ordigno rudimentale inventato dal ribelle italiano Felice Orsini. D'aspetto è molto simile alle mine galleggianti da sbarramento, solo molto più piccola: una sfera irta di capsule detonatrici al fulminato di mercurio, delle dimensioni di un ananas, che esplode per shock meccanico. Il 14 gennaio del 1858, la bomba Orsini fece il suo debutto al teatro Opéra di rue Le Peletier, dove l'imperatore Napoleone III si sarebbe recato alla prima, anche qui, del *Guglielmo Tell* di Gioachino Rossini. Felice Orsini insieme ad altri tre giocatori – Antonio Gomez, Carlo Di Rudio, Giovanni Pieri – aveva organizzato tutto nei minimi particolari, che poi non eran molti: infiltrarsi nella folla ognun di loro con una bomba in tasca e lanciarla contro la gran carrozza davanti all'ingresso del teatro. E così fecero, salvo il Di Pieri, bloccato a un posto di blocco per mancanza di documenti. I tre ordigni causarono dodici morti e decine di feriti. L'Imperatore e consorte rimasero illesi grazie alla blindatura della carrozza: un particolare – non proprio minimo – che i quattro balordi non avevan considerato.

Dato che eran tempi di ferro e fuoco, il primo che fu acchiappato, il Gomez, cantò sotto il torchio dei poliziotti, causando l'arresto degli altri tre. Gomez se la cavò, come traditore, con l'ergastolo. Di Rudio, ch'era di nobili e influenti natali, accettò da buon anarchico al caviale la protezione della famiglia e se la cavò anche lui con l'ergastolo. Al Pieri e al Rossini invece andò peggio, visto che persero entrambi la testa sul patibolo, alla francese e cioè davanti a una folla inneggiante all'Empereur. Questo a dimostrazione che i moti rivoluzionari vengon sempre imposti dall'alto e che il mito del popolo sovrano e protagonista è, appunto, solo un mito.

Evidentemente la strage nel teatro, e in particolare durante la rappresentazione del *Guglielmo Tell*, era nel DNA anarchico.

Alzò il telefono e compose il numero di Largomanno, alias Biscia.

«Ho bisogno di vederti, subito.»

«In chiaro?»

«Facciamo alla chiesa del Carmine. Tra mezz'ora. Cerca di don Randello e chiedi del signor Merlo.»

34

Funerale indiano

Alle 17 era già calata la notte. Il cielo era coperto e una pioggerellina fredda inumidiva le pietre degli antichi selciati sui quali si rifletteva la luce dei lampioni. La temperatura era salita alquanto e l'Arno si era ormai liberato dalla crosta del ghiaccio con scricchiolii ed esplosioni di schegge, talune delle quali erano saltate fin sui marciapiedi, tra lo stupore dei passanti. Non era spettacolo usuale veder l'Arno ghiacciato. Mentre, ahimè, lo era vederlo gonfio di acque torbide color terra. Gruppi di cittadini preoccupati sostavano sulle spallette per osservarne i poderosi vortici. Grossi tronchi filavano verso la foce, saltavano dalle pescaie di san Niccolò e di Ognissanti, o andavano a sbattere con fragore contro le pigne del Ponte Vecchio e del ponte di Santa Trinità. L'aria, smossa dalla corrente impetuosa, era impregnata dell'odore del fiume, che, come il fiato di un drago, risvegliava nei fiorentini sopiti timori: solo sei anni prima il drago aveva alzato le spire, era uscito dal suo alveo e aveva battuto a morte la città, che da quell'anno mai più si sarebbe ripresa.

Bombacci tirò su il bavero del giubbotto e calcò bene in testa il berretto di lana mentre osservava rapito lo spettacolo. Il fiume aveva anche una voce: ora potente e bassa, ora d'improvviso innalzantesi in rombo contro gl'incagli dei relitti frenati dai piloni.

Fanfulla gli aveva reso l'arma di ordinanza, sollevato – pareva – che la balistica non l'avesse condannato. Gli aveva suggerito allora di controllare i proiettili ritrovati nei piedi del Gino con quelli rinvenuti all'Universale.

«Qualcosa mi dice che l'arma è la stessa. Tutto è collegato, Fanfulla, tutto.»

Chi sa perché ne era così sicuro?

Mentre osservava il rapido fluire del dorso del fiume, pensava a

Francia, avvolta in un taglio di rete metallica. Per un momento fu tentato di buttarsi di sotto. Quella corrente l'avrebbe trascinato in pochi secondi al salto della pescaia di Santa Rosa e lì, in quel ribollir di spume maleodoranti, si sarebbe fatto raggiungere da lei.

Gettò nel fiume le due cartucce che aveva sottratto alle canne del trombone di Gino. Si scostò dalla spalletta e raggiunse la 127, che aveva posteggiato al Cestello. Mise in moto e dopo un ultimo attimo d'indecisione partì.

Mentre guidava lentamente per le strade deserte dei vespri di Natale, andava ripensando con un mesto sorriso all'incontro col Biscia al Carmine. Entrato qualche minuto prima, aveva preso in disparte don Randello, una sua vecchia conoscenza, che si mostrò felicissimo di vederlo, baci e abbracci come a un figliol prodigo, ganascino compreso (era molto più vecchio), un tipo robusto e rubizzo che teneva sempre in sagrestia una doppietta carica a sale, per scacciare i ladruncoli, e fumava il sigaro.

«Allora, figliolo! Che gioia immensa rivederti! Ahhh, quant'è cambiato il mondo da quando non ci sei più. Lo sai che il tuo successore mi ha sequestrato la doppietta?»

«Nooo!»

«Eh, avevo sparato a un birbante che stava rubando le ostie consacrate» disse, chiudendo gli occhi a fessura sotto sopracciglioni bianchi a ciuffo, e rimestando la mano come in un calderone di maghi. «Sai... per i loro riti satanici, roba orrenda eh! Mi ha denunciato, pensa un po'».

«'un c'è più religione, padre.»

«Tu po' dirlo forte! Però meno male che il tu' collega l'ha archiviata. Però la canna tonante me l'ha tolta. Eh, pazienza. Ma dimmi: te t'ha furia vero? Dimmi icchè t'hai. Ti voi confessare?»

«Non sono ancora pronto.»

«E icchè t'aspetti? Che vengano a prenderti quelli col forcone? Allora l'è tardi! Da retta, col tu' mestiere, si dee esser pronti. Ha' visto icchè han fatto al commissario Calabresi, eh!»

«D'accordo, Padre. Ma ora sono venuto per il servizio, sa? Si ricorda?»

Don Randello si grattò il capo, poi congiunse le mani in segno di supplica.

«L'è Natale, figliolo! O come si fa. C'è un sacco di gente e se uno ti trova lì dentro?»

«Lo confesso io, padre. *Supplet Ecclesia* no?»

Don Randello fece una smorfia, ma poi rise.

«D'accordo, l'è per una bona causa. Mettiti la talare però, c'è troppa gente. Forza. Prendi quello in fondo, nel transetto della cappella Brancacci, e pena poco.»

«Grazie padre. Appena arriva uno che chiede del signor Merlo, lo mandi da me.»

Bombacci indossò il cento bottoni e il cappello a disco volante. Poi, con un breviario in mano, traversò a passetti svelti la gran basilica, fino al transetto destro, dove c'era il confessionale. Entrò sotto lo sguardo di fuoco di san Pietro dipinto dal Masaccio: non aveva l'aria di esser molto d'accordo.

Il Biscia arrivò di lì a un quarto d'ora, dopo che il Bombacci aveva gentilmente rifiutato una confessione dicendo in francese di essere lì solo per i francofoni. Per fortuna quella non sapeva il francese. S'inginocchiò alla grata.

«Commissario, stiamo cominciando a giocare sporco? Mi fa entrare in chiesa ora? Lo sa cosa gli farei a' preti, vero?»

«Come, non ti è piaciuto?»

«Devo dire ch'è diverso. M'ha detto: Nanni se cerchi il Merlo è nel confessionale del transetto di destra. Se invece cerchi Gesù, allora parla con me.»

Bombacci scoppiò a ridere. La prima risata dopo tante sciagure.

«E poi?»

«Poi m'ha dato un ganascino. A me. Capito? Al Biscia. E mi fa: "torna quando vuoi, son qui". Ma quello è pazzo. Comunque, ha d'andar di lungo questa commedia? Spari e leviamoci di 'ulo, un vorrei mai incappar nella messa: quello sarebbe bono di farmi fare i' chierichetto!»

«D'accordo, ascolta me allora: Leonardo Garzoncelli, ti dice nulla?»

«Nulla di nulla.»

«E Cane?»

«Idem. Perché?»

«Il primo era il nome di uno dei giocatori morti, ma il documento l'è falso. Voglio che tu vada dal falsario, che forse è lo stesso che ha provveduto a te, e mi scopri chi c'è dietro. Nome cognome e soprattutto soprannome. Del secondo so solo questo soprannome: cerca di capire come si chiama davvero. Con ogni mezzo, il prima possibile. Poi, se ho ragione, tra poco 'un mi vedrai più. Lascia pure l'informazione in busta sigillata al prete. È un tipo fidato.»

Bombacci sorrise, scotendo la testa al pensiero di don Randello. Lo avevano soprannominato così perché aveva picchiato un pretino giovane che si ostinava a negare la verginità di Maria e questi l'aveva denunciato al Tiratoio. Bombacci aveva archiviato tutto. Il vescovo aveva fatto un cicchetto molto più severo al pretino che al manesco parroco del Cestello e, come punizione pro forma, lo aveva promosso abate del Carmine.

Traversato il ponte alla Vittoria, svoltò a sinistra, in via del Fosso Macinante per imboccare poi viale degli Olmi, nel mezzo del parco delle Cascine. C'erano già le puttane in minigonna e i travestiti a fumare sotto i lampioni, l'aria annoiata. Passò accanto all'ippodromo, oltrepassò il piazzale delle Cascine, imboccò viale dell'Aeronautica per poi svoltare a destra in via San Biagio a Petriolo. Si fermò accanto al capannone abbandonato. Scese. Il silenzio era sottolineato solo dal poderoso fremito della corrente in piena. Si accese una sigaretta. Alla sua destra si stagliavano le luci elettriche delle enormi gru del cantiere del nuovo ponte in costruzione. Sotto di sé, la scarpata era lambita dalle acque del Mugnone in piena che, dopo una breve rapida, confluivano in quelle dell'Arno proprio davanti allo sperone del piazzale dell'Indiano, detto così per via del monumento al principe indiano di Rajaram Chuttraputti di Kolhapur: non proprio originario di Paperino.

«Senza volerlo hai scelto un posto appropriato, Max» disse Bombacci che lo aveva sentito uscire dal capannone.

«Perché?»

«Quello è l'Indiano.»

«E allora?»

«Era un giovane principe di ritorno da Londra, dov'era andato per studio e per omaggiare la regina Vittoria.»

«Quando?»

«Mi pare nel 1870 o giù di lì.»

«E allora?»

«Fece scalo a Firenze e morì di un malore improvviso al Gran Hotel, dov'era alloggiato col suo seguito. Secondo il rito del suo Paese, il corpo andava bruciato e le ceneri disperse alla confluenza di due fiumi. Così i fiorentini organizzarono qui il barbecue e la dispersione.»

La sigaretta di Bombacci danzava nella notte come un ballerino mentre indicava: «Vedi? Il Mugnone, qui sotto, e l'Arno».

«Noi il barbecue non possiamo farlo, amico.»

«Ovvio che no.»

Max rimase alquanto in silenzio. Poi disse, dandogli una pacca sulla spalla: «Dai, diamoci da fare».

Decisero di portare la salma sopra il primo troncone d'impalcatura che aggettava proprio nel ribollire della confluenza. Da lì il corpo sarebbe stato trascinato molti metri a valle, dove le acque erano più profonde e nessuno l'avrebbe più trovato. Lo portarono in due, con lentezza e attenzione, e non senza difficoltà, soprattutto nel punto in cui, per passare di livello, fu necessario metterlo quasi in verticale, con Bombacci che dall'alto tirava e Max che dal basso spingeva. Bombacci non voleva guardare il naso di lei che si frantumava contro la rete, né i piedi candidi che uscivano dal rotolo di ferro. Ma ogni tanto gli ci cadeva l'occhio e allora le chiedeva nel segreto perdono. Per averla tirata in quel casino e averne provocato la morte. E le prometteva che l'avrebbe vendicata. Giunti che furono al punto, badando di rimanere fuori dal cono di luce del faro, che spandeva il suo chiarore sui gorghi limacciosi venti metri più in basso, Bombacci si segnò e recitò una preghiera; poi entrambi, afferratala per le maglie della rete, uno dalla parte della testa bionda, i cui capelli uscivano dalle losanghe d'acciaio, l'altro da quella dei piedi straziati, che facevan capolino dalla rete, la gettarono nel vuoto. Il fiume ribollente la divorò con un solo colpo di mascella, come avrebbe fatto un cane al lancio di una salsiccia.

I due stettero fissi a guardare la corrente per qualche secondo. Poi il commissario ruppe il silenzio.

«Max?»

«Dimmi.»

«Tu ci credi alla vita dopo la morte?»

«No.»

Si guardarono, gli occhi che riflettevano la tenue luce delle fotoelettriche.

«Perché?»

«Perché se ci fosse, per me sarebbe un casino.»

Altri attimi di silenzio. Bombacci sfilò di tasca i due microfoni acciaccati.

«Ne sai qualcosa?»

«Roba sovietica.»

«Uno uguale a questo era nel Tappabuchi, in saletta delle riunioni. Infarinato mi ha confessato che ce l'ha messo Ivan. Questi invece sai dov'erano?»

«In casa tua?»

«Esatto.»

Bombacci gettò i due oggetti in Arno.

«Prima ha sentito me e Rombolaro, con la complicità di Infari-nato. Ma quel che l'ha condannata è stata la confessione che ha fatto a me. Ha capito che era crollata. Non solo non gli sarebbe stata più d'alcun aiuto, ma era diventata anche un pericolo. Vorrei sapere come ha fatto a istallarli da me.»

Max allargò le mani.

«L'hai portata in casa, la mattina del giorno zero. Quella è stata la tua prima imprudenza. E Ivan avrà compreso che valeva la pena tenerti sotto controllo. Il resto è un giochetto per tipi come quelli. Hanno mille sistemi per entrare in una casa. Avrà aspettato un momento in cui eri fuori e ha scassinato la serratura. Poi, con quei cosi il gioco è facile: basta nasconderli, non c'è bisogno di impiantistica particolare, a parte una stazione ricevente non troppo lontana. In genere fanno base in una camera presa in affitto nelle vicinanze. Probabilmente ha uno o più complici.»

Bombacci sputò dall'alto, nel fiume.

«Lei non c'entra.»

«Lo so.»

«È chiaro che non sapeva dei microfoni, o non avrebbe parlato così liberamente con te pochi giorni dopo. Poi l'ha costretta a letto minacciandola con la pistola. È andata così, amico mio, sicuro.»

Bombacci ora guardava il fiume che scorreva minaccioso, crivellato di gorghi, gonfio di mulinelli, irto di detriti che transitavano a gran velocità. Stava in piedi su una piattaforma aggettante e nulla lo separava dal vuoto. Fu tentato ancora di saltare.

«Non farlo.»

«Perché?»

«Devi finire il lavoro.»

Vero. Il lavoro. Ivan: non gliel'avrebbe data vinta.

«Fammi un favore, Max.»

Si accesero una sigaretta.

«Telefona al rompicoglioni di Milano e digli che parli con Sgu-sciamaroni perché smetta di registrare le telefonate che ricevo al Ti-ratoio. A te dà più retta.»

35

Analessi

La mattina stessa di quel fatidico 19 dicembre 1972, Francia e il Bombacci, dopo aver fatto colazione al Caffè Sant'Onofrio, si erano separati. E mentre Bombacci tornava in casa, lei da un bar di piazza dei Nerli aveva informato Ivan di quel che le era successo, facendo nascere in lui il sospetto che quel commissario fosse stato mandato in zona sotto copertura per svolgere indagini in modo poco ortodosso. Dopo averla esortata a coltivare quell'amicizia – cosa che, dobbiamo dire, non le sarebbe costata alcuna fatica – si era affrettato a prendere una stanza alla pensione Soriana, le cui finestre davano su via Sant'Onofrio, quasi dirimpetto al portoncino di casa del commissario, per farne il suo P.O. (punto di osservazione).

La pensione Soriana sembrava, anzi era, più un bordello clandestino che una pensione: scale strette e sudicie conducevano dopo due rampe al terzo e ultimo piano dove, sul pianerottolo, si apriva una porta di legno laccata di verde pisello. La porta si apriva su un vestibolo dall'aria misera, impregnato di profumi da due soldi. Dietro il bancone c'era un casellario in cui erano appese 6 chiavi, ognuna con un ciondolo su cui era inciso un nome. La Soriana compariva ciabattando da una porticina laterale. Il viso grasso, glassato da una spanna di cerone, luccicava alla scialba luce della lampadina come porcellana craquelé. Non si vergognava di mostrare dallo scollo le tette vizze e non l'imbarazzavano i capelli stopposi, tenuti a torre sulla testa da una permanente di Vinavil. Se la domanda era la classica "avete una camera?", come aveva fatto Ivan, lei aveva solo due tipi di risposte: no, se non gli garbavi; sì, se tutto sommato potevi andar bene. La camera in genere c'era sempre: il postribolo non era mai tutto esaurito e, comunque, ai clienti i letti raramente servivano per più di due ore. Quanto alla vista su via Sant'Onofrio, nessun problema. Tutte l'avevano.

Ivan si era presentato con un amico e la Soriana aveva pensato che si trattasse di una coppia di froci. Nulla da dire, anzi, in genere pagavano bene e subito, con mance generose, forse per paura di esser denunciati alla buoncostume. In realtà l'altro, ragionier Giovanni Pascicavallo, non era né un amico né un omosessuale, ma un funzionario del banco di Sicilia di via Calimala, con la passione per l'elettrotecnica e la radiocomunicazione, precettato in quell'occasione dalla premiata ditta STASI&KGB.

La chiave che Ivan si ritrovò in mano aveva un cartellino con su scritto: "Il vizietto". Lo stesso nome era inciso sulla targhetta d'ottone della porta che si apriva su una piccola stanza con un letto matrimoniale a baldacchino a drappi rosacei e un lampadario globiforme, incrostato di polvere e cacche di mosca. Nell'aria aleggiava un tanfo composito, che andava dal sudore, al borotalco, a un dopobarba da due lire. Ivan fece entrare per primo Pascicavallo, con la silente autorità di un secondino che conduce in gabbia il carcerato. La faccia del russo era di pietra scolpita e il suo sguardo non tradiva alcuna emozione. Pascicavallo ne era semplicemente terrorizzato, anche se cercava, nei laconici scambi di parole, di apparire disinvolto, con effetti il più delle volte grotteschi.

Per prima cosa si trattava di fare i turni per sorvegliare il portone al numero civico 8. Pascicavallo non sapeva nulla di nulla: né del Bombacci, né di Francia, né perché Ivan facesse quel che stava facendo. Meno sapeva e meglio era, soprattutto per lui: era la regola di queste catene secondarie d'intelligence. Chi poteva permettersi il lusso di sapere tutto, sedeva comodo in una poltrona imbottita a Berlino Est, o a Mosca, davanti a una scrivania nera e vetro, dove arrivavano i rapporti completi dei vari agenti e dei vari settori.

Ivan posò le sacche sul letto, il cui materasso sembrava imbottito più di pulci che di lana.

Il primo turno di due ore spettava a Pascicavallo, mentre Ivan, che aveva passato la notte all'addiaccio mischiato al gruppo di giornalisti che avevan tentato con Francia di raggiungere il teatro dell'esplosione, si buttò sul letto per riposarsi un po'. Non lo preoccupava minimamente addormentarsi accanto all'uomo che, se ne avesse avuto lo spirito, lo avrebbe ucciso senza pensarci due volte. Ivan capiva gli uomini al volo e Pascicavallo era tutto fuorché capace di uccidere. Si abbandonò dunque a un sonno meccanico, più da automa che da essere umano, senza sogni e pulsioni.

Nella prima ora di guardia, Pascicavallo vide uscire dalla porta tredici individui: un po' troppi per uno stabile che aveva solo sei campanelli, ma non stette a lambiccarsi il cervello su questo, piuttosto stava attento a capire quale fosse il poliziotto sommariamente descrittogli. Gli parve di riconoscerlo alla quattordicesima uscita: un uomo alto, robusto, capelli tagliati corti sulla nuca, cappotto di cammello e lobbia: puzzava di poliziotto lontano un miglio.

Svegliò Ivan con un certo ribrezzo: doveva scuoterlo per una spalla, e solo l'idea di toccarlo lo atterriva. Ma doveva farlo. Per sua moglie, per i suoi figli, per se stesso. In fondo, si ripeté per l'ennesima volta, non gli chiedeva molto. E pagava bene. Al primo tocco, le palpebre di Ivan si aprirono come schermi robotici su cellule fotoelettriche dal riverbero glaciale. Senza una parola, il robot si alzò in piedi ed entrò in azione.

Aperta una delle due sacche ne estrasse la stazione ricevente, un rettangolo grande più o meno come una macchina per scrivere, che posizionò sul tavolino zoppo sotto il davanzale. Poi lasciò che Pascicavallo la rendesse operativa collegandola alla rete elettrica, innestandovi l'antenna e le cuffie. Finalmente parlò: l'accento russo era praticamente scomparso e la pronuncia fin troppo perfetta. Così perfetta da destare a volte qualche perplessità in una città i cui abitanti, presumendo d'esser gli unici a parlare il vero italiano, sospettavano di tutti quelli che lo parlavano davvero bene.

«Allora, intesi. Tra un quarto d'ora da quando esco, tenga d'occhio la finestra: le farò il primo segnale. Pugno chiuso: pronto per la prova. Mano aperta una volta: ancora cinque minuti. Due volte ancora dieci e così via. Dipende da quanto tempo ci metto e dalle difficoltà che trovo. Ricevuto?»

«Ricevuto, Ivan. Si fidi di me. Conosco questi cosi.»

Ivan aprì l'altra sacca e ne trasse i ferri del mestiere che allineò sul letto in ordine meticoloso: un paio di binocoli Zeiss; una torcia elettrica; un set di grimaldelli; un set di tensori; sei microfoni miniaturizzati, tre conosciuti col nomignolo "la Cosa" (*The Thing*) e tre con quello di "Keighebag" (*KGB Bug*). I primi erano piccoli cilindri dotati di antenna metallica lunga mezzo metro, identici a quello ritrovato trent'anni prima nel consolato USA di Mosca, incastonato sul retro di un medaglione in legno rappresentante lo stemma degli Stati Uniti. Il nomignolo gliel'avevano affibbiato gli americani, che non avevano mai visto nulla di simile. La sua vivisezione dette origine a un nipotino occidentale, noto col nomignolo di *Satyr*. Si trattava di un ricettore di frequenze capace di attivarsi per sollecitazione della membrana provocata dalle onde sonore di voci ambientali. I *KGB Bug* invece erano l'ultimo grido in materia. Si presentavano come un prisma rettangolare di 75x23x10 millimetri, alimentato da batteria periferica e dotato di antenna esterna: un po' più ingombranti della *Cosa* ma più potenti. Sistemò con ordine i primi nella tasca sinistra interna del giaccone e i secondi nella sinistra esterna; i grimaldelli nella tasca interna destra e i tensori nell'esterna; la torcia nella tasca sinistra dei pantaloni e la pistola nella destra, il corto e affilatissimo pugnale all'interno della cintura. Ogni cosa al suo posto, un posto per ogni cosa. Ivan non lasciava nulla al caso. Il caso era il suo mortale nemico. Tutto doveva essere previsto, per quanto possibile.

Prima di scendere in strada, puntò il binocolo sulla campanelliera d'ottone tirato a lucido. Pascicavallo se ne stava zitto, seduto alla postazione radio, con le mani in grembo. Di tanto in tanto lanciava occhiate furtive al suo capo, senza mai osare indugiar troppo con lo sguardo. Ora lo vedeva di schiena, che scrutava attraverso i vetri, riparato dalle tendine parzialmente tirate. Ivan vide che c'erano sei pulsanti. Dato che non avrebbe potuto mettersi a ravanare coi grimaldelli in mezzo alla strada, doveva scegliere un campanello da suonare per farsi aprire. Cinque erano i cognomi: Rossi, Frigeri, Frullini, Grattafarina, Bellacoscia. Quello che faceva per lui era il sesto: "Sani-Dent studio dentistico". Se Sani fosse il cognome del dottore o solo una trovata pubblicitaria non era un problema che gli avrebbe fatto perdere il sonno.

Prima di uscire, si fermò al banco della Soriana, che sollevò gli occhi armati di occhiali tempestati di strassi dalla rivista che stava leggendo per guardarlo con un sorriso complice.

Ivan estrasse dal portafoglio un fascio di banconote: «Qui, non ci hai mai visto. Questi per il tuo silenzio». Poi, estrasse il pugnale dalla cinta: «E questo per le tue parole di troppo».

La Soriana rimase pietrificata. La porcellana che le copriva il viso sembrò lì lì per rompersi come il guscio di un uovo. Gli occhi, al di là delle lenti, rimanevano fissi in quelli di Ivan, incapaci di staccarsene. Poi, una mano grassoccia si allungò sul tavolo, prese le banconote e mormorò un semplice: «Stia tranquillo. Ma vi prego, andatevene alla svelta. Non vogliamo grane qui.»

«Il tempo che ci vorrà ci vorrà. Poi non mi vedrà più.»

Era circa mezzogiorno. Appena in strada, invece di dirigersi subito verso il n. 8, prese a sinistra, imboccò borgo San Frediano in direzione dell'omonima porta, quindi aggirò l'isolato per ricomparire all'incrocio di via Bartolini con via Sant'Onofrio. Il n. 8 era ormai a meno di trenta metri: se qualcuno fosse uscito in sintonia col suo arrivo sarebbe entrato sfruttando l'apertura della porta, altrimenti avrebbe suonato il campanello del dentista. Un uomo uscì con una gota gonfia come un'arancia e le lacrime agli occhi. Con le mani si teneva premuto un fazzoletto sulla parte dolorante. Ivan fece un balzo, sorridendo e acchiappando il portone prima che si chiudesse: «Grazie, vado anch'io dal...»

«Spero le vada meglio di me, signore. Auguri.»

Ivan salì tre a tre i gradini fino al pianerottolo dell'uscio del Bombacci, al secondo piano. La serratura era una classica Yale a una sola fila di pistoncini. Sentì scendere qualcuno. Si voltò di spalle, razzolando nelle tasche come per trovare le chiavi e invece scelse, al tatto, il tensore e il grimaldello giusto. Lasciò passare l'individuo, che veniva anche lui dal piano del dentista. Poi infilò il tensore nello spazio inferiore della toppa, ruotò verso sinistra, cioè nel verso dell'apertura della serratura, quindi infilò il grimaldello nella parte superiore, spingendo con cautela i pistoncini uno dopo l'altro verso l'alto. C'era quasi, quando sentì sbattere una porta. Se avesse sfilato le mani, avrebbe dato ancor più nell'occhio. Continuò a ravanare, anche se con estrema delicatezza: il grimaldello non va forzato, occorre sensibilità per capire quando e se i pistoncini si alzano e s'incastrano nel cilindro superiore, in modo da rimaner bloccati. E per farlo, occorre anche contemporaneamente giocare in micromovimenti col tensore. Entrambe le mani dunque sono occupate. Sentì la persona che rallentava. Gli si fermò dietro. Evidentemente il dentista non gli aveva fatto abbastanza male.

Ivan voltò solo la testa: «Mannaggia queste chiavi...».

Qualcosa in quello sguardo gelido, che confliggeva in modo sospetto con la gentilezza delle parole, e l'accento troppo perfetto, come se si trattasse di uno straniero erudito, unito al fattaccio della bomba esplosa quella notte a poche centinaia di metri da lì, consigliarono all'uomo di riprendere quasi di corsa le scale, appena in tempo per sentire un: «Ohhh, finalmente s'è aperta».

Chi sa poi perché, quest'ultima uscita gli tranquillizzò la coscienza, tanto da convincerlo a non avvertire la polizia, come in un primo momento aveva pensato di fare. "E poi, con tutto quello che avranno da fare oggi...", pensò imbacuccandosi nel cappotto.

Se invece l'avesse chiamata, la polizia – e sì che l'aveva a pochi passi, lì in piazza del Tiratoio –, una lesta pattuglia avrebbe sorpreso niente di meno che un agente del KGB a ingravidare di microfoni la casa del commissario Bombacci. E Françoise Le Maitre de la Garonne, detta Francia, sarebbe ancora viva.

Appena dentro, Ivan captò immediatamente nell'aria la fragranza di lei. Entrò in cucina. La finestra aperta permetteva di vederci bene anche senza accendere la luce. Nel centro c'era un tavolo di legno massello con piano di marmo spesso un paio di centimetri: certamente non veniva spostato tanto facilmente. Decise che il *KGB Bug* avrebbe trovato alloggio nello spazio tra il marmo e l'incastellatura del legno, raggiungibile agevolmente con la mano una volta tolto il cassetto centrale. Il problema di questo dispositivo era la necessità della batteria, con un'autonomia di pochi giorni. Appeso al muro sopra il vecchio frigorifero ronzante c'era un grande orologio elettrico. Lo prese, lo aprì e inserì *The Thing* dietro il quadrante, operandovi, con uno spiedino trovato in un cassetto, dei piccoli fori in corrispondenza del 12, del 3, del 6 e del 9.

Un altro *The Thing* lo sistemò dietro un quadretto in salotto e un altro *KGB Bug* dentro uno sportello della libreria a muro, sempre nel salotto. Poi si affacciò alla finestra col pugno chiuso.

Giovanni Pascicavallo indossò le cuffie, accese la stazione ricevente e manovrò le manopole delle frequenze. I due tipi di microfono operavano in sintonia, in modo da non disturbarsi e ricalcare il messaggio da trasmettere senza echi o perdite d'impulso. Se uno dei due captava meno, c'era sempre l'altro. Ivan fece una prova dal salotto con voce normale.

«Un due tre prova, viva la rivoluzione d'Ottobre.» Poi parlò con un tono più basso, seduto in poltrona: «Stalin per noi è stato un vero padre. Un due tre prova, un due tre prova».

Le stesse amenità, con poche varianti, furono ripetute dalla cucina. Ogni volta Pascicavallo segnalava con la mano la qualità della ricezione: pugno chiuso, zero. Dita aperte da una a cinque, ricezione da scarsa a ottima. Le cinque dita erano sempre aperte. Buon lavoro, Ivan. Controllò che tutto fosse esattamente come l'aveva trovato, compreso lo spiedino, che ripose con cura esattamente com'era, poi uscì dall'appartamento senza alcuna precauzione, a testa alta, anzi anche sbatten-

do la porta e scendendo le scale trotterellando: avrebbe destato molti
più sospetti se fosse uscito in modo furtivo.

Prima di rientrare dalla Soriana fece un ampio giro e non tornò
che al calar della sera, verso le diciassette. Trovò Pascicavallo addormentato sulla poltrona. Senza degnarlo di uno sguardo, azionò il
registratore collegato alla stazione, che ripeté perfettamente le frasi
di prova.

L'altro si svegliò. Ivan gli lanciò una busta sul letto: «Può andare, ora».

Pascicavallo si alzò in piedi, si stropicciò gli occhi, s'infilò la giubba, prese la busta e uscì.

Pascicavallo non faceva quel lavoro per motivi politici, ma semplicemente perché "loro" avevano in mano dei fascicoli che, se resi
pubblici, gli sarebbero costati un processo per sottrazione indebita
e frode bancaria, anni di galera e la perdita del posto. Avevano anche scoperto una tresca con la segretaria e minacciato di mandare
certe foto alla moglie, cosa che gli avrebbe rovinato la famiglia. A
quel punto non gli sarebbe rimasta alternativa che il colpo di pistola.
Avevano iniziato a ricattarlo quando al Banco di Sicilia era arrivato
un imprenditore importante, proprietario di una fabbrica di sistemi
d'arma in Umbria, di cui era necessario microfilmare i movimenti
bancari, vai a sapere per quale intrigo. Dato che era anche un *Old
Man*, come dicono gli inglesi, cioè un radioamatore, Ivan lo aveva
precettato per quel lavoretto extra, diciamo, che aveva già svolto
egregiamente anche al bar Tappabuchi.

36

Donald

Ora che il Tiratoio era chiuso – dato che il Gino si stava dibattendo con la setticemia al centro iperbarico di Careggi –, per evitare che il Fanfulla ascoltasse tutte le sue telefonate e balordi vari cacciassero il naso nei loro affari attraverso altre salette microfonate dei bar del quartiere, Bombacci e Rombolaro s'incontrarono "di qua d'Arno" – pronunciato dai fiorentini come sostantivo unico: "diquaddarno" –, nel bar della hall dell'hotel Argentina, a pochi passi dal consolato americano, a trecento dal teatro Comunale ancora fumante, a cinquecento da Santa Maria Novella. Zona questa culturalmente distante da San Frediano come Kensington dal mandamento Resuttana di Palermo.

L'hotel Argentina conservava tutto il sapore di quando, nella seconda metà del XIX secolo, si era insediato nell'elegante palazzina a tre piani di via Curtatone, n. 12. L'attuale gestore, Nicola Mendes, era il nipote del fondatore, tal Escobar Mendes, reduce della battaglia di Pavòn del 1861, nella quale aveva combattuto dalla parte sbagliata, cioè da quella che aveva perso. Nella hall erano ancora appesi ricordi di quella terra lontana e di quella guerra dimenticata: una sella da gaucho, ferri per marchiare il bestiame, lo stendardo del reggimento sforacchiato dalla mitraglia, una vetusta Colt Navy ad avancarica del tamburo.

Rombolaro ordinò un mate, il Bombacci un caffè americano; poi scelsero un tavolo defilato, da cui potessero controllare l'entrata principale, e in prossimità delle cucine e quindi dell'uscita tergale.

Rombolaro non perse tempo in convenevoli.

«I britannici hanno catturato giorni fa alcuni giocatori dell'IRA ad Armagh, in Irlanda del Nord. Uno di questi, ammorbidito ben bene, ha fatto il nome di una specie di mercenario che si vende al miglior offerente per addestrare personale alla fabbricazione e all'uso di tutto quel che fa il botto. Si chiama Cainneach O'Ceallaigh, traslitterato in inglese in Calvin O'Kelly, per gli amici Donald.»

«Che razza di nome.»

«È gaelico, o roba del genere. Molti patrioti mantengono questa tradizione, anche se all'anagrafe il governo protestante impone la traslitterazione.»

Bombacci non sapeva cosa l'altro sapesse di Gino e del Tappabuchi, per cui decise di farlo parlare a ruota libera.

«Allora, il pomeriggio del 24, dopo che ci siam lasciati, ho fatto un paio di chiamate a quelli d'Albione. Un C130 da Pisa mi ha caricato nel tardo pomeriggio e mi ha paracadutato in una base segreta nella campagna di Belfast, dove son venuti a prendermi alcuni tipi che mi han fatto incontrare questo Donald. Lo tenevano chiuso da quattro giorni in uno stabbiolo di un metro e mezzo per uno e mezzo, al buio, senza mangiare. Il disgraziato non poteva mettersi nemmeno seduto. Un puzzo che non ti dico, commissario. Feci e urina, sudore. Guardate, sono reparti speciali, operano a discrezione e si guardan bene dal riferire i loro sistemi. Ma se il governo lo sapesse, o peggio ancora i giornali, scoppierebbe un finimondo. D'altra parte, pare che con questo sistema il carillon si metta a suonare la melodia giusta. Quando sono arrivato, il grand'uomo aveva da poco firmato la confessione di non so cosa ed era disposto a tradire anche la mamma pur di uscire di lì. Cosa che sarebbe accaduta solo dopo l'ultimo sforzo di parlare con l'amico italiano, cioè il sottoscritto. Ah, commissario: la collaborazione tra sistemi di intelligence finalizzati alla difesa della "fortezza Europa" sta facendo passi da gigante! Ma questo non ditelo alla vostra amica, o ci sputtana tutti!»

Risata. Rombolaro non sapeva, ovviamente.

Arrivò il mate, e anche il caffè. Aspettarono che il cameriere fosse uscito dalla portata dei suoi padiglioni auricolari e l'artificiere proseguì.

«L'hanno fatto uscire, sorreggendolo per le ascelle e, con gran cautela, l'han fatto sedere su di una poltrona imbottita. Un medico gli ha preso pressione e battiti, gli ha guardato la lingua e la pupilla, poi ha dato a una bella tipa dell'MI5 – dal che ho capito caro commissario che non esistono solo nei film di James Bond – il permesso di avvicinarsi con una tazza di tè fumante, come per fargli capire che delizie della vita si sarebbe perso se avesse fatto ancora il furbo. È una tattica irresistibile, sapete. Anche i più duri crollano alla prospettiva di tornare in ceppi se, dopo un congruo periodo di trattamento, gli fai sentire com'è bella la vita seduti su un cuscino.»

Rombolaro avvicinò le labbra alla bombilla e bevve con risucchio un piccolo sorso dell'infuso argentino.

Bombacci seguiva con impaziente interesse.

«Beh, mi siedo davanti a lui, con le mani sulle ginocchia, e lo guardo negli occhi. Lui aveva le palpebre a mezz'asta, la schiena abbandonata sulla spalliera della poltrona. La tipa dell'MI5 che gli reggeva la tazza fumante gli sorrideva. "Sei pronto" gli faccio. Quello butta giù due sorsi, poi fa un gesto stanco con la mano per allontanare la tazza come fosse il calice di Rosmunda: sai, in quelle condizioni bisogna andarci piano con le bevande calde se per tre giorni si è stati idratati solo con acqua sporca e gelida.»

Di nuovo la bombilla tra le labbra. Bombacci, ancora muto, bevve tradizionalmente dalla sua tazza un'orrenda sbroscia nera chiamata caffè americano.

«Beh, sempre a occhi chiusi l'eroe comincia a cantare. Mi ha detto che è stato contattato da un intermediario della STASI, un giovane che si fa chiamare Ivan, il quale lo ha messo in contatto con il portavoce – gli anarchici non hanno "capi", o dicono o fingono di non averne – di una cellula fiorentina. La cellula pare si chiami Salvador Franch e il portavoce si fa chiamare Cane.»

«Ivan! Salvador Franch! Cane!» parve svegliarsi il Bombacci.

«Lo sapeva?»

Bombacci mise velocemente il Rombolaro al corrente di cosa era successo al povero Gino, tacendo che era stato lui a ridurlo in fin di vita tramite spappolamento dei piedi, e anche tacendo del ritrovamento delle armi – quella cosa, un ulteriore rovello, avrebbe pensato con calma a come risolverla –, inventandosi che era andato a trovarlo in ospedale dove, sfinito dalle febbri e dal delirio, aveva cantato un assolo mica da ridere.

«Dunque il Tappabuchi è chiuso?»

«Temo per sempre.»

Rombolaro inclinò la testa. Aveva sentito odor di bruciato.

«Ma...chi è stato?»

«Penso questo Ivan. Dietro la botola dello scivolo...»

«Quale botola, che scivolo?»

Bombacci lo mise al corrente anche della botola e dei microfoni che vi aveva trovato dietro.

«Dunque il Gino non informava la nostra commissione d'inchiesta, ma i fratelli del Komintern?»

«Esattamente. Ma c'è un dettaglio che non quadra.»

«Quale?»

«Gino non aveva capito che era stato Ivan a commissionare il botto. Anzi, mi aveva detto che avevano tagliato i fondi ai gruppi anarchici. Ovviamente Ivan lo aveva depistato. A questo punto mi è molto più chiaro perché Ivan non volesse che indagassimo sulla pista anarchica, fino ad arrivare a ucciderla.»

«Uccidere chi?»

«Se glielo dico, lei sarà l'unico a saperlo oltre me. E deve rimanere l'unico.»

«Sta scherzando commissario? Un pesce sono.»

Bombacci, con un groppo alla gola, gli raccontò di Francia.

Rombolaro posò il mate e chinò il capo: «Mi spiace. Davvero, io...».

«Lasci stare. Come direbbe il mio capo a Milano: sono i rischi del mestiere. O danni collaterali. Ma ora capisce? Ho fatto alcune ricerche sul Dubois.»

«Il che?»

Bombacci frullò una mano. Finita la brodaglia nera, si accese una sigaretta, mentre l'altro chinava di nuovo il capoccione sulla bombilla, gli occhi volti all'insù per osservare l'interlocutore.

«Il Dubois, l'enciclopedia del crimine politico. Questo è il terzo attentato che ha per obiettivo un teatro e, in tutti e tre i casi, sempre in occasione della prima del *Guglielmo Tell* di Rossini. Sinceramente mi sfuggono i motivi per cui il KGB o soci vari si scomodino a finanziare certi balordi, ma, qualsiasi essi siano, mi sono chiari invece quelli per cui non vogliono che, una volta catturati, rivelino da chi arrivano i soldi. Ma vada avanti. Mi stava dicendo del Cane e di questo Ivan.»

«Questo Ivan è giovane, occhi freddi e chiari, naso affilato, alto un metro e ottanta, biondo cenere. Cane è alto circa un metro e settanta, corpulento e vigoroso, sui trentacinque anni.»

«E poi?»

Anche Rombolaro accese una sigaretta.

«Poi questo Donald, dopo aver contrattato il prezzo, è calato a Firenze dove ha addestrato due giocatori: un certo Marco e un certo Trappola.»

«Marco! Potrebbe essere lui!»

«Cosa?»

«Trappola non ci interessa: so che era coinvolto, ma è stato arrestato per una cazzata fatta un paio di giorni prima e quindi non ha potuto partecipare all'impresa. Marco potrebbe essere lo scampato alla strage.»

«Scampato?»

Bombacci spiegò la sua teoria, che all'altro sembrò poco convincente. Ma in mancanza d'altro...

«Dove li ha addestrati?»

«In un magazzino strapieno di roba di proprietà di un certo Mario, affiliato anche lui alla cellula.»

«Sì, mi torna. Il suo vero nome era Rizieri Tannoia, il magazzino ce l'aveva in via Baccio Bandinelli.»

«Esatto. Ah, Donald mi ha detto che il nitrato d'ammonio è stato acquistato alla Cooperativa di Legnaia, facendo un ordine telefonico a nome di un inesistente consorzio di Arezzo. Se lo sono fatto spedire allo scalo merci, dove uno di loro l'ha caricato su di un furgone e l'ha riportato a Firenze. Hanno pagato in contanti.»

«E i detonatori?»

«Quelli li ha procurati Donald: hanno i loro canali.»

"E poi li hanno dati in custodia a Gino Infarinato", pensò il Bombacci.

Quanto al resto, AK 47 compresi, molte ipotesi potevano essere fatte, ma non era il momento quello di perderci tempo.

37

Il terzo giocatore

In ufficio, Bombacci trovò una busta sulla scrivania.

«L'ha portata il prete del Carmine, commissario.»

«Grazie Fanfulla. Novità sul Gino?»

«Sta un po' meglio.»

«Ne sono lieto.»

«Però gli hanno amputato i piedi.»

«Mi spiace» mentì il Bombacci.

«Non ha detto più nulla. Sgusciamaroni ha provato a parlarci, ma lui si è chiuso nel mutismo.»

«Nulla di nulla?»

«Esattamente. Sta coprendo qualcuno di cui ha paura.»

«Gli avete messo una guardia armata?»

«Certo commissario.»

«Bene puoi andare.»

Fanfulla salutò militarmente e uscì dalla stanza.

Bombacci si sentiva crudele, privo di pietà: una macchina da guerra. Per fermarlo, avrebbero dovuto ucciderlo. Aprì la busta. Conteneva un biglietto:

LEONARDO GARZONCELLI = GIOBBE MELAGUASTA DETTO LUCIANO
CANE = ALDO MAZZALAVACCA
HO NOVITÀ URGENTI.
PIAZZALE DELLE CASCINE. ORE 21:00.

Dunque i morti sul campo erano: Rizieri Tannoia, nome d'arte Mario, il muratore di cui il Duccio aveva detto "Mario viene con due compagni", e Giobbe Melaguasta, detto Luciano. Chi manca all'appello? Marco! Il giocatore addestrato da Donald insieme al Trappola. I due amici di Mario cui Duccio aveva accennato erano dunque Luciano e Marco. E dato che Mario e Luciano sono a brandelli ricomposti alla *morgue*, Marco è uccel di bosco. Marco era l'unico fochino del gruppo, sia pure alle prime armi. Gli altri non avrebbero saputo sistemare le cariche e farle brillare. Dunque, Marco doveva essere sull'obiettivo. Era un postulato, anzi una verità dogmatica! Tirò un pugno sul tavolo. Probabilmente era ferito.

Come aveva fatto però a salvarsi? Ah, impossibile. Ma no! Perché impossibile? La pantera li affianca, li fa scendere. Ispezione del carico. Marco riesce a defilarsi lentamente. Era anche l'unico che conosceva la pericolosità dei detonatori elettrici: se avesse notato che qualcuno stava facendo una cazzata, avrebbe potuto mettersi a correre abbastanza veloce da ripararsi dietro l'angolo di via Solferino. Avrebbe dovuto percorrere non più di cinquanta metri.

«Fanfulla!»

Il gigante spalancò l'uscio: «Comandi».

«Fammi o fammi fare una ricerca: voglio sapere se c'è qualcosa in archivio su un manigoldo noto col nome di Marco. Diciamo dal 1968 a oggi. Se ci fosse stato prima, me ne ricorderei.»

«Subito commissario. Metterò un paio di agenti a setacciare i fascicoli degli arresti e dei fermi dal primo gennaio '68 a oggi.»

Ci vorrà una vita, pensò il Bombacci. E in fondo non sarebbe servito a molto. Gli venne in mente poi un'altra cosa: appena Ivan avesse scoperto che Marco si era salvato, anche lui si sarebbe messo a cercarlo, e non certo per congratularsi del bel risultato! Se però il commissario lo avesse trovato per primo, avrebbe potuto usarlo come esca.

Si alzò in piedi e prese a misurare la stanza in lungo e in largo. Ormai calava la sera, le luci di piazza del Tiratoio risplendevano sul selciato e le prime luci alle finestre facevano brillare i palazzi come scenari teatrali.

"Samanta!" pensò. "Marco è lì. Ne sono certo." Ma il bordello di Samanta è zona franca. Nessuno mai aveva rotto il tacito accordo tra polizia e malavita, neppure ai tempi dell'OVRA, quando a dirigerlo era la Gloria Briccofumante, nome d'arte Samanta, che nel 1966 aveva lasciato il trono alla giovane Samanta attuale, al secolo Maria Clarofiore. Neppure lui aveva ritenuto di farlo: aveva semplicemente bonificato il quartiere a tal punto da rendere inutile quel *refugium peccatorum*. Dunque, una volta certo che Marco fosse lì, non si sarebbe certo fermato per rispetto a questo antico accordo, ma voleva comunque agire con prudenza.

Doveva mandarci qualcuno di fidato...

38

Alle Cascine

La Fiat 127 era posteggiata nel piazzale delle Cascine da quindici minuti. Al posto di guida sedeva Bombacci. Accanto c'era Max e dietro Rombolaro. Tutti con i ferri armati e pronti: Bombacci la pistola sotto la coscia, Max e Rombolaro il mitragliatore Beretta PM 12 S2 in grembo. Una vecchia Mercedes marrone li superò per fermarsi poco dopo; ne uscì un tanghero in cappotto di pelliccia e catenone al petto, capelli riuniti in una crocchia, occhialoni scuri, nonostante fosse notte. Masticava. Tirandosi su i jeans scampanati dalla borchia della cintura, avanzò verso di loro con aria spavalda. Bombacci abbassò il finestrino e il tanghero vi si appoggiò con le mani coperte di anelli.

«Ragazzi vi presento il Biscia. Biscia, questi sono i miei amici: lui è Uno e l'altro è Due.» Biscia salutò con un cenno del capo.

«Hai peggiorato la divisa!»

«Vestito da pappone qui si dà meno nell'occhio.»

«Siamo tutt'orecchi.»

«Avevamo detto sempre da soli.»

«Loro sono okkei.»

Il Biscia li squadrò scostando gli occhiali un po' più avanti sul naso. L'artiglieria lo convinse che non era il caso di fare troppo il pignolo sui dettagli dell'accordo.

«D'accordo. Il Cane si chiama Aldo Mazzalavacca, come ti ho scritto. Lavora all'INAIL dalle otto alle due e per il resto gioca ai cavalli soldi che non ha.»

«Tutto qui?»

Biscia ballonzolò sulle gambe, si guardò in giro, come a rassicurarsi di non essere ascoltato da altri. Ma da chi? Il vialone era immerso nel buio, punteggiato dalle luci globiformi dei lampioni e in giro non c'era un'anima.

«Ho saputo che c'è nell'aria un "recupero" al Tappabuchi, per via del fattaccio capitato al Gino. Roba grossa. Non so altro.»

Si guardò intorno sbirciando da sopra gli occhiali e sputò la cicca.

«Per quando?»

«Ho bisogno di soldi. Ho perso alle carte ieri e se non pago mi spezzano le gambe.»

«A te!»

«Beh, forse non me le spezzano, ma devo pagare o mi brucio anche questa copertura.»

Bombacci tirò fuori due bigliettoni da centomila lire.

«Questi vengono dalla cassa beneficenza per le vedove dei poliziotti morti in servizio.»

«Allora valgono di meno.»

«Dai, spara.»

«Stanotte. Il ballo inizia alle due.»

Sopraggiunse un'auto. Rallentò a passo d'uomo e s'appaiò. Il ceffo dal lato passeggero abbassò il finestrino.

«Qualche problema, fratello?» chiese rivolto al Biscia, che intanto s'era spostato di lato.

Bombacci si tirò indietro sullo schienale permettendo a Max di sporgersi verso il lato guida a mitra spianato: «Il problema è questo, "fratello". Vuoi risolvercelo tu?».

Il ceffo alzò una mano in segno di pace, il guidatore ingranò la prima e si allontanò sgommando.

«Balordi!» fece il Biscia tentennando il capo.

«Grazie Biscia.»

Il Biscia fece un cenno d'assenso col capo e si allontanò verso la sua auto.

«Certo è cambiato... Non lo riconoscerebbe neppure la mamma» disse il Bombacci girando attorno al piazzale e tornando verso il centro.

Erano le ventitré del 26 dicembre: tre ore al contatto.

Dopo aver letto il biglietto del Biscia, Bombacci aveva riunito la squadra, subodorando che la novità annunciatagli riguardasse roba grossa. Ma era stato irremovibile nel non voler coinvolgere nell'affare le forze regolari.

«O così o nulla, signori. Se chiamo i colleghi, gli stronzi ci annusano lontano un miglio. E se anche riuscissimo ad arrestare il Cane, di certo perdiamo Marco e Ivan, e io dovrei stare a spiegare in commissione troppe cose.»

Per gli altri due stava bene così. Avevano ricevuto fin dall'inizio l'ordine di rimettersi alle decisioni del Merlo: era lui il responsabile delle indagini.

Il piano era semplice. Le casse non potevan essere trasportate fuori dell'edificio se non passando dalla carbonaia. I giocatori dunque sarebbero entrati nel cortile con un furgone o un autocarro. Bisognava lasciarli fare indisturbati il lavoro e poi arrestarli con le mani nel sacco.

Max e Rombolaro erano specialisti. Bombacci, al confronto, un dilettante. Rombolaro, il veterano, aveva preso il comando tattico. Oltre al mitra Beretta, i due erano armati di pistola d'ordinanza e di due bombe a mano d'assalto a testa: poco danno, molto casino. Sono dette in inglese anche *"stun grenade"* o *"flashbang"* e servono a disorientare il nemico.

Bombacci, armato di due Beretta modello 34, una d'ordinanza e l'altra no, alla guida di un vecchio autocarro Fiat 615 rubato di fresco da Max, parcheggiò rasente il marciapiede, poco prima del passaggio ad arco.

Controllarono in silenzio l'attrezzatura: colpo in canna, sicura inserita; bombe; torcia elettrica. Poi, in jeans, maglione nero e berretto entrarono nel cortile.

Max e Rombolaro si nascosero sotto il rudere del 615, che era abbastanza alto da terra da permettere di venirne fuori con un semplice rotolamento. Bombacci invece fu mandato da Rombolaro a presidiare il bersaglio da dietro un cumulo di cessi rotti, accatastati sotto una tettoia di lamiera. Tutti e tre avevano libero il campo visivo del settore bersaglio.

Si prepararono alla lunga attesa. Sulle facciate tergali di quegli antichi palazzi non si aprivano molte finestre. In genere si trattava di opercoli ovali di qualche bagno, o porte finestre di cucina che davan su minuscoli terrazzi dove si tenevano scope, secchi e stracci. Aveva cominciato a far freddo. La temperatura si era abbassata di nuovo a livelli fastidiosi. Bombacci si era portato un maglione in più, ma al mondo c'erano comunque posti in cui sarebbe stato meglio. Come fra le braccia di Francia. All'improvviso ne sentì la struggente mancanza, insieme a uno strano sentimento, che riuscì a decifrare a fatica: un misto di rimorso per averla coinvolta, pena per le belle forme straziate dalla rete metallica, disperazione per l'irreversibilità della morte. Si fregò le mani energicamente una contro l'altra e guardò l'orologio: quasi mezzanotte. Un paio di gatti baruffarono da qualche parte. Una donna strillò improperi contro il marito. Qualcosa di vetro cadde e si ruppe. Poi tutto tacque di nuovo. La luna non era ancora sorta e il buio era quasi completo. Ogni tanto gli arrivava alle nari la zaffata di carogna di qualche topo morto nei paraggi e di diverse sedimentate pisciate.

Lontano di là un paio di isolati, chiuso nel suo covo, il Cane andava rimuginando con mestizia di essere rimasto solo: Mario, Luciano, Duccio, Marco eran morti. Gino Infarinato fuori combattimento all'ospedale. Trappola in galera. Gli altri della cellula erano riusciti a squagliarsela imbarcandosi su un cargo da Livorno diretto chissà dove. Per soprammercato, l'operazione era fallita miseramente e Ivan non avrebbe tardato a farsi vivo per avere indietro il pagamento in armi e materiale, che il Gino era stato incaricato di custodire fino a fine lavoro: quattro casse che doveva assolutamente far sparire prima che Ivan bussasse alla porta, dal momento che le aveva già rivendute sulla parola a un emissario dell'OLP: la caparra se l'era giocata su un cavallo dato vincente e che, invece, tanto vincente non era, dal momento che aveva perso. Come sfuggire a Ivan, ci avrebbe pensato poi.

Dal momento che da solo non avrebbe potuto farcela, era stato costretto ad assoldare due soci tra i balordi e i mariuoli di questo o quel bar, mettendo seriamente a rischio la segretezza dell'operazione. Anche se non aveva rivelato ai nuovi complici il contenuto delle casse, sarebbe bastata una semplice occhiata per far capire anche al più sprovveduto degli esseri umani che il contenuto non erano né confetti né candeline natalizie, e questo poteva essere un ulteriore problema. Molti di questi tipi erano pregiudicati di lungo corso in contatto con malavitosi comuni, che avrebbero strangolato la mamma pur di mettere le mani su quella roba. Se poi si considera che il Cane non aveva i soldi che aveva promesso di pagare per il servizio e che Ivan non gli avrebbe certo aperto una linea di credito presso la Popof Bank, si capisce perché si sentisse come un topo in trappola e cercasse di darsi coraggio, prima di entrare in azione, scolando un bicchiere di Chianti via l'altro.

39

Ivan

Ivan parcheggiò la Fiat 124 nel piazzale del CTO, dov'era ricoverato Gino Infarinato.

Al reparto non ebbe problemi per entrare in corsia, ma l'infermiera lo avvertì che comunque per parlargli avrebbe dovuto chiedere al piantone armato.

«Oh, penso che non me lo negherà» rispose, affabile. «Sono il suo avvocato.».

Come avvocato aveva un abbigliamento insolito, un po' troppo alla moda: vestiti attillati, borsetto di finta pelle appeso alla spalla sinistra. Il tocco di classe era costituito da favoriti neri, parrucca a caschetto, baffoni alla Stalin: tutta roba posticcia acquistata da Filistrucchi. Completava il quadro un paio di enormi occhiali quadrati dalla montatura di plastica. Le lenti erano però di vetro neutro: Ivan ci vedeva benissimo, anche troppo.

Avanzò senza fretta nella corsia semideserta. Le stanze che si aprivano a destra e sinistra avevano ognuna sei letti, in genere occupati. C'era un certo via vai di parenti, medici e infermieri, ma aveva visto di peggio. Gino si trovava nell'ultima stanza a sinistra, nella quale gli altri letti erano vuoti. Il piantone, un agente un po' sfavato, sonnecchiava seduto su di una seggiola.

Ivan si avvicinò, una mano in tasca sul calcio della Tokarev silenziata. Provò a entrare senza svegliarlo, ma quello tese una gamba.

«Aho, 'ndo vai?»

«Avvocato Strizzapanini, sono venuto a far visita al cliente.»

«Er criente dorme, nun vedi?»

Il piantone si alzò, tirandosi su i pantaloni: «E se te se' n'avvocato, io so' Giulio Cesare».

Ivan vide che stava mettendo mano alla pistola. Ma fu più lesto di lui: estrasse la sua, gli affondò la canna nella buzza, quindi lo spinse dentro; poi fece fuoco, mentre col tacco chiudeva la porta. Il piantone cadde come un sacco di patate a terra e Ivan lo finì con un colpo in testa.

Gino, cannula dell'ossigeno al naso e flebo in vena, dormiva a bocca aperta, le gambe prive dei piedi fuori delle coperte, fasciate e tenute sollevate da un paranchino. Ivan non provava alcuna emozione, così l'avevano addestrato a fare: prima reprimerle, e poi, a forza di reprimerle, nemmeno provarne più. È l'ultimo stadio prima della dannazione eterna, quello nel quale nel cuore non arde più nulla, se non tizzoni d'inferno. Lui ovviamente se ne sbatteva: da buon sovietico era ateo, materialista e devoto solo alla causa, e quello non era che lavoro. Andava fatto e basta. Dobbiamo dire che non fu particolarmente difficile. Preso il cuscino del letto accanto, glielo premette violentemente e a lungo sul viso. Vide gli occhi aprirsi, tingersi di terrore. Ivan lo guardò con i suoi, glaciali. Gino scosse le gambe, tentò di ribellarsi, gli afferrò i polsi con le mani e Ivan aumentò la pressione, per soffocarne anche il minimo accenno di gemito. Dopo pochi minuti, che comunque parvero un'eternità, il corpo del povero Gino si rilassò.

L'assassino uscì tranquillamente dopo averlo ricomposto come se dormisse, la bocca un po' aperta e gli occhi chiusi. Passando, si permise anche un sorriso meccanico diretto all'infermiera e un cenno con la mano: «Aveva ragione» disse. «Non mi ha fatto entrare. Tornerò con l'ordinanza del giudice.»

Era già calata la sera. Montò in auto e invece di tornare in città per le grandi arterie di viale Morgagni o di via Alderotti, prese per via del Pergolino, un'antica strada incassata tra mura di pietra che menava, dopo un ampio giro costeggiante colline e ville rinascimentali, in via Bolognese, da cui era possibile entrare in città da piazza della Libertà. La strada era deserta e fiocamente illuminata di quando in quando da luci a piattello. Fermatosi in uno slargo buio, si sbarazzò dei vestiti alla moda, degli occhiali, dei capelli, delle basette e dei baffi posticci, per rivestirsi con pantaloni di panno comodo, scarponi larghi, giubbotto di tela con cerniera lampo e coppola di lana. Prima di ripartire mise la Tokarev sotto la coscia: non era una moda, ma il modo migliore di esser pronti in caso di necessità.

Forse siamo stati ingenerosi a dire che Ivan non provava emozioni. In quel momento, mentre i fari dell'utilitaria spazzavano l'antichissima via, si sentiva bene. Finalmente era entrato in azione. Da quando l'avevano mandato a Firenze, si era trovato come in castigo: raccoglieva i rapporti degli agenti secondari e faceva a sua volta rapporto alla Centrale. Tutto qui, in una città moscia e priva di alcun fermento che non fosse qualche scontro tra poliziotti e capelloni. Finalmente era scattato qualcosa e poteva dare il meglio di sé.

Non tutto comunque era filato liscio. Per esempio, Francia, che si era bruciata e che aveva dovuto far fuori in modo così teatrale per inguaiare il commissario ficcanaso e così toglierselo di mezzo. Non poteva immaginare che quello avesse la prontezza di spirito di far sparire il cadavere, né che avesse poi avuto il coraggio di spappolare i piedi all'Infarinato solo per farlo parlare. A quel punto, si sarebbe aspettato dalla Centrale l'ordine di ucciderlo e invece era arrivato quello tassativo di lasciarlo perdere: uccidere un commissario di polizia avrebbe creato in quel momento più complicazioni che altro, tanto più che ormai si trovava in un mare di merda bella spessa per conto suo.

Percorse in discesa l'ultimo tratto della Bolognese, traversò Ponte Rosso e giunse in piazza della Libertà, dominata dall'enfatico arco di trionfo dei Lorena, eretto nel 1737 per festeggiare il cambio di regime, dai Medici agli Asburgo Lorena. D'infilata da via Bolognese, l'occhio poteva trapassare, oltre la campata dell'arco, anche quello dell'antica porta San Gallo. Le due costruzioni, quella celebrativa e l'antica porta medievale facente parte del sistema difensivo, erano ormai devitalizzate e ridotte a monumento. Separate da una fontana e circondate da un parco pubblico, rimanevano indisturbate memorie di un passato che non sarebbe mai più tornato.

Ivan s'immise nei viali di circonvallazione, realizzati sul tracciato delle antiche mura. Guardava con disprezzo tutte quelle tracce di gloria, di cui soprattutto il centro cittadino era saturo fino alla nausea: una gloria fasulla, ottenuta sulla pelle dei poveri e cantata da poeti e lacchè del capitale. Ed era soddisfatto del ruolo che il Partito gli aveva dato: contribuire alla diffusione del comunismo nel mondo. Se si fosse comportato bene – era il suo primo vero incarico sul campo quello, per questo lo avevano mandato a Firenze, città strategicamente secondaria – sarebbe passato di rango, lo avrebbero mandato in Francia, o in Germania Ovest, o forse addirittura in America. La lingua non sarebbe stato un problema. Parlava correttamente anche il tedesco e quanto all'inglese ce l'avrebbe fatta in pochi mesi d'intensa applicazione al reparto didattico-linguistico della scuola di addestramento del KGB, piano terzo, ala est della Lubianka.

Guidando con prudenza, attento a non infrangere il codice della strada, andava riflettendo su Gino Infarinato. Qualcuno, con ogni probabilità il commissario Bombacci, lo aveva torturato per farlo parlare. La domanda era: gli aveva rivelato delle casse? Tendeva a escluderlo. Anche se torchiato a sangue, nessuno si sogna di rivelare cose che l'altro non chiede. Bombacci, che agiva clandestinamente e con i minuti contati, doveva essersi limitato a chiedergli cose d'importanza immediata. Nel sopralluogo fatto, Ivan aveva visto che la botola dello scivolo era stata violata, certamente per via dei microfoni, ma non era affatto detto che poi per esfiltrare avesse usato quella via. E anche l'avesse fatto, impossibile che si fosse messo a saggiare le pareti del pozzo. Tuttavia non poteva escludere nulla. Doveva agire con raddoppiata prudenza e aspettarsi il peggio: non voleva rovinare tutto ora che era giunto quasi a fine lavoro.

Gli ordini erano che, dopo l'impresa del Comunale, comunque fossero andate le cose, per evitare che cantassero, i componenti della cellula andavano eliminati e le casse di armi recuperate.

Per quanto riguardava i giocatori, fatto fuori il Gino e morti tutti gli altri nell'esplosione o all'ospedale, rimanevano solo il Cane e il Trappola. Del Trappola per ora non si preoccupava: dato che era in galera per un misero furtarello, sarebbe stato un folle a confessare di esser stato in qualche modo coinvolto anche lui nell'impresa andata a rotoli.

Restava il Cane.

Fermò la 124 in piazza Nerli e, presa dal bagagliaio la sacca, raggiunse in pochi minuti il portoncino accanto all'ingresso del Tappabuchi, in borgo San Frediano. Estratti tensore e grimaldello, lo aprì in poco più di un minuto senza essere disturbato da nessuno. I pochi passanti fecero finta di non vedere: un classico, in quella zona. Nessuno aveva voglia di fare l'eroe.

Salì tre rampe di scale di pietra serena, strette e illuminate da fioche lampadine. Un alberello di Natale di plastica si accendeva e si spengeva in un angolo del primo pianerottolo. Dagli altri appartamenti filtravano gli odori della cena imminente: minestrone di cavolo, soffritto, pesce. Voci soffuse, piatti cozzanti, una donna che chiamava un bambino, un bambino che piangeva. Come un predatore della giungla, analizzava tutto, odori e suoni, pronto a reagire in caso di pericolo. Giunto davanti alla porta d'Infarinato, l'aprì col solito sistema del grimaldello. Fu un po' più difficile rispetto al solito, perché le serrature erano due e quella superiore aveva una doppia fila di pistoncini anziché una sola, ma allo stesso tempo anche un po' più facile, perché poté agire con calma e indisturbato, visto che all'ultimo piano non c'erano altre abitazioni.

Gino viveva in un appartamento piccolo, composto di due stanze, un tinello e una cucina, oltre a ripostiglio e bagno. Quest'ultimo era munito di una finestrella ovale che dava sul cortile interno. Sempre senza accendere la luce, montò in piedi sulla tazza del water e aprì lentamente uno spiraglio del vetro: la visuale era ottima. A ore due c'era l'uscita dal castelletto della carbonaia del bar; a ore dodici, l'arco del vicoletto d'ingresso. L'occhio spaziava su tutto il cortile e tutto sembrava tranquillo. Se la soffiata era giusta, alle due di notte il Cane avrebbe tentato il recupero delle casse: gli avrebbe organizzato il comitato d'accoglienza.

Aprì la sacca e ne estrasse un asciugamano di spugna avvolto nel quale aveva nascosto il ferro del mestiere: un fucile di precisione SVD Dragunov munito di silenziatore, calibro 7.62. Il proiettile aveva una velocità alla volata, cioè all'uscita dalla canna, di oltre 800 metri al secondo, cioè quasi tre volte la velocità del suono. Da quella distanza, il bersaglio non avrebbe in nessun caso fatto a tempo a sentire lo sparo prima di venire fulminato, ma il silenziatore serviva per i vicini di casa, ai quali Ivan non voleva disturbare il sonno.

Si spostò nel tinello e, accoccolato sul tappeto, lasciò che gli occhi si abituassero al buio. Quindi montò velocemente il fucile. Di corredo, l'arma aveva un caricatore da dieci. Nella sacca ne aveva un altro, per un totale di venti colpi. Un'esagerazione, visto che in tutto sperava di usarne due, al massimo tre. Ma... hai visto mai. Controllò il funzionamento dell'otturatore, inserì il colpo in canna, mise la sicura, poi tornò in bagno, a regolare il cannocchiale sulla distanza del presunto bersaglio.

Erano appena le nove. Aveva molte ore da aspettare. Si stese sul divano, il Dragunov brunito e crudele accanto a sé, in vigilante attesa di rumori sospetti.

40

Contatto

Bombacci stava soffrendo come un cane, tra quei cessi rotti e puzzolenti, al freddo e all'umido della guazza notturna. Stava tanto male che non avrebbe scommesso una lira sulla sua tenuta fino a fine lavoro. Erano stati giorni massacranti, di tragedia e di dolore personale, di tensione e di angoscia. Si sentiva teso come una corda e provato al limite. Non mangiava dalla sera prima, un po' per disappetenza, un po' per mancanza di tempo, e non si cambiava né si radeva da quasi una settimana. Nel delirio di quella gelida veglia, arrivò a sospettare che le zaffate non provenissero dalla carogna di qualche animale, ma dal proprio corpo.

Eppure doveva resistere. Doveva tendere cuore e fibre oltre ogni ragionevole limite, o morire. O prendeva Ivan, o si sarebbe ucciso. Vendetta? Non avrebbe saputo dire. Giustizia, forse. Cieca violenza che si risvegliava nel suo animo di predatore addomesticato da troppi anni di borghese convivenza col mondo civile. Era un'iniziazione a qualcosa, quella. Non solo un agguato. Non solo una trappola per delinquenti. Da lì, o sarebbe morto o ne sarebbe uscito un uomo nuovo, come la farfalla da una crisalide. Questo pensiero gli permise di rianimarsi, di prendere coraggio, di dar fondo alle ultime energie. Fu in quel momento di relativa ripresa che sentì il ringhio di un autocarro che entrava dal vicoletto alla sua sinistra.

"Contatto!", pensò e, subito dopo, come gli aveva insegnato Rombolaro: "Controllo!" delle armi, della posizione, della visuale, della situazione generale. Sapeva che lo avevan messo lì perché era il posto meno esposto e più sicuro. Il relitto di furgone era più avanti. E per agire, i suoi compagni avrebbero dovuto rotolar fuori. Lui doveva coprirli, nel caso fosse successo un casino. L'operazione sembrava semplice. Anche perché non era detto che Ivan, come temeva il Rombolaro, fosse anche lui della partita. Il furgone fece manovra e si sistemò proprio davanti all'apertura a ribalta della carbonaia. Era arrivato per tutti il momento di star pronti ad agire, fregandosene degli eventuali spettatori alle finestre: nessuno poteva eliminare quel pericolo. L'unica difesa stava nella rapidità d'azione: dei balordi a trafugare le casse e andarsene, dei poliziotti nell'intervenire non appena le casse fossero state caricate sul pianale. Con un po' di fortuna nessuno si sarebbe fatto male: prendere vivo il Cane era l'obiettivo primario, per farlo cantare a dovere nel capannone di Max in riva al fiume. Quanto ai complici, avventizi privi di nobiltà criminale, che se la dessero pure a gambe.

Sentiva la gola secca. Estrasse la prima pistola, quella "pulita", che da quella distanza sarebbe servita il giusto, vista la non eccelsa precisone di tiro, e si guardò intorno. Vide un'ombra rotolar fuori da sotto la carcassa del vecchio 615, seguita da una seconda. Poi si avvide che uno dei giocatori avversari era rimasto alla guida, a fari spenti e motore acceso. Dubitava che fosse il Cane. Gli altri due erano scesi senza particolare cautela, anzi sbattendo anche lo sportello, vecchio trucco che in certi casi serve alla grande a non far nascere sospetti. Bombacci sentì la botola aprirsi e poi richiudersi. Il cuore gli balzava in gola, non sentiva più il freddo. Tensione al massimo. I suoi due amici intanto erano avanzati strisciando lentamente verso il furgone nemico.

Più in alto, al terzo e ultimo piano del palazzo, da una finestrella ovale, qualcuno si era affacciato. Questo sì, con estrema cautela. Tanto da aver sfilato il vetro dai cardini sfruttando il rumore del furgone che entrava. Ora, salito sul water, aveva appoggiato la lunga canna brunita su di un asciugamano, a sua volta sistemato sul bordo del davanzale, poi aveva infilato la mano destra nel foro del calcio di legno, per avvolgerla quasi con voluttà attorno all'impugnatura anatomica, facendo premere devotamente la parte finale della struttura contro la spalla destra, mentre la mano sinistra carezzava dapprima per poi avvolgere il paramano in legno traforato. Posò accuratamente l'occhio limpido alla lente del cannocchiale, inquadrando il settore. Vide nel furgone l'ignaro autista che attendeva che gli altri facessero il lavoro. Non ci misero molto, ma a tutti parve comunque un'eternità. Cane e Stampella, chiamato così per il suo modo di camminare a seguito di una frattura alla gamba mal rimarginata, erano scesi nella carbonaia, dove avevano scosso i mattoni del pozzo. Lo

Stampella si era calato, mentre il Cane azionava il verricello. Ci misero meno di dieci minuti a tirar su le prime due casse. Le ultime due, pesantissime, richiesero più tempo, soprattutto perché lo Stampella dovette risalire per aiutare il Cane a estrarle dalla verticale del pozzo e calarle lentamente a terra.

Finalmente, riavvolto il verricello, si guardarono ansimanti per la fatica. Stampella si deterse il sudore con la manica della maglia e sputò per terra. Nessuno dei due parlò. Cane era un omone alto e grosso, con una coroncina di capelli più da commendatore che da criminale incallito: serviva egregiamente per la copertura della sua vita civile di impiegato dell'INAIL. Anarchico più per calcolo che per vocazione, non aveva esitato a mandare i suoi ragazzi allo sbaraglio pur di guadagnare una partita d'armi: ci avrebbe tirato su un bel gruzzolo, del quale avrebbe devoluto alla cellula Salvador Franch solo un quarto; col resto, avrebbe comprato un passaporto falso e un biglietto per qualche paradiso tropicale, in barba a tutti.

In quel frangente, probabilmente per il vino bevuto, sentiva girargli la testa. Non era ubriaco, solo un poco euforico. Le preoccupazioni della sera erano svanite e tutto gli pareva di nuovo semplice, come ai vecchi tempi. Fece un cenno allo Stampella, che aprisse le paratie della botola. Caricarono sul pianale del carro, coperto da un telone, le casse più leggere; poi rientrarono per la terza e la quarta. Gli oltre cento chili di armi su per i tre gradini si fecero sentire. Stampella, davanti, era chinato in due per assecondare l'alzo del Cane che, da dietro, spingeva. Una volta fuori, issarle sul cassone fu relativamente facile. Non restava che salire a bordo e partire.

Intanto Ivan vegliava col suo occhio vitreo, la visuale ravvicinata dal cannocchiale amplificatore di luci. Vide a malapena le due ombre acquattate ventre a terra vicino al furgone. Due giocatori intrusi! Non si scompose. A loro avrebbe pensato dopo. Inquadrò nel reticolo il cranio del Cane, esercitò la pressione primaria sul grilletto e trattenne il fiato. Quando fu pronto, esercitò la secondaria lasciando partire il primo colpo. Con un soffio come di cerbottana, e un rumore come di zucca trapassata, Cane s'accasciò a terra. Ravvicinata dalle lenti, vide le schegge d'osso del foro d'uscita saltar via in una nuvola di sangue vaporizzato. Il proiettile proseguì la corsa deviando leggermente a destra per andarsi a conficcare nell'addome dello Stampella, che crollò appendendosi alle bandelle del carro con un urlo straziante. Una frazione di secondo dopo il dito di Ivan liberò un secondo colpo, che trapassò anche il cranio del povero Stampella, sciogliendogli le membra all'istante. Rombolaro, accortosi del problema, guardò Max, che annuì: congelamento. Non c'era per il momento altro da fare: da quella posizione non solo non avevano modo di vedere da dove provenissero gli spari, silenti come sospiri e privi di lampeggio e di fumo, ma neppure avrebbero potuto rispondere al fuoco con armi d'assalto come il PM 12 S2, senza pregiudicare la sicurezza dei civili che potevano esserci dietro i vetri delle finestre a godersi lo spettacolo. Nello stesso istante, il giocatore alla guida, che al grido dello Stampella s'era messo in allarme, non fece in tempo a ingranare la prima che tre colpi in rapida successione e ben mirati, trapassando il lunotto posteriore, lo freddarono sul colpo, colpendolo uno alla testa e due alla schiena. Rombolaro ordinò con un gesto a Max di rientrare al riparo sotto il carro. In quel momento l'unico loro desiderio era di non entrare a far parte del club dei bersagli: appena in tempo, perché Ivan aveva già spostato la canna verso di loro, per inchiodarli al terreno. Anche Bombacci, gli occhi sgranati, l'adrenalina in circolo, comprese immediatamente che non c'era nulla da fare se non aspettare immobili: se Ivan aveva fatto tutto quel macello, certamente aveva previsto anche di recuperare le casse. Di lì a qualche minuto sarebbe senz'altro comparso nel cortile per mettersi alla guida del furgone e filarsela.

Tre contro uno, non avrebbe avuto scampo.

41

Il passo del vecchio

Al posto di Ivan arrivò invece trotterellando circospetto un uomo basso, in giacca a vento da sci, berretto nero e guanti di pelle.

Che non era Ivan, lo capirono immediatamente, e tutti e tre rimasero attoniti a osservarlo.

Giovanni Pascicavallo rallentò vistosamente davanti alla scena di sangue che, inaspettata, gli si parò davanti. Si guardò intorno, smarrito. Fece per darsela a gambe, poi tornò indietro. Cadde in ginocchio, prese a pugni la terra e si mise a gemere e imprecare. Poi levò gli occhi al cielo, dove la luna ormai alta aveva iniziato il suo lento transito dello specchio di firmamento delimitato dalle grondaie. Vomitò la cena. All'improvviso un colpo partì da una finestra, sollevando a pochi centimetri dal suo naso una zolla di terra. Era un avvertimento: che si alzasse e proseguisse il lavoro! Tremebondo, ubbidì. Rombolaro e Max, immobili, osservavano quel che potevano dal loro riparo. Bombacci invece, che aveva la vista più libera di tutti, pensò di aver scoperto la fonte di fuoco: una finestrella ovale incolonnata alle altre, al terzo e ultimo piano della palazzina alla sua destra. Gli era parso di cogliere una rifrazione, un tremolio termico, un lieve rumore, un'ombra fuggevole come di viso, o di testa. Decise di tentare la sortita, anche se in quel momento non aveva modo di avvertire gli altri. Se aveva visto giusto, il cecchino si era appostato nel cesso dell'appartamento di Gino Infarinato. Se fosse riuscito a bloccargli la via d'uscita dal portone n. 55, accanto al bar, forse...

Nel frattempo il nuovo arrivato si era alzato, aveva trovato il coraggio di aprire la portiera della cabina e di trarne fuori il cadavere ancora pulsante dell'autista.

Il cruscotto, il sedile, il volante e il parabrezza erano schizzati di sangue e di schegge di ossa. Una, grande come un cucchiaio da minestra, era finita sul sedile del passeggero. Tremando e in un bagno di sudore, riuscì a issarsi al posto di guida. C'era puzzo di macelleria. Sentendosi venir meno, s'appese con le mani al volante, cercando di dominarsi, ma non riuscì a evitare di pisciarsi addosso. Poi si rese conto che il motore era già acceso. Schiacciò la dura frizione, ingranò la prima, schiacciò l'acceleratore e mollò la frizione ma il motore con un sussulto violento si spense. Gemette, pianse, si disperò. Era in un bagno di sudore. Sapeva che quel criminale lo stava osservando e che non avrebbe esitato a farlo fuori al prossimo errore. Girò di nuovo la chiave, dimenticando di premere la frizione. Panico: con un piccolo sobbalzo, il carro si piantò di nuovo. Ritentò. Alla fine riuscì nell'impresa e il furgone si allontanò traballando. Bombacci intanto, correndo piegato in due, aveva già raggiunto il confine del cortile. Ivan gl'indirizzò tre colpi in rapida successione, che però non fecero altro danno che svellere calcinacci d'intonaco, mentre il commissario raggiungeva illeso il riparo della volta buia del vicolo. Finalmente in salvo, non trasse il fiato. Lo separavano dall'obiettivo non più di quaranta metri: venti fino all'angolo con borgo San Frediano e altri venti fino al portone al n. 55. Non ci avrebbe messo molto: anche se fuori forma e stressato, sentiva l'adrenalina caricarlo di una forza invincibile. Il cervello, sotto pressione ed efficiente come sotto una sniffata di coca, elaborò in un nanosecondo i seguenti concetti: innanzitutto il tiratore non avrebbe avuto interesse a rimanere nel suo nido di tiro molto a lungo, ora che il carico era partito e in salvo, e per abbandonarlo non aveva che due vie, il portone sulla strada o una fuga avventurosa sui tetti, col rischio d'infilarsi in un ginepraio senza uscita. Calcolò che aveva un buon margine, soprattutto se i suoi due compagni fossero riusciti a ingaggiarlo per qualche altro secondo.

Intanto, giù nell'arena, Rombolaro aveva contato i colpi. Vi pare strano? Beh, avete mai visto un barista *"flair"*? Mentre compie acrobatiche evoluzioni, conta mentalmente le dosi in once da inserire nei miscelatori o nei bicchieri. Rombolaro era un vecchio *flair* della guerra. In quei casini si era trovato per anni. Anche fuori allenamento, sapeva ormai d'istinto che in certi frangenti contare i colpi può fare la differenza tra la vita e la morte. Ipotizzando che il cecchino fosse Ivan, osò ipotizzare anche che stesse imbracciando la carabina russa più nota, il Dragunov, dotata di un caricatore da dieci. Dato che ne aveva sganciati nove, se le sue ipotesi erano giuste non gli rimaneva che un solo colpo prima del cambio. Decise così di giocarsi la vita su quelle non proprio solide supposizioni. Scattò in piedi, con un indice alzato verso Max, per mandargli il messaggio di "ancora un solo colpo", che l'altro intese al volo.

Le supposizioni del Rospo eran giuste e Ivan sparò il suo decimo colpo. Che altro avrebbe dovuto fare? Non ci perdeva nulla. Mancò il bersaglio però, perché il bersaglio correva zigzagando con irregolare e imprevedibile maestria, nonostante la non più verde età. Ivan cambiò il caricatore, ma i quattro secondi che gli furon necessari per riavere il colpo in canna e tornare in ferma posizione di tiro, permisero a Max d'involarsi a sua volta.

Bombacci intanto, correndo a perdifiato, aveva raggiunto il portoncino del palazzo, mentre Max, alla guida del Fiat 615 posteggiato in via del Leone, si lanciava con Rombolaro al sobbalzate inseguimento del fuggitivo. Borgo San Frediano era percorribile solo verso destra, e a quell'ora le strade eran quasi deserte: in teoria avrebbe potuto prendere il largo indisturbato, se non fosse che il povero Pascicavallo, oltre a essere un pessimo guidatore, era anche in preda al panico.

E fu proprio perché in preda a un panico incontrollabile, col sudore che gli colava negli occhi, tirando il collo al motore in un agghiacciante fuori giri di seconda marcia, che in prossimità dell'incrocio con piazza Nazzario Sauro tentò la sorte passando col rosso, senz'avvedersi che da via dei Serragli alla sua destra stava sopraggiungendo un'auto della polizia. Nel tentativo maldestro di evitarla andò largo, mentre quell'incrocio è maledettamente stretto: il pesante automezzo si rovesciò su di un fianco per poi schiantarsi contro la cantonata di un antico palazzo in pietra bugnata. Batté la testa violentemente contro il parabrezza e dal piano di carico telato sbalzarono fuori le casse che, sfasciandosi contro il selciato di pietra, riversarono a terra uno sciame di Kalashnikov e cento altre delizie. Alla pantera era andata meglio: con una violenta frenata e un agile testacoda si era fermata di traverso in mezzo alla piazzetta. Quando sopraggiunse il furgone guidato da Max, un agente era già balzato a terra, mitra spianato, e il guidatore stava aprendo lo sportello.

Max rallentò, fingendosi incuriosito, ma imprecando a denti stretti. Il guidatore della pantera scese con calma, paletta in mano, intimando l'alt, mentre il collega si avvicinava con circospezione al rottame dell'altro autocarro e a quella semina miracolosa. Non c'era tempo per un consulto con Rombolaro. Max ignorò la paletta rossa, schiacciò l'acceleratore e tirò diritto in via Santo Spirito. Il poliziotto lasciò cadere la paletta, estrasse la pistola e, balzato in posizione di tiro – di fianco per offrire meno bersaglio, braccio destro teso con la mano a impugnare l'arma, braccio sinistro aderente al corpo, e avambraccio teso con la mano a supporto della destra, ginocchia flesse – lasciò partire in rapida successione tutti e sette i colpi del caricatore. Rombolaro si chinò appena in tempo per sentire esplodere il parabrezza proprio dove prima aveva la testa. Max dopo pochi metri si ritrovò a guidare sui cerchioni. Fumo e puzzo di gomma bruciata invasero l'abitacolo e faticò non poco a tenere l'assetto col retrotreno che sbandava come un ubriaco. In qualche modo riuscì a raggiungere l'incrocio con via de' Coverelli, che però era troppo stretta per svoltarvi in quelle condizioni, mentre già s'udiva l'urlo della sirena lanciata all'inseguimento.

«Che cazzo fanno!» disse Rombolaro. «Lasciano tutto quel ben di Dio incustodito?»

«No. È da solo.»

«Un folle.»

«O un eroe.»

Max sbandò di proposito, ponendo il furgone di traverso in modo da sbarrare la strada. Rombolaro intanto aveva afferrato due *stun grenade*, liberandole dalla sicura. Balzarono a terra e, stando al riparo del carro, le lanciò a colombella, in modo che esplodessero davanti al muso della pantera. Una fiammata accecante e un poderoso *bang* squarciarono la notte e accecarono e assordarono l'inseguitore, che fece appena in tempo a pestare sui freni prima d'investire in pieno il furgone. Quando si riprese a sufficienza da smontar di macchina, i balordi si eran già dileguati da un pezzo nell'intrico di vicoli circondante la vicina basilica di Santo Spirito.

«Cazzo, Max» disse Rombolaro fermandosi ansimante, le mani sulle ginocchia, la lingua di fuori. «Sono invecchiato.»

«Te l'immagini se quelli sapessero che siamo dalla stessa parte?»

«Quello ha il grilletto facile. Vuoi tornare a dirglielo?»

«No, grazie. Dai, piuttosto: torniamo di corsa dal Merlo.»

«Va' avanti tu, io seguo col mio passo di vecchio.»

Rombolaro si premeva il fianco e Max pensò che gli dolesse la milza per via della corsa.

42

Sparatorie

Ivan, appena accortosi che tutti i giocatori avevano abbandonato il campo, vuoi perché ci avevano rimesso la pelle, vuoi perché fuggiti, aveva imboccato precipitosamente le scale. Avrebbe preferito filarsela con la sola pistola, arma più comoda ed efficace per uno scontro ravvicinato, come quello che temeva di dover affrontare di lì a poco. Non poteva però abbandonare il Dragunov, indizio forte del coinvolgimento dei russi. Né ebbe il tempo di smontarlo. Aveva anche preso in considerazione per un attimo la via dell'abbaino, ma l'aveva scartata per un motivo molto semplice: una volta raggiunti i tetti, non avrebbe potuto far altro che mettersi ad abbaiare alla luna in attesa di esser soccorso dai pompieri.

Ora si trovava al piano strada davanti al portone a due ante, l'ingombrante fucile che neppure aveva fatto a tempo a smontare tenuto per il momento a spallarm. In meno di un secondo si rese conto che la tattica di esfiltrazione non poteva che essere una: aprire e filarsela a gambe levate sparando contro tutto quel che si moveva. Si accettavano comunque suggerimenti migliori.

Bombacci intanto si era appostato dietro una Dauphine amaranto, ferma a una ventina di metri dal civico 55, sull'altro lato della via. Più vicino non c'erano ripari, per cui dovette accontentarsi, anche se era consapevole del fatto che, con le sue due Beretta, non poteva essere certo di colpire il bersaglio a quella distanza: erano armi da tiro ravvicinato, da difesa estrema. Forse avrebbe potuto farcela esplodendo tutti e sette i colpi del caricatore, aumentando però il rischio di rimbalzi e quindi di conficcarne uno anche nell'occhio della vecchietta che stava spiando dalla finestra di questo o quel piano. Fanculo, ci avrebbe pensato al momento.

Ivan fece finalmente scattare la serratura e col Dragunov ad altezza del bacino, colpo in canna, sicura disinserita, indice sul grilletto, aprì lentamente la porta. Sbirciò fuori: nessuno. Forse. Spalancò d'un colpo col piede il piccolo portone, stando però al riparo dietro l'anta fissa. Nessuna reazione. Bombacci notò la porta che si apriva, dapprima lentamente, poi di colpo, ma non gli fu possibile vedere nulla, se non la volata della canna che fece un'istantanea, fuggevole apparizione per poi scomparire di nuovo nel buio dell'androne. Stallo. Ivan da parte sua sapeva che, se c'era qualcuno, si trovava dietro una delle automobili. Lui avrebbe fatto così. Nella fotografia mentale che aveva scattato con quella prima occhiata, aveva notato che la più vicina era una Dauphine amaranto. Appiattito contro il portone, il fucile stretto in verticale al busto, ne sentiva ora l'odore acre di cordite e olio bruciato. All'improvviso, in quel silenzio assoluto della città addormentata, udì il rumore di un'auto che si avvicinava. Decise di prendere al volo quel treno. Calcolò in un nanosecondo distanze e tempi. Un attimo prima che l'auto s'interponesse tra lui e la Dauphine, fece partire due colpi ravvicinati che abbatterono all'istante il guidatore. L'auto sbandò con violenza, per poi intraversarsi tra lui e la Dauphine, permettendogli così di uscire in sicurezza e darsi alla fuga in direzione di piazza del Carmine. Quando Bombacci realizzò cos'era successo, Ivan era già lontano. Esplose qualche colpo nella sua direzione, ma non prese che le pietre dei muri e il lunotto posteriore di un'Alfa Romeo nuova di pacca. Stavolta sì avevan dato la sveglia a tutto il rione. Di lì a poco avrebbe sentito le prime finestre aprirsi e immaginato cento paia d'occhi sbirciare dalle bugie delle persiane. Poi l'immancabile proboviro avrebbe chiamato la polizia e di lì a qualche minuto sarebbe arrivata una pantera. Fanculo di nuovo, non poteva farci nulla. Corse invece a soccorrere il guidatore, anche se purtroppo non c'era proprio nulla da fare: lo stronzo l'aveva colpito sia in testa – gliene mancava mezza – sia al torace. L'auto era una vecchia Fiat 1100 e il tizio aveva l'aria di essere un operaio che smontava dal turno di notte: purtroppo era capitato nel posto sbagliato al momento sbagliato. A volte capita nella vita.

Ivan aveva sacrificato volontariamente un uomo per far della macchina una provvisoria copertura alla sua fuga e confondere il giocatore, che evidentemente aveva immaginato celarsi dietro la Dauphine. Bombacci non poté non provare un moto d'imbarazzata ammirazione davanti a tanta diabolica abilità.

Udì lo scalpiccio di alcuni piedi che si avvicinavano di corsa da dietro. Si voltò impugnando la Beretta: erano Max e Rombolaro. Quest'ultimo, indietro di parecchi metri, lo raggiunse ansante, reggendosi la milza. Ma non c'era nulla da ridere.

«Siamo arrivati tardi» disse.

«Non avreste potuto far nulla nemmeno voi.»

Una sirena emerse dal silenzio, ancora lontana.

«Leviamoci di torno» urlò Max, ricominciando a correre verso via del Leone. Rombolaro era messo male: accostatosi al muro, vi si reggeva con le braccia tese e la testa china. Perdeva sangue da un fianco.

«Max! È ferito!»

Max si fermò. La sirena si faceva sempre più vicina.

«Cazzo, non me l'ha mica detto.»

Lo presero in due sotto le ascelle e lo trascinarono di peso in via del Leone, per poi adagiarlo tra due automobili posteggiate. Rombolaro si premeva il fianco e perdeva molto sangue.

«Tranquilli» disse stringendo i denti «è passato da parte a parte».

«E ora che si fa?» chiese Bombacci. «Non c'è un telefono qui. Dobbiamo portarlo all'ospedale.»

Max non rispose. Si guardava intorno. Intanto la sirena urlante sfrecciò attraverso l'incrocio per poi fermarsi all'auto che sbarrava la strada. Avevano pochi minuti prima che li scoprissero.

«Aspettami qui.»

Max partì come una freccia, fece cinquanta metri e si fermò accanto a una R4. Ne aprì senza alcuna difficoltà i vetri scorrevoli, poi lo sportello. Salì al posto di guida. Per vero colpo di fortuna si trattava del vecchio modello, quello che si accendeva con un interruttore senza bisogno di chiave. Partì sgommando. Bombacci intanto aveva aiutato Rombolaro ad alzarsi. Max fece una fulminea manovra, mentre già un paio di poliziotti l'investivano col fascio di una torcia elettrica, alternando soffiate di fischietto a pallina a urla di megafono: «Alt, polizia! Fermi o sparo».

«Da quando in qua la polizia ha il grilletto così facile?» chiese Bombacci sbuffando, mentre aiutava il Rospo a sedersi in auto.

Le portiere sbatterono e Max partì a tutto gas.

«Da quando fanno scoppiare le bombe, Merlo.»

Dopo il terzo fischietto e il terzo "Alt, polizia! Fermi o sparo" partì la prima raffica di mitra.

«Coraggio, amici. La prima è in aria.»

«Ma la seconda no...»

La seconda sventagliata partì ad altezza uomo, proprio mentre l'auto, scarrocciando e fischiando con le gomme sulla pietra scalpellata dell'antico selciato, s'infilava in via dell'Orto: i colpi crivellarono un'auto parcheggiata, per la gioia del padrone, e scalfirono in una nube di calcinacci l'angolo della via, tranciando di netto la testa di pietra di un'antica Madonna che da secoli si trovava lì, nel suo tabernacolo, a cercar di proteggere gli abitanti del quartiere.

43

In licenza

Firenze era ormai in subbuglio. Elicotteri pattugliavano i cieli, autoblinde setacciavano la città, posti di blocco filtravano chi andava e veniva. Il governo premeva su Gravitomene per avere risposte e questi torchiava la polizia e gli inquirenti perché si dessero una mossa. Gli studenti occupavano le scuole, gettavan dalle finestre cattedre e banchi e appendevano striscioni di protesta, mentre nelle piazze folle di scalmanati manifestavano con bandiere rosse, rullo di tamburi e altoparlanti minacciosi, informando i vecchi che li vedevan passare tentennando il capo che l'unico poliziotto buono è quello morto e inneggiando al potere operaio e alla lotta di classe.

Che poi non si capiva bene cosa c'entrasse con i recenti episodi di violenza e di cronaca nera che avevano sfregiato una città per il solito laboriosa e tranquilla: la bomba che aveva distrutto il Comunale, la cui colpa era stata fatta ricadere sulla mafia; i due balordi uccisi in una rissa al cinema Universale, non certo per motivi politici; il barista Gino Infarinato ucciso in ospedale insieme al poliziotto di guardia, per quello che gli inquirenti avevan rubricato come un volgare regolamento di conti; i tre freddati da un cecchino in borgo San Frediano, probabilmente nel corso di una guerra tra bande; il funzionario di banca che, alla guida di un furgone, si era ammazzato schiantandosi in piazza Sauro, mentre trasportava casse piene di armi, la cui fabbricazione sovietica avrebbe dovuto più imbarazzare che irritare le frange estremiste; una sparatoria tra ignoti, in cui era morto per sbaglio la guardia giurata Pietro Bertocchini, freddato alla guida della sua utilitaria mentre faceva ritorno da un turno di notte; il sergente artificiere in forza alla Scientifica ricoverato d'urgenza per una ferita d'arma da fuoco di cui non si sapeva nulla e, infine, ripescato per caso da una draga a valle del cantiere del ponte all'Indiano, il cadavere straziato di una donna di cui ancora si stava tentando l'identificazione e che la stampa stava facendo passare per delitto passionale. Notizia, quest'ultima, all'udir la quale il Bombacci quasi venne meno e non solo per la rinnovata pietà che suscitò in lui, ma anche perché, se identificato, a qualcuno sarebbe potuta venire in mente la brillante idea di interrogarlo in proposito, soprattutto a chi, come il capitano Sollozzo, ma anche altri, lo avevan visto quando, svenutagli fra le braccia, l'aveva caricata in macchina e portata a casa sua.

La situazione, degenerata in emergenza nazionale quasi da coprifuoco e leggi marziali, provocò un radicale passaggio di mano ai vertici della polizia: le indagini passarono dal commissario Caccialapreda al neonato reparto antiterrorismo del SID, affiancato su richiesta del generale Rebula da ben tre esperti del *Counter Revolutionary Warfare Wing* inglese, accreditato di maggior esperienza per via dell'annosa questione irlandese, fatti arrivare da Hereford a bordo di un Hercules.

Quanto al commissario Bombacci, pedina misconosciuta e disconoscibile, del quale tutti erano lungi le mille miglia dal sospettare – a parte forse il Fanfulla – il ruolo da protagonista che invece aveva avuto in tutto quel casino, il Rigamonti in persona gli comunicò seccamente per telefono la fine della missione e l'ordine di rientro a Milano.

«*Ubi major, minor cessat...*» disse a mo' di chiosa. «Non è più roba per noi.»

Bombacci rimase con la cornetta in mano. Se l'era aspettato, ma il mondo parve ugualmente cadergli addosso. Passarono lunghi secondi.

«Il vostro barista, quel Gino... Infurlato... o come si chiama è stato assassinato.»

«L'ho saputo. Ha avuto il suo. Era un traditore.»

«Chi è stato secondo te.»

«Ivan. Chi altri? Avrebbe confessato tutto al PM. Lasciarlo vivo significava bruciare la rete di spioni da lui gestita.»

«Aveva cantato con te.»

«Infatti, sono certamente nel mirino.»

«Beh, fai fagotto e torna a casa. Qui non oserà toccarti.»

«Abbandoniamo il campo a un passo da...»

«Da che!»

«Va neutralizzato.»

«Il nostro obiettivo è raggiunto: la cellula distrutta, il capo ucciso.»

«L'obiettivo era trovare i mandanti. Ivan è il mandante.»

«Il mandante è il KGB, o la STASI. Non vorrai muover guerra all'URSS!»

«So che mi comprendi: lo faranno scappare.»

«Verrà richiamato in patria. Funziona così.»

«Non prima che finisca il lavoro. Lo sai bene.»

«È finito.»

«No. C'è un superstite.»

«Che cazzo dici, Bombacci.»

«Niente parolacce, Rigamonti.»

Rigamonti grugnì.

«Avanti, parla.»

Bombacci spiegò la sua ipotesi su Marco, il terzo attentatore.

All'altro capo del filo si fece silenzio. Rigamonti stava pensando.

«Supposizioni» disse infine. «Debolucce. Assai debolucce.»

Ancora silenzio. Ma il toscano aveva intuito e Rigamonti sapeva che in un poliziotto è una dote preziosa.

«Ahhh, Bombacci... Bombacci... Siamo al limite di rottura. Qui ci mandano tutti a casa se seguitiamo a far polvere. Non mettermi nei guai. Dobbiamo obbedire agli ordini.»

Altra pausa.

«Pronto!»

«Dammi sette giorni. Ancora sette giorni...»

«Cos'hai in mente?»

«Sette giorni di licenza. O le mie dimissioni.»

Rigamonti ci stette un po' a pensar su. L'idea delle dimissioni lo tentava assai. Avrebbe potuto tornare alla vita di un tempo, senza più la tensione continua di avere a che fare con lo scorbutico, imprevedibile, pericoloso toscano. Ma non era possibile. Ne aveva troppo bisogno, faceva troppo comodo.

«Sette giorni. Ma rammenta: non potrò tirarti fuori un'altra volta!»

Clic.

Il ronzio della cornetta parve metterlo in comunicazione con l'infinito. In quel momento, era il suono migliore che potesse sperare di sentire. Dalla porta chiusa filtravano le voci taglienti dei poliziotti che sbraitavano ordini o si chiamavano l'un l'altro, il trillo dei telefoni, il ticchettio delle telescriventi, il battere delle macchine per scrivere. Visto che da Milano si erano adoperati affinché il Fanfulla non registrasse e non ascoltasse più le telefonate, gliel'avevano anche tolto come assistente d'anticamera, con la scusa che servivano più uomini sul campo. Era dunque rimasto solo, a parte Max: condizione ideale in quel frangente. Sentì un brivido di libertà assoluta mischiato al dolore lancinante per i poveri resti di Francia ritrovati, non osava immaginare in quale stato.

Sollevò il dito dall'interruttore d'appoggio della cornetta di bachelite, schiacciò il tasto che gli porse la linea, quindi compose un numero sulla ruota.

«Largomanno.»

«Merlo. Al solito posto tra mezz'ora.»

«Quando finirà questa storia?» chiese il Biscia. «La merda ha ormai raggiunto un livello imbarazzante.»

«Sarà per l'ultima volta. Intanto scrivi questo numero: 29 82 82. Mi sono trasferito lì. Dì che sei mio cugino.»

Bombacci raccattò le sue poche cose: un blocco per gli appunti, una borsa di cuoio porta documenti, il cappotto, la lobbia e uscì dalla stanza senza neppure chiudersi dietro la porta. Traversò il corridoio scansando poliziotti indaffarati con fogli in mano o che si allacciavano in corsa il cinturone per uscire. Passando davanti alla porta del commissario capo, dottor Sgusciamaroni, sentì che stava discutendo animatamente con qualcuno al telefono. Spinse la porta per salutarlo con la mano, ma quello a malapena sollevò gli occhi su di lui, continuando a parlare come se fosse Churchill nella *war room*.

Passò oltre e imboccò la porta dove neppure il piantone lo degnò d'uno sguardo. "Fanculo a tutti". Imboccò trotterellando le ripide scale che conducevano in piazza del Tiratoio. Faceva freddo di nuovo e una pioggerellina sospesa nell'aria stava per trasformarsi in nevischio. Gli avevano lasciato la 127, o almeno si eran dimenticati di levargliela. Così mise in moto e da piazza di Cestello imboccò lungarno Soderini. Il fiume era ancora gonfio di acque limacciose trascinanti poderosi detriti lignei che, come vascelli fantasmi, filavano sotto lo sguardo indagatore di alcuni pensionati che parevan dirgli: *'un ci farai mica lo scherzetto di' Sessantasei vero?* Bombacci invece, fermo al semaforo all'altezza della caserma Cavalli, prima di imboccare il ponte Vespucci, si chiese mestamente come diavolo fosse stato possibile che gli artigli di una draga si fossero imbattuti nella rete metallica che avvolgeva i resti di Francia. La risposta l'avrebbe avuta facilmente se solo avesse saputo che circa dieci chilometri a valle del ponte all'Indiano, il fiume, allargandosi assai, formava un'ansa in cui le acque, stemperando la loro violenza, venivan raccolte da un cantiere che stava appunto dragandone il fondo al fine di agevolare il deflusso della piena e poi raccattare materia prima per un vicino cementificio.

"Chi sa in che stato t'hanno trovato, mia bella" pensò mentre scattava il verde.

Traversato il ponte svoltò a sinistra sul lungarno Vespucci. Il consolato americano, sul quale languiva nella nebbiolina la grande bandiera a stelle e strisce, era ancora blindato da un cordone di parà del Col Moschin con mitra ad armacollo, mentre un torvo elicottero passava e ripassava a bassa quota, pattugliando dall'alto le vie circostanti. Svoltò in via Curtatone, dove fermò l'auto nel primo posto libero, accanto alla sua nuova dimora, l'hotel Argentina, in un quartiere che il fiume separava da San Frediano. Confidava che questo bastasse, come nei domìni primordiali, a tenerlo fuori dagli interessi della malavita d'Oltrarno.

E, sperava, dall'occhio acuto di Ivan.

44

Arbitrato

Quando sentì il penitente inginocchiarsi, Bombacci aprì lo sportellino. Attraverso la vecchia lastra di ottone bucherellato a forma di croce, intravide i baffoni del Biscia, che fremevano come quelli di un gattaccio.

«Avevi ragione tu. La Samanta nasconde un balordo che si fa chiamare Marco. Il suo vero nome è Spartaco Calalamazza.»

«Che razza di nome!»

«Mi hai fatto violare antichi accordi.»

«Me ne sbatto di accordi che non ho stipulato io!»

«Siamo in un luogo sacro, sei vestito da prete... ma, dico, la coscienza non ti rimorde?»

«Senti chi parla.»

«Mi ricatti per farmi tradire i compagni.»

«Sono assassini d'innocenti, e poi ti pago bene, no?»

Biscia sospirò. Bombacci sentì attraverso la grata un certo sentore di alcol.

«Te l'ho detto commissario che non mi sento più al sicuro. La cosa sta diventando più grande di me. Vorrei che la fermassimo qui questa storia.»

«Devi arrivare in fondo, o ti faccio sbattere di nuovo in galera.»

«Che tu sia maledetto, commissario.»

«Ascoltami bene, farabutto avanzo di galera...»

«Chi sa come sarebbe contento se quello ti sentisse parlarmi così.»

«Chi?»

«Don Randello.»

«Tu maledici me, ma non maledici mai la tua vita disastrata, i tuoi crimini, i tuoi disordini, la tua disonestà. Ti trinceri dietro il comunismo, tanto per tacitarti la coscienza. La verità è che io sto cercando di difendere quel che resta dell'ordine.»

«No, commissario. Guarda in fondo al tuo cuore marcio: tu vuoi in realtà solo una cosa.»

«Sentiamo, bell'omo. Cosa mai vorrò?»

La voce del Biscia era un soffio alcolico, filtrato da baffi spumosi che grattavano i fori dell'antica lastra d'ottone.

«Tu vuoi solo vendicare la donna che Ivan ti ha ucciso. Quella che hanno ritrovato ieri nel fiume. Di tutto il resto, non te ne frega un cazzo.»

Per Bombacci questo fu un colpo tremendo. Vacillò alle corde, cadde al tappeto. Il silenzio e il buio attorno a lui si fecero totali. Chiuse gli occhi, li riaprì. Il Biscia fece per alzarsi e andarsene.

«Non ti muovere di qui o quant'è vero Iddio t'ammazzo con le mie mani.»

«Provaci, vediamo se la spunti.»

«Eppure m'hai visto all'opera.»

«Con la pistola contro disarmati.»

Il pugno di Bombacci partì all'improvviso, sfondò la grata e colpì in pieno volto il Biscia, che per la sorpresa scivolò dall'inginocchiatoio e cadde a terra. Il commissario si precipitò fuori. I due si azzuffarono, sui gradini della cappella Brancacci, sotto lo sguardo ieratico di san Pietro. Il poliziotto ebbe la meglio e lo immobilizzò con la nuca contro lo spigolo di pietra di un gradino.

«Come sai di lei.»

Il Biscia sputò sangue dalla bocca.

«Mi hai atterrato perché mi hai colpito a tradimento. Altrimenti ti avrei già tagliato la gola, bastardo.»

Bombacci gli premette la tempia contro lo spigolo con maggior forza.

«Parla o ti sfondo il cranio.»

Biscia vide negli occhi dell'avversario quella luce che nella mala conoscevano tutti molto bene e che appariva solo in certi individui, e in certi frangenti, quando cioè s'era giunti al punto d'andare fino in fondo, cioè di uccidere. Il Biscia però voleva vivere. Disperatamente.

«Lo sanno tutti nel giro. E tra poco lo sapranno anche i tuoi superiori.»

Bombacci mollò la presa. Poi si tolse furiosamente di dosso la tonaca, che gettò con stizza nel confessionale, insieme alla stola, mentre il Biscia, seduto sul gradino, si tamponava il sangue. All'improvviso si mise a ridere: un riso soffocato, in singulti violenti. Il commissario lo guardò dall'alto in basso.

«Che hai da ridere. Ne vuoi ancora?»

«Rido perché ora capisci cosa vuol dire perdere qualcuno per colpa di qualcun altro.»

«Sei ubriaco!»

«Certo! Ma talvolta l'alcol fa vedere meglio le cose. Me la godrò bene, quando vi scannerete a vicenda, tu e il russo.»

«Basta. Ti porto in centrale e la finiamo qui.» Estrasse la pistola con la destra e le manette con la sinistra.

«No, non farlo.» Il Biscia non rideva più. Scoppiò invece a piangere.

In quella, apparve, imponente, maestoso, don Randello. Fulminò con gli occhi il commissario, che si sentì improvvisamente un verme.

«Un'arma, nella casa di Dio! Metti via quell'arnese...»

"Ha parlato don Doppietta..." pensò Bombacci, che tuttavia obbedì.

Il prete si volse allora al Biscia e, chinandosi su di lui, gli pose lieve una mano sulla spalla.

«Andiamo, figliolo, che succede qua?»

Il Biscia si lasciò sollevare da terra. Il prete lo abbracciò. Biscia sembrava sincero, ma il commissario si lasciò sorprendere da una fitta di gelosia.

«Bella recita, Biscia! Da Oscar.»

E si beccò un'altra occhiataccia fulminante.

«Non voglio tornare in galera» ripeteva intanto il poveretto, scosso dai singulti.

«Guardi che...» tentava di protestare il poliziotto, come per rifarsi una verginità; ma vedendo che il prete non gli dava retta, tentennò il capo in segno di resa, come a dire: "è inutile, questo vecchio è troppo ingenuo".

«Non sono ingenuo!» tuonò don Randello, leggendogli nel pensiero. «Sei tu che sei malvagio. Non ti è lecito usare il ricatto per ottenere informazioni. Meglio la tortura del ricatto: almeno è più onesta. E chi sei tu per giudicare che questo tuo fratello non abbia già pagato abbastanza il debito con la giustizia? Solo perché è evaso disubbidendo a una condanna umana? Che Dio ti conceda di sfuggire alla sua di condanna, perché, te lo garantisco, non uscirai di là se non dopo aver pagato fino all'ultimo spicciolo. E ora venite da me. Tutti e due. Voglio vederci chiaro.»

Quel prete stava per mandare tutto a puttane, eppure soggiogava entrambi con una forza irresistibile.

In sacrestia, li fece sedere a un tavolo. Poi prese tre bicchieri e li riempì di vin santo, sul quale tracciò un segno di croce.

«Per voi due l'acqua benedetta non basta. Bevete e poi parleremo.»

Biscia non se lo fece ripetere due volte, anche se di alcol in corpo ne aveva già abbastanza.

«Allora!» disse don Randello svuotando il bicchiere d'un fiato. «Parlate e vedete di mettervi d'accordo. Io farò da giudice di pace.»

«Va tutto bene, padre» principiò il Biscia, soffiandosi il naso. «Devo fare quest'ultimo servizio e sarò libero.»

«E di che servizio si tratta?» chiese fermando con un gesto il Bombacci, che stava per intervenire a gamba tesa.

«Il commissario qui presente credo voglia...»

Il Biscia puntò i suoi frementi baffoni gocciolanti di vin santo verso il commissario. I suoi occhi lampeggiavano d'odio. Tuttavia decise di non fare l'infame. Sennò, che comunista era?

«Credo che voglia attirare in trappola un malvivente adoperandone un altro come esca.»

"Ubriaco sì" pensò Bombacci "ma sveglio come pochi: se fosse stato in polizia, che coppia avremmo fatto!".

Il prete voltò il capo massiccio per posare uno sguardo pesante sul Bombacci.

«È vero» disse questi, quasi a capo chino, giocherellando col bicchiere che non aveva ancora toccato con le labbra. «Voglio che questo galantuomo faccia sapere in giro dove si nasconde un certo balordo.»

Don Randello corrugò le sopracciglia da Babbo Natale: «E perché?»

«Perché...» intervenne il Biscia «perché così spera di attirare un altro balordo che verrebbe per ucciderlo: come un leone affamato sente l'odore del capretto sanguinante legato al palo. Dico bene, commissario?»

Biscia aveva centrato il problema, alla grande.

«Esatto. Un'operazione di polizia molto delicata.»

«Vuol mettere a repentaglio la vita di un povero diavolo, perché gli importa solo di una cosa.»

"Che ipocrita!" pensò il Bombacci, decidendosi a bere, certo ormai che tutto stava franando in quel grottesco confronto.

Don Randello sentenziò: «Taci, ora. Non puoi presumere quel che davvero lui vuole. Attieniti ai fatti, alle intenzioni guarda solo Dio».

Si volse al Bombacci.

«Nessuno si farà del male» mentì il commissario. «Spero» mentì di nuovo. Svuotò il bicchiere e lo posò con energia sul tavolo.

Biscia ciondolava la testa cespugliosa e non si capiva se ridesse o piangesse di nuovo.

«Dimmi un po': questa cosa ha a che fare col subbuglio in cui è precipitata la città?»

«Padre, sono cose segretissime, mi capisce...»

«Da qui non esce nulla. Parla.»

«Certamente. Lavoro sotto copertura. Sono sulle tracce dei mandanti della bomba: poteva fare una strage se solo non fossero stati fermati da una pattuglia, che si è sacrificata per tutti.»

«I giornali parlano di mafia.»

«I giornali non sanno la verità, padre. Li abbiamo dovuti depistare per non allarmare i veri colpevoli.» Ormai Bombacci aveva mollato i freni. «I veri esecutori sono gruppi anarcoidi. La cellula mandante è stata distrutta nel corso dei tafferugli di questi giorni...»

«Tutte quelle sparatorie, tutti quei morti... C'entri tu in questo?»

«Io e altri miei fratelli.»

«Bei fratelli» si lasciò sfuggire il Biscia.

Don Randello cercava di tenersi equidistante, ma non riusciva ad afferrare tutto. Molte cose gli erano poco chiare, anzi incomprensibili.

«Padre, non posso star qui a farle la lezione. Stia certo però che sono morti solo i cattivi, e non li ho uccisi io. C'è di mezzo un lupo famelico, un agente del KGB, o della STASI, non so bene, che ha ingaggiato, finanziato, rifornito di armi e infine ucciso i membri della cellula.»

«Li ha uccisi lui?»

«Sì. Perché il capo della cellula stava per far sparire il carico di armi con cui era stato pagato, e poi perché temeva – lo pensiamo noi, ma credo che sia proprio così – che, una volta arrestati, avrebbero cantato riguardo al coinvolgimento dei russi. E questo non deve venir fuori, o la popolazione smetterebbe di votare comunista.»

Lanciò un'occhiata maligna al Biscia, che ghignò, scrollando il capo per poi tendere il braccio col bicchiere vuoto: «Me ne dia ancora, padre. È meglio affogare nell'alcol che sentire queste bestemmie.»

Don Randello, stranamente, riempì di nuovo i tre bicchieri; poi si mise seduto, cessando così di troneggiare su di loro. Incrociò le grandi mani bianche davanti a sé e strinse le labbra.

«E che c'entra l'esca?»

«L'esca è uno dei giocatori che han fatto brillare la bomba.»

«I giornali han detto che eran morti tutti.»

Bombacci lo guardò commiserandolo. Don Randello, imbarazzato, borbottò qualcosa del tipo: "Certo, certo. I giornali sanno assai".

«In verità uno è scampato. Insomma, padre: se questo lupo affamato, questo Ivan, come si fa chiamare, viene a sapere dove si trova, verrà per ucciderlo. E noi saremo lì ad aspettarlo. Ma devo agire veloce o lo scoprirà da solo, ammesso che non l'abbia già fatto, e allora addio: un altro morto a Firenze e lui sparirà per sempre, richiamato in patria dai suoi capi.»

Silenzio. I tre sollevarono i bicchieri e bevvero un sorso: il prete con aria meditabonda, il Bombacci e il Biscia guardandosi in cagnesco.

«Tu» disse poi puntando un indice grosso come una salsiccia contro il Bombacci «devi liberare lui dal ricatto, promettendogli, a prescindere da tutto, che non lo riporterai in galera.»

Bombacci stava per aprir bocca, ma lo zittì con un cenno, voltandosi verso l'altro: «E tu, per espiare l'evasione, collaborerai con la giustizia rappresentata dal qui presente commissario. Eseguirai con scrupolo e coscienza questo delicato compito, e poi sarai libero».

Biscia stava per rispondere, ma anche lui fu zittito. Don Randello si volse di nuovo al Bombacci: «Tu proteggerai la vita dell'esca dalle zanne del lupo e poi t'impegni ad arrestare entrambi. Niente spargimenti di sangue. Il sangue chiama sangue. E Firenze ne ha abbastanza».

Silenzio. Capo chino dei due contendenti, ridotti a bambini discoli da una potenza misteriosa.

«Ora coraggio» disse rivolto al Bombacci, che gonfiò le gote.

«D'accordo, prometto che anche se non farai quel che ti chiedo, non ti riporterò in galera.»

Il prete voltò il capo canuto verso il bandito: «Coraggio».

Biscia sbuffò, agitando i baffoni.

«Bene, farò ugualmente quel che mi chiedi. Per obbligo di giustizia.»

«Bene. Ora datevi la mano.»

Senza guardarsi in faccia, se le strinsero.

«Molto bene.» Don Randello si lisciò la barba, poi riprese: «Ora però so tutto. O comunque quanto basta...». I suoi occhi si eran fatti furbi all'improvviso, e al Bombacci parve di scorgervi una traccia di scherno.

«Mi capite? Se non rispettate i patti, tu, Alfonso Levacorta, alias Alessio Largomanno, detto il Biscia, tornerai in galera. E tu... vedrai squadernata sui giornali questa imbarazzante storiella.»

«Cazzo, padre: ci sta ricattando lei ora.»

«No. Sto minacciando una punizione temporale, una sanzione diciamo. Dato che la Provvidenza mi ha nominato arbitro di questa contesa, ne ho tutto il diritto.»

45

Samanta

Il bordello della Samanta, in via del Campuccio, era rinomato nella zona per essere stato il ritrovo allegro di bricconi e poliziotti, che lì s'incontravano per trombare, certo, (si può forse usare un verbo più elegante per una cosa brutale, tinta di quell'ipocrita perbenismo al belletto e cipria, sdoganata dalla società come rispettabile esigenza di maschi rispettosi della moglie eppur bisognosi di giochetti erotici e attenzioni sessuali di ben più spessa caratura dei saltuari accoppiamenti finalizzati alla procreazione?) ma anche per parlare, scambiarsi facezie e amenità, stipulare tregue, sancire accordi, cucire alleanze, scambiarsi confidenze e informazioni, salvo poi tornare a combattersi nelle strade e nelle piazze della vecchia Firenze a colpi di pistola. Questo fino a qualche anno prima. Dopo gli stravolgimenti del Sessantotto, con la criminalità antica che aveva ceduto il passo ai balordi della droga e delle mine, ora che i criminali comuni amavano tingersi di politica nella speranza spesso frustrata d'esser trattati con minor rigore dalla magistratura, ora che i poliziotti venivano confusi da metodi nuovi e strategie criminali complesse, quel bordello, quel luogo franco, era tutto in rovina. Le ragazze erano invecchiate, ricambi nisba e i clienti vi si recavano più per bucarsi sui letti delle decadenti stanzette, che per scopare la Tina, o la Sara, o la Sabrina o la Samanta stessa.

In una stanzetta dello scantinato, febbricitante e con una gamba in cancrena, giaceva Marco, il giocatore scampato alla bomba.

Il boato lo aveva sorpreso mentre stava svoltando l'angolo con via Solferino; lo spostamento d'aria l'aveva investito con violenza, facendolo rotolare contro lo sportello di un'automobile posteggiata, che ne aveva attutito l'impatto, salvandogli la vita.

Alzatosi barcollante e stordito, con ancora nelle orecchie il rimbombo del crollo immane, si accorse che riusciva a mala pena a respirare a causa delle polveri sottili che gli riempivano i polmoni. La visibilità era ridotta a zero dal *fallout* che avvolgeva tutto. Si slanciò alla cieca in una direzione a caso, le mani in avanti a tastare eventuali ostacoli. Finì dopo pochi metri contro la porta a vetri di un albergo che l'onda d'urto aveva spezzato. Incespicò sulla soglia e cadde, infilzandosi la coscia da parte a parte con una lama di vetro. Perse conoscenza. Quando riaprì gli occhi, ci vedeva meglio: le polveri si erano depositate per la maggior parte, almeno dove si trovava lui. Sentì delle voci, delle grida, uno sciamare nel panico di gente che andava e veniva. Qualcuno lo sollevò in piedi, sfilandogli il vetro dalla gamba. Sentì che chiamavano l'ambulanza, ma sentì anche imprecare che non ce n'era nemmeno una libera. Lo portarono nella hall dell'albergo e lo stesero su di un divano. Mani lo toccavano, lingue parlavano concitate, ma era evidente che non avevano poi troppo tempo per lui: c'era un'emergenza, forse altri feriti. Sirene urlanti s'avvicinavano. Si ricordò solo allora della bomba. Finalmente si accorse che gli avevano alla bell'e meglio bendato la ferita con un drappo di tela. Si alzò zoppicando. Qualcuno tentò di fermarlo, ma lui reagì con rabbia e corse fuori, sparendo nella caligine. Non sapeva bene come, ma certamente prima che fossero allestiti i posti di blocco, riuscì a traversare il fiume e a raggiungere il bordello, dove era stato raccolto e curato.

Samanta lo conosceva, ma anche se non lo avesse conosciuto non avrebbe parlato: ne andava della serietà della sua azienda. Fedele alle consegne non scritte ma valide da decenni, lo aveva ricoverato nella stanza più sicura, allestendogli in fretta e furia un letto pulito nello scantinato. Ben presto la ferita si era infettata. La febbre non lo lasciava ormai da diversi giorni, la gamba puzzava e forse era già da tagliar via. Quello non era precisamente il luogo ideale per un intervento del genere, a meno di non volerlo fare alla Giovanni dalle Bande Nere: che si rassegnasse a chiamare un'ambulanza, o sarebbe morto. Lui però rifiutava caparbiamente: il volto madido di sudore, stringeva i denti su di un tovagliolo arrotolato, gemendo e soffrendo come un cane tra atroci dolori. Su ordine della Samanta, due delle più fedeli ragazze, la Lola e la Marge, lo accudivano dandosi i turni, pulendolo e cambiandogli le lenzuola. Nessuna faceva domande e acqua in bocca. Marco si era ferito in una rissa da bar, e questo era tutto.

Se Ivan avesse saputo che si trovava in quelle condizioni disperate, avrebbe atteso che morisse da solo, oppure che lo ricoverassero in ospedale, dove avrebbe potuto farlo fuori con maggior facilità – sembra incredibile ma è così: per un killer professionista, uccidere in ospedale è come per un ladro rubare in chiesa. Ma Ivan non lo sapeva. Biscia aveva fatto un eccellente lavoro al riguardo, lasciando intendere alla "suburbia" che Marco stava bene, trombando allegramente ora questa ora quella ragazza – la Samanta no, era troppo per lui – in attesa che le acque si calmassero.

Nella notte tra il 31 gennaio 1972 e il primo gennaio 1973, Firenze si preparava a festeggiare la fine dell'anno in sordina. Per le strade di San Frediano non c'era un'anima, a parte le pattuglie della polizia e qualche elicottero che sorvolava i tetti, gettando coni di luce su questo o quell'abbaino, su questa o quella piazza, o viuzza. Era un effetto strano, da leggi marziali, da golpe sudamericano. Quando sentiva le pale avvicinarsi, Bombacci si rattrappiva in un androne, o al riparo di qualche tettoia. Quanto alle pattuglie, lo avevan fermato una sola volta, e se l'era cavata col distintivo del SID, di fronte al quale l'agente s'era messo addirittura sull'attenti. Sapeva una sega lui che gli avevan tolto l'indagine!

Nel silenzio, il rumore dei tacchi sul selciato rimbombava tra le mura della stretta via del Campuccio. Giunto al numero 20 si guardò attorno: la strada era deserta. Poche luci filtravano dalle finestre, quasi tutte stoppinate, e non solo perché faceva freddo.

Il bordello occupava i tre livelli della palazzina: al piano terreno, oltre all'ingresso e a servizi vari, si apriva il salone, le cui ampie finestre davano su un cortile tergale di proprietà della casa e che, ai tempi d'oro, comprendeva anche un angolo bar, un fumoir e un pianoforte. Il primo piano era riservato alle camere delle ragazze e il secondo all'appartamento della maîtresse. Sopra c'era la soffitta e, sotto a tutto, la cantina. Una scala di pietra serena impreziosita da una guida rossa collegava i piani tra loro.

Il tutto dopo la legge Merlin, che aveva messo al bando le case di tolleranza, era stato camuffato sulla campanelliera da una targhetta d'ottone recante la scritta "ISTIFARM", acronimo di cui nessuno si era mai preso la briga di chiedere il significato preciso. In caratteri più piccoli, e in elegante corsivo, sotto l'incisione principale ce n'era un'altra, più ammiccante: "Fisiomassaggi – terapia di gruppo".

Qualsiasi cosa significasse, era sufficiente a tener lontano le educande e a incuriosire i maliziosi. Se poi a qualche solerte vigile urbano fosse venuto in mente di suonare il campanello per un controllo, Samanta l'avrebbe rimandato a casa a male parole. Quello, facendo rapporto, si sarebbe allora scontrato col muro di omertà che circondava il luogo, muro che teneva lontano i vigili, da sempre considerati roba di serie B, sia dai poliziotti che dai criminali.

Suonò il campanello. Dopo pochi secondi il portone si aprì su di un angusto corridoio. La lampada a foggia di lanterna rischiarava sulla sinistra una fila di cassette per la posta. Più oltre c'erano, una a destra e una sinistra, due porte di altrettanti appartamenti. Saliti due gradini, il corridoio terminava in una sorta di transetto, alle cui estremità si trovavano altre due porte. Quella che corrispondeva al campanello ISTIFARM era a destra: un portoncino tirato a lucido, con due festoni natalizi appesi ai pomelli d'ottone delle due ante e una scritta intermittente augurante "buone feste".

Gli aprì la Samanta. Si erano incontrati solo un paio di volte, forse tre, e non c'era mai stata una gran simpatia tra i due. Lei sapeva come lui la pensasse della zona franca, sapeva che il terribile commissario tutto d'un pezzo l'aveva solo a malapena tollerata. Tuttavia fu contenta di vederlo, anche se lì per lì stentò a riconoscerlo. Il salone non sembrava cambiato: decadente, con abbondanza di velluti e rasi dominati dal color porpora, poltrone e divani in stile, tappeti, quadri a soggetto vagamente erotico, bancone bar, televisione. I due lampadari di cristallo erano punteggiati di lampadine fulminate.

«Eh, mi fa fatica salire fin lassù» disse mentre lui si accomodava. «Se sei venuto per una ragazza, mi spiace: stasera le ho lasciate libere, come sempre per l'ultimo dell'anno.»

Il salone in effetti, dove un tempo gli uomini fumavano, conversavano e tenevano ragazze sulle ginocchia, era deserto. Bombacci però sapeva che la casa non veniva più frequentata come un tempo. Samanta parve leggergli nel pensiero.

«Comunque, presto chiuderò bottega per sempre. La concorrenza stradale è spietata, e beh… non è il caso di parlarne a un poliziotto integerrimo come te, direi.»

«Siamo in zona franca, no?»

Samanta rise, scostandosi una ciocca dagli occhi. Guardandosi intorno, Bombacci si chiese se la donna avesse progettato di passare la notte da sola, senza festeggiare. Forse aveva qualcuno in camera: doveva saperlo.

«E tu? Te ne stai tutta sola nel maniero?»

«È casa mia, no?»

«Volevo sapere se ci sono uomini in giro.»

«Niente ragazze, niente uomini. Quanto a me, non la do via da un pezzo, se vuoi saperlo.»

«Crisi mistica?»

I suoi occhi neri lo penetrarono come pugnali. Ne distolse lo sguardo imbarazzato.

«Forse.»

«Sono venuto per Marco» disse mettendosi seduto.

«Chi è Marco?» chiese lei candidamente.

«Il balordo che hai nello scantinato. Giochiamo a carte scoperte, Samanta. Non siamo in zona franca?»

Non era invecchiata rispetto all'ultima volta che l'aveva vista: poco più che trentenne, conservava intatto nel fisico slanciato, nella conturbante gestualità, nello sguardo ardente, un richiamo sessuale quasi irresistibile. Indossava solo una vestaglia logora, stretta in vita da una cintura annodata. Era scalza, cioè proprio a piedi nudi, e Bombacci ne notò quasi affascinato la forza dei polpacci, che terminavano in caviglie sottili e in piedi quasi virili, che, come le mani affusolate, solcate di vene, avevano unghie laccate di rosso: un tocco civettuolo in una creatura che sembrava intendere il rapporto uomo-donna solo come una contesa in cui l'orgasmo sta alla fine dell'incontro come la lama di un pugnale infissa nel cuore sta alla fine della lotta.

Ne rimase profondamente turbato. Sentì risvegliarsi in lui forze sopite e un'onda di piena quasi lo travolse. Faticò a resisterle: non c'era più tempo. Per nulla. Per sé. Per la vita. C'era spazio solo per la morte. Si riprese, scacciò i fantasmi della lussuria che quella creatura evocava nei suoi precordi e lasciò volentieri che le riempisse un bicchiere di gin.

Non fu facile spiegarle cosa avesse in mente. Samanta dapprima si afflosciò su di una poltrona, come se il mondo le fosse caduto addosso, poi rifletté sull'offerta del Bombacci.

«Non son più tempi, Samanta, dei ladri gentiluomini e dei briganti cavalieri. Questo Ivan è una bestia pericolosa: non si fermerà. Se mi mandi via, entrerà quando meno te l'aspetti, ti taglierà la gola e farà fuori Marco. Vuoi rischiare per un rottame umano cocciuto e assassino? Lo sai che se quella bomba fosse esplosa nel posto giusto al momento giusto sarebbero morte decine di persone? Compresi operatori di scena, bigliettai, maschere... tutti proletari che questi fanatici della "bomba proletaria che illumina l'aria", questi illusi della "fiaccola dell'anarchia" avrebbero ucciso senza pietà. Credimi, Samanta: questi non son degni d'essere protetti. Sono bestie da distruggere!»

Bombacci era dimagrito negli ultimi giorni. Guance incavate, occhi lucidi, vestiti raffazzonati, parlava come non avrebbe immaginato che avrebbe parlato mai. Samanta, che esperienza d'uomini ne aveva, capì subito che qualcosa di grosso era successo, che qualcosa o qualcuno gli aveva ferito l'anima a morte.

«Un poliziotto non parla così...» gli disse osando carezzargli una guancia ispida. Bombacci le afferrò il polso con la destra. Sentì un brivido a quel contatto. Gli baciò la mano.

«Non sono più un poliziotto. Sono diventato come loro. Non mi fermare, Samanta. Collabora. È la cosa giusta.»

In quel momento d'intensa fragilità, sentirono suonare il campanello. Samanta, che stava per baciarlo, si scostò allarmata dal suo viso. Bombacci la trattenne: non voleva esser costretto a gettare anche lei in pasto ai pesci. Estrasse la pistola e facendole segno di silenzio corse al portone. Non c'erano spioncini, né occhi di pesce. L'unica precauzione era una catenella che ne impediva l'apertura totale. Il commissario preparò l'arma ed aprì.

Era Max.

Bombacci chiuse per sganciare la catena e poi riaprì, facendolo entrare. A tracolla aveva una grossa borsa a tubo, di quelle da sportivi.

«Credevo ti avessero richiamato.»

«Quando Rigamonti mi ha detto che ti eri preso una settimana di licenza, ho capito tutto e l'ho presa anch'io.»

«Ti ringrazio. Basto a me stesso.»

Max scosse la tesa, entrò nel salone e si presentò alla Samanta, che lo squadrò da capo a piedi. Le passò sacca e giubbotto e si accese una sigaretta.

«Non puoi farcela da solo ragazzo. Perché lui non sarà solo: ha un complice.»

46

Buon anno!

Sorprendentemente, era stato il Biscia che lo aveva scoperto, riuscendo ad avvertire Max. Come? Semplice. Avendo saputo che uno dei due giocatori amici del commissario malefico era stato ferito nella sparatoria di quella notte, era andato a trovarlo fingendosi un vecchio amico. Quella pellaccia di Rombolaro, ormai fuori pericolo, poteva parlare. Quando Biscia lo aveva messo al corrente del rischio che il commissario della malora stava correndo a voler affrontare Ivan e il complice, Rombolaro gli aveva detto dove e come trovare Max. Perché poi il Biscia lo avesse fatto, resta un mistero. Forse perché, in fondo, quel commissario di merda gli piaceva.

Ivan, dal canto suo, aveva saputo dai giornali che al Caccialapreda era stata tolta l'indagine e che il suo assistente Bombacci era stato richiamato a Milano, segno inequivocabile che la missione era finita col passaggio della direzione dalla questura al ministero della Difesa, e quindi all'esercito. Una pacchia per lui: più confusione c'era in superficie, più poteva agire nella calma delle acque profonde. Tuttavia, non poteva escludere che si trattasse di una finta e che qualcuno gli stesse tendendo un agguato. Per questo, aveva fatto rapporto al superiore diretto, spiegando la situazione e chiedendo rinforzi. Questi, autorizzandolo ad agire, gli aveva mandato da Milano un collega specializzato in lavoretti sporchi. Si faceva chiamare Gregor, era un uomo di bassa statura, dalle spalle larghe e di poche parole. Il volto arcigno lasciava intendere che non avrebbe avuto molta fortuna come chierichetto.

Ivan conosceva il bordello della Samanta. Non per libidine – era assolutamente refrattario a queste pulsioni, che sapeva dominare – ma per ispezionare il locale, che in un certo senso svolgeva una funzione analoga a quella per cui era interessante anche il Tappabuchi. Ovviamente Samanta non si ricordava di lui e, anche se se ne fosse ricordata, lo avrebbe fatto col nome con cui si era presentato, cioè Valdo. Non si chiedevano documenti dalla Samanta. Non si tenevano registri. I bordelli eran già da lustri fuorilegge e quindi fuori controllo: bastava un nome qualsiasi. Valdo aveva guardato molto e chiacchierato poco, presentandosi a quelli con cui aveva scambiato qualche parola – compresa la ragazza che aveva dovuto scegliere – come un rappresentante di medicinali.

E proprio perché conosceva l'edificio, decise che non sarebbero entrati suonando il campanello.

Il palazzo faceva parte di un'antica schiera che dal civico 194, il più vicino a piazza Tasso, arrivava al civico 94; poi il palazzo finiva con una parete senza finestre, divisa a metà altezza dal tetto di una costruzione più bassa, la cui facciata era interrotta da un cancello inserito in un arco, al numero 62 rosso.

Ivan e Gregor arrivarono da via Romana, camminando spediti in abiti scuri, cappottoni larghi e scarpe di vernice, ciascuno con in mano una bottiglia di spumante, poco prima di mezzanotte. Nel caso qualche pattuglia li avesse fermati, avrebbero detto che stavano correndo alla festa di un loro amico in via del Campuccio. Altrimenti avrebbero estratto le Tokarev e si sarebbero aperti la strada sparando. L'unica pattuglia l'incontrarono che erano ancora in via Romana. La pantera si era affiancata a passo d'uomo, il capomacchina aveva abbassato il finestrino, il mitragliatore bene in vista, squadrandoli. Poi, ingannata dagli abiti da sera, dalle bottiglie e dal passo affrettato, aveva tirato diritto.

Giunti senz'altri incidenti al numero 62 rosso, senza dirsi una parola scalarono il cancello iscritto nell'arco e saltarono nel piccolo cortile retrostante, senza dimenticare le bottiglie. Alla loro sinistra avevano la parete laterale della costruzione più bassa, nella quale c'erano due finestre con le persiane chiuse. Nel silenzio, si udivano soffocati suoni di musica e parole. I due attesero congelati nel buio, controllando l'orologio. Finalmente, udirono l'atteso boato attutito dalle spesse mura e dai vetri chiusi: trapasso d'anno, il magico momento d'agire. Ivan, il più agile dei due, balzò sulle mani intrecciate di Gregor che, con le spalle al muro, lo issò fino a permettergli di arpionare con le mani lo spiovente del tetto, sul quale salì svelto come un gatto. In piedi sulle tegole, si disfò del cappotto e della giacca da sera, sotto la quale aveva arrotolato un tiro di corda. Assicurandosi a un camino, gettò la corda al più basso e meno agile compare e lo aiutò a tirarsi su, un po' come un pescatore tira in barca un tonno arpionato. Intanto vibravano nell'aria urla e risate. Mentre lo spumante cadeva gorgogliando nei calici dei fiorentini, anche dei più poveri e male in arnese, Ivan e Gregor nascosero i cappotti e la fune dietro un camino. Rimasti in maglia di lana leggera si accinsero a dare la scalata al secondo muro che s'innalzava per quattro metri sopra di loro. Una sinecura questa volta. Il posto era stato scelto anche perché, perlustrando la via il giorno prima, sul tetto più basso Ivan aveva notato un trabattello addossato alla parete del palazzo principale per lavori di restauro.

Gregor indicò le bottiglie, rimaste nella tasca del cappotto. Ivan piegò la testa di lato, sentì in lontananza il battito di un elicottero e gli fece cenno con l'indice di prenderne una. Arrampicandosi sul trabattello, giunsero agevolmente al secondo tetto.

Si guardarono intorno. Dai tetti di Firenze emergevano come navi all'ormeggio i principali monumenti. Il Cupolone li dominava tutti coi suoi quasi cento metri d'altezza. Poi Santa Croce, le Cappelle Medicee, la Badia, Orsanmichele, Palazzo Vecchio, il Bargello, le cupole del Cestello e del Carmine... Tutto scintillava alla luce astrale e tutto era molto bello, a parte l'elicottero che solcava pigro i cieli alla loro destra, frugando con un riflettore quelle viscere di pietra.

Alla loro sinistra, illuminato da una falce di luna, confinante con l'altro lato di via del Campuccio, c'era il monumentale giardino Torrigiani, racchiuso tra vetuste mura. Fiaccole ardevano per i suoi vialetti e brillavano nel boschetto di platani e cipressi. L'elicottero virò verso di loro. Con un balzo, i due si congelarono al riparo di un abbaino. Il raggio di luce frugò il tetto in lungo e in largo, come il dito di un gigante. Ivan afferrò la bottiglia e la stappò. Il frastuono delle pale che battevano l'aria coprì l'eco degli schiamazzi notturni per qualche secondo, poi svanì nella notte. Uno sciame di persone ben vestite, incuranti del freddo e dell'emergenza cittadina, le donne in lungo e braccia nude, gli uomini in smoking, invase il gran prato all'inglese del Torrigiani. Tutti ridevano e scherzavano fra loro, reggendo coppe di bollicine. L'elicottero tornò indietro per compiere un'evoluzione su di loro, salutato da scherzose ovazioni, poi s'allontanò di nuovo. I due giocatori uscirono dal nascondiglio. Camerieri in livrea bianca e bottoni d'oro si aggiravano con vassoi per le ricariche e pasticcini variopinti. Qualche coglioncello, forse un birbone di commercialista, fece esplodere un petardo, sollevando il battimani delle ragazze e gli *ohhhh* dei giovani eroi della notte. Fu l'inizio di una gaia battaglia a colpi di raudi e razzi colorati fischianti nel cielo. Una confusione provvidenziale, dobbiamo dire, adattissima a coprire i due giocatori in cauta marcia di avvicinamento al loro obiettivo, distante circa un centinaio di metri di tegole e coppi, alcuni scivolosi, con scarpe da sera scomode e prive di gomma.

Li scorse una ragazza dall'occhio lungo, intenta a seguire la traiettoria di un razzo diretto verso la luna. Un po' alticcia gridò agitando la manina verso di loro. Fu solo grazie alla prontezza robotica di Ivan se la cosa non provocò l'aborto della missione. Si mise infatti a saltellare sui coppi, agitando la bottiglia verso di loro. Poi bevve un lungo sorso, sgocciolandosi apposta la camicia. Ne offrì anche a Gregor, tenendolo abbracciato per una spalla.

«Buon anno! Buon Anno! Auguri!» gridava tra un sorso e l'altro.

«Ma che ci fate lassùùùùù» gridò quella di rimando, piegandosi dal ridere. «Venite da noi, che ci divertiamoooooo!» e alzava il calice.

Il fastidioso calabrone meccanico tornò indietro. In pochi secondi fu sulla verticale del tetto, questa volta il fascio di luce inquadrò Ivan e Gregor, mentre lo spostamento d'aria scompigliava loro i capelli. Ivan salutò agitando la bottiglia. Il cono di luce si spostò sul Torrigiani.

Ivan gridò, facendo megafono con le mani: «Dopo veniamoooo, ora dobbiamo fare una sorpresa a dei nostri amiciiii».

L'elicottero parve esitare, oscillò, rizzò la coda e finalmente scartò di lato. Il mitragliere salutò agitando il basco alla loro volta, prima di allontanarsi nella notte.

I due si guardarono negli occhi.

«*Italianski!*» disse Ivan con disprezzo.

«*Da!*» rispose Gregor, mentre con cautela riprendeva a camminare dietro il capo.

Durante la visita al bordello, con la scusa di andare in bagno, Ivan era salito fino in soffitta, scoprendo che prendeva luce da un lucernario di ferro e vetro: all'epoca gli era sembrata la sede ideale per istallarvi la stazione ricevente nel caso gli avessero ordinato di microfonare la casa. Non avrebbe certo pensato che l'informazione gli sarebbe tornata utile per uccidere un terrorista dilettante...

I raudi esplodevano ancora tra i piedi dei buontemponi, per cui fu facile spaccare il vetro del lucernario senza timore di venire scoperti. E altrettanto facile fu calarsi in soffitta, dalla quale, alla luce di una torcia elettrica, fu ancor più facile aprire la piccola porta che dava sulle scale.

47

L'esca

Nella stanzuccia in cui era ricoverato, il corpo di Marco emanava un tremendo fetore. Il posto non era ben aerato e, nonostante gli sforzi delle ragazze improvvisatesi infermiere, il disgraziato non godeva di quelle cure igieniche di cui avrebbe avuto bisogno, soprattutto per la cancrena. Bombacci quando lo vide ne rimase inaspettatamente commosso. Si era atteso un anarchico cazzuto, con baffoni, fronte ampia e sguardo fiero, e forse lo era stato, il Marco. Ma ora stava morendo e la morte, prima di ghermire, trasfigura i corpi che ama far soffrire più del dovuto. Samanta, per renderlo irriconoscibile, gli aveva fatto tagliare barba e capelli, così che la prima cosa che apparve ai due giocatori fu una testa rasata e un viso emaciato, ossuto, gli occhi liquidi e una bocca che tracimava bava sul cuscino. Bombacci non avrebbe scommesso un soldo sulla sua ripresa, neppure se lo avessero trasportato in elicottero al miglior ospedale del mondo.

Max rimase sulla soglia. Bombacci avanzò fino al capezzale, tenendosi premuto un fazzoletto contro il naso.

«Allora campione» disse. «Bell'impresa eh? Contento?»

Marco lo guardò e scosse la testa in segno di diniego: no, non era contento.

«Com'è andata? Vuoi dirmelo? Vuoi liberarti la coscienza? Tanto stai per crepare.»

Da quest'ultima frase, Marco capì che non si trattava di un prete.

«Chi sei?»

«L'uomo delle pulizie.»

«Devo ridere?»

«Dimmi come è andata e se ne caviamo le gambe ti prometto che avrai un processo.»

«Altrimenti?»

«Altrimenti ti lascio uccidere da Ivan, che sta venendo da te.»

«Ivan! Ivan! No.»

«No cosa?»

«Non può volermi uccidere. Perché?»

«Perché siete stati maldestri e ha paura che parliate. Tutti gli altri sono morti, anche il Cane.»

«Il Cane? Morto?»

«Sì. Ammazzato come un cane, è il caso di dirlo, dal suddetto Ivan.»

Marco chiuse gli occhi. Poi li riaprì.

«Allora?»

Marco parlò. A fatica, in modo a volte confusionario, ma rivelò tutto quello che sapeva e anche i particolari della fabbricazione della bomba e poi la tragica dinamica dell'incidente con la pantera.

«Se non fosse stato per quel maledetto detonatore...»

«Avreste ammazzato un mucchio di gente. Così invece solo due poliziotti.»

«È il vostro mestiere. Se non vi va di rischiare, non fate il poliziotto.»

«E gli innocenti che sarebbero morti? Anche per loro il rischio è il mestiere? Andare a teatro?»

«Noi vogliamo creare terrore. Non c'importa molto degli innocenti coinvolti. Non avviene così in tutte le rivoluzioni? Anche quelle che celebrate come festa nazionale? Guarda i francesi. La rivoluzione. Migliaia di teste tagliate, tutti colpevoli? Eppure: festa nazionale! O in tutte le maledette guerre di voi capitalisti di merda. Il 4 novembre ti dice nulla? 600.000 proletari mandati al macello.»

L'orazione gli aveva chiesto un grave sforzo. Gocce di sudore gli imperlavano la fronte e non aveva nessuno quella sera che gliele asciugasse.

Bombacci si accese una sigaretta, assolutamente incurante del fatto che forse avrebbe potuto dargli noia: di certo, l'aroma e il fumo avrebbero contribuito a nascondere il fetore.

«Ti ammiro, Marco, davvero» emise fumo di lato. «A un passo dalla morte, continui a dire stronzate. Ma che hai nel cervello?»

«Che uomini questi terroristi...» fece poi rivolto a Max, la sigaretta pendula dalle labbra. «Tutti d'un pezzo, eh?»

Max non rispose. Il suo volto era teso, scavato nel legno: non gli pareva il momento del cazzeggio. Si guardava intorno e pensava al dopo: la stanza non aveva finestre e l'unico ricambio d'aria era dato da una bocca di lupo che si apriva a livello del marciapiede, chiusa da una grata. Di lì, nessuno poteva entrare. La porta dava su un corridoio stretto e buio, illuminato solo da una lampadina, sul quale si aprivano altre quattro porte su altrettante piccole stanze: una a sinistra, due di fronte e una in fondo, sul lato opposto a quello dello sbarco delle scale, unica via per risalire al piano terreno. Ispezionò tutte le camere: erano piccole e buie, prive di altre vie d'uscita, ingombre di masserizie, eccetto la più piccola, poco più di un ripostiglio per scope, dirimpetto alle scale, praticamente vuota: quello scantinato era una trappola per topi. Bastava decidere chi fosse il topo.

Quando riemersero trovarono Samanta ad attenderli nel salone. Si era pettinata e rivestita con una gonna lunga fino ai piedi, un maglione dolcevita e pantofole di pelo. Se ne stava in disparte, le braccia strette attorno al corpo come per il freddo, la testa china.

«La prendi troppo di punta» disse Max. «Dal suo punto di vista, Marco ha ragione: vuole distruggere il Sistema. È questo il punto: noi il Sistema lo difendiamo, perché siamo convinti che vada difeso. Senza Sistema, c'è l'anarchia, per noi il peggiore dei mali, che invece è il loro ideale. Come gliela cambi la testa a uno così?»

«E tu sei troppo freddo nel giudizio, Max. Io credo invece che potremmo fargliela cambiare. Ma lasciamo stare. Passiamo al punto due dell'ordine del giorno.»

«Bene. Allora, se io fossi Ivan una volta entrato cercherei per prima cosa lei» fece Max indicando Samanta «e mi farei dire dov'è lo stronzo, poi la lascerei in ostaggio al compare e andrei giù a fare il lavoro. Per cui il piano potrebbe essere questo: io starò qui nei pressi a proteggerla e tu ti metterai nascosto dietro la porta in fondo al corridoio, nella quale praticherai un paio di piccoli buchi per vedere attraverso. Se riesco, li freddo entrambi prima che apran bocca. Ma se uno dei due esce dalla linea di tiro, aspetterò. Quando Ivan scenderà da Marco, lascia che faccia il suo lavoro, poi quando esce lo fai secco sparandogli alla schiena: due piccioni con una fava. Io intanto mi sarò occupato del compare con la pistola silenziata. Molto semplice. Domande?»

«Non lascerete davvero che lo ammazzino?» chiese Samanta.

Max si versò da bere.

«Fino a cinquant'anni fa sarebbe stato condannato a morte, e in molti Paesi è ancora così. Mi pare una fine giusta. Diversamente, il commissario dovrebbe esporsi per primo, col rischio di farsi ammazzare mentre spalanca la porta. Preferisci così?»

«Si è rifugiato qui... si è fidato di me.»

«Due minuti fa si disperava per non essere riuscito a dilaniare decine di persone con la sua bomba del cazzo.»

«Voi non dovreste essere come lui.»

Max, spavaldo, rivolgendosi a Bombacci: «Ma la signora è un'Oblata del Cuore di Gesù o cosa?»

«È un omicidio a freddo» insisté la donna.

«Morirà comunque tra meno di due giorni.»

«Dovrò chiudere, se si sapesse in giro che non son più buona nemmeno a tenere i segreti...»

«Finalmente un'obiezione sensata. Ma forse è l'ora della pensione, non credi? Sei ancora bella, trovati un marito onesto e piantala con questo schifo!»

Samanta crollò su di una poltrona, rassegnata.

«Chi ti dice» intervenne Bombacci, accettando il bicchiere che l'altro gli porgeva «che farà proprio così?».

«Non ha importanza cosa farà, noi dobbiamo avere un piano. Poi si vedrà.»

«Ganzo, non c'è che dire.»

Max roteò il gin nel bicchiere, seduto sul bracciolo del divano.

«Napoleone diceva che è bene preparare un piano A e un piano di riserva B, ma state tranquilli – diceva – che il nemico sceglierà il piano C. Allora, dico io, che bisogno c'è del piano B? Tanto vale avere un piano solo e poi semmai improvvisare, no?»

Bombacci non aveva voglia di polemizzare.

«Bene, allora non ci resta che aspettare.»

Erano appena le dieci e mezzo.

«Suonerà il campanello» disse Max. «A meno che non ci siano altre entrate.»

Samanta scosse la testa: «C'è solo una porta di servizio sul cortile, ma è sprangata da due sbarre di ferro e chiusa a chiave: dovrebbe sfondarla per passare di lì.»

«C'è una soffitta però» disse il Bombacci.

«Sì, con un lucernario sul tetto. Ma come potrebbe arrampicarsi fin là?»

«Anche lo facesse, per noi cambia poco.» Max bevve un sorso e schioccò le labbra. «Dobbiamo attenderlo accanto all'esca, è l'unico posto in cui siamo certi che debba arrivare.»

«Ma quando arriverà?» chiese Samanta con un tremito nella voce.

«Fossi in lui, a mezzanotte o giù di lì: quando inizia la bisboccia dei buontemponi.»

La bisboccia. Al Bombacci quelle parole suonarono particolarmente aliene. Che ci fosse ancora gente abbastanza spensierata da stappare bottiglie di spumante per festeggiare lo scatto della mezzanotte tra un anno e l'altro, lo sbalordiva di stupore, tanto era ormai estraneo alla vita comune. Entrato in una dimensione quasi mistica, osò guardare Samanta con occhi di rapina e fu certo di esserne corrisposto. Max in quel momento era intento a osservarsi le scarpe. Samanta si alzò, invitandolo con uno sguardo segreto fuori di lì. Bombacci posò il bicchiere. Max sollevò il capo, comprese e lasciò fare.

Bombacci seguì la donna su per le scale, in una stanza bene arredata, dal soffice letto.

«Se ci buttiamo lì, disse, come troverò la forza per uccidere?»

La donna gli gettò le braccia al collo. Profumata e morbida lo risucchiò di baci. Le lingue s'intrecciarono, i denti cozzarono fra loro con rumore di porcellana. Caddero sul letto.

«Quella te la darò io» sussurrò lei, leccandogli l'orecchio. «Ti darò la forza e il coraggio di un leone.»

48

La trappola

Bombacci guardò la tigre rivestirsi. Era bella da far girar la testa: si chiese come avesse fatto a non accorgersene prima. I capelli corvini le ricadevano a onde sulle spalle e le braccia flettevano i muscoli, mentre s'infilava il maglione sulla pelle nuda.

Lo guardò con il suo volto duro, dagli zigomi alti e il mento deciso: Bombacci fumava apparentemente placido, steso sul letto. Gli tese una mano brunita e lo aiutò scherzosamente ad alzarsi, poi a rivestirlo, coprendolo a intermittenza di morbidi baci.

«Potrebbe essere l'ultima cosa che ho fatto» gli disse soffiandogli in un orecchio.

Bombacci sentì davvero che gli aveva dato la forza di un leone: lo aveva fatto sentire di nuovo uomo. Forte e potente.

«Fa tutto quello che Max ti dice. È un professionista.»

«Non sei geloso di lui?» chiese per provocarlo.

«Sei una puttana, no? Fai dunque quel che ti pare.»

Samanta ci rimase male, ma lui era già uscito. Trovò Max dove l'aveva lasciato un'ora prima. Unica variante, stava pompando un lungo toscano che aveva trovato lì da qualche parte, la testa reclinata sulla spalliera del divano rosa. Non fece alcun accenno al fatto: in fondo erano in un bordello, no?

«Sono le undici e trentacinque, campione. Io prenderei posizione.»

«Come farai a proteggerla?»

«Hai paura?»

«Non voglio che le accada nulla.»

Samanta entrò, riavvivandosi i capelli. Guardò col broncetto Bombacci, tirando anche fuori la lingua. Lui le fece l'occhiolino.

«Allora, Miss» disse Max, alzandosi sospirando. «Il campione qui mi chiede cosa farò di te. Semplicissimo: quando suoneranno, mi nasconderò dietro a quella tenda. Tu vai ad aprire. Cerca di portarlo qui e di non frapporti mai fra me e lui. Qualsiasi cosa facciano o dicano, tu comportati con giudizio. Al resto penserò io.»

«E se mi portassero da un'altra parte?»

«Sentirò dove e li seguirò. Starò sempre dietro a te. Sarai sempre coperta.»

La donna guardò Bombacci, che annuì discretamente, rassicurandola.

«Aspettaci qui» le disse. Poi, rivolto a Max: «Accompagnami a fare una ricognizione del mio P.O.».

Appena nello scantinato, Bombacci prese Max per la maglia: «Se io fossi Ivan, non suonerei il campanello. Perché se qui ci fosse qualcuno a protezione, come c'è, verrebbero freddati dopo tre passi. E quello non è tipo da prender sottogamba un rischio del genere».

«Non ci sono altre vie.»

«Il lucernario, Max. Me lo sento. Sta in guardia: caleranno dalle scale, in silenzio.»

«Ma come fanno a salire sul tetto?»

«Sono tetti antichi, di palazzi alti e bassi, tutti diversi, dal profilo a scale. Qui c'erano topi d'appartamento che gli ho visto fare dei lavori che Batman se li sogna. Possono sfruttare un cortile, una scala, un ponteggio, avere delle corde, dei ganci.»

«Conosci meglio di me questa città. Cosa suggerisci allora?»

«Forse hai ragione tu e passeranno dalla porta. Ma se Dio non voglia... ascolta. Abbiamo mezz'ora, forse meno. Ostruiamo le scale alla mezza via, dopo il pianerottolo, con una catasta di sedie e pentolame. Poi stacchiamo la luce del piano. Per passare, dovranno per forza far rumore.»

Max si grattò il capo, strizzando gli occhi: «No».

«Perché?»

«Perché se vedono la barriera, tornano indietro. Se spengiamo le luci, s'insospettiranno. Dobbiamo tenere le luci accese e anche la televisione: dobbiamo spianargli la via, attirarli. Capisci? Devono sentirsi sicuri, entrare.»

Bombacci comprese che aveva detto una sciocchezza.

«Tranquillo: anche se entrano dal lucernario, cambia poco.»

«Cambia invece, perché se c'è musica e casino, come li sentiremo arrivare se scendono scalzi le scale, con quel tappeto che le ricopre?»

«Quando entreranno nel salone attratti dalla musica, io sarò lì, dietro la tenda.»

«D'accordo, ma è un rischio grosso. Che ne dici se io mi appostassi, invece che laggiù, in una stanza ai piani superiori, per prenderli alle spalle quando passano oltre?»

«E se invece suonassero alla porta?»

«Allora mi precipito nello scantinato.»

«Va bene, facciamo così.»

Samanta accese la televisione del salone e tutte le luci.

La pendola della credenza rintoccò finalmente dodici volte. L'anno era trapassato. Max stappò una bottiglia e riempì tre bicchieri. Bombacci si unì al brindisi, accennarono anche un passo di danza. Samanta rise, la testa all'indietro, e Max, sornione, le spruzzò qualche goccia di champagne sul viso. Poi Bombacci salì le scale, come d'accordo, e si stupì di provare, in quel drammatico frangente, una fitta di gelosia a lasciarli soli.

Decise d'infilarsi in una stanza del primo piano la cui porta si apriva sul pianerottolo. Come aveva suggerito Max, praticò dei piccoli fori col punteruolo del temperino svizzero nel pannello sottile, quindi, lasciata accesa la luce delle scale, si nascose dietro la porta, tenendola però socchiusa. Appoggiando gli occhi ai forellini, riusciva a vedere abbastanza da capire se qualcuno fosse passato di lì, via obbligata dalla soffitta ai piani bassi.

A mezzanotte e dieci, Ivan e Gregor si erano appena calati nella soffitta. Dalle scale giungevano il rimbombo della musica e un vociare confuso. Estratte le Tokarev, iniziarono la discesa. Prima rampa: il rumore della televisione era più forte, e non si sentivano voci dirette, segno che non doveva esserci molta gente. Del resto sapeva che per capodanno la maitresse dava il giorno libero alle ragazze. Seconda rampa. Si distingueva chiaramente Pippo Baudo che a *Canzonissima* stava per annunciare il vincitore dell'anno. Ancora nessuna voce di persone presenti.

Restava la TV, che ora trasmetteva: *"Erba di casa mia!* Canta.... Massimo Ranieri!" come aveva annunciato poco prima il Pippo Nazionale.

"Strano" si disse Ivan "pensavo che ci fosse almeno la Samanta col pappa. Che l'abbia lasciata sola? O forse sta scopando. Magari con Marco".

Attaccarono i violini della canzonetta e poi le prime strofe: "erba di casa miaaaaaa, mangiavo in fretta e correvo viaaaaa". Fu allora che Bombacci, col cuore in gola, li vide passare, curvi e silenziosi, i pistoloni in mano. Ivan si voltò verso di lui. "Non può vedermi..." pensò. Ma poteva vedere i minuscoli fori. Bombacci teneva la pistola ad altezza del busto, pronto a far fuoco. Il proiettile avrebbe facilmente trapassato il pannello. Durò poco più di un secondo, ma fu sufficiente per vedere Ivan in faccia: gli tornarono in mente le parole di Francia: "È un uomo di ghiaccio... Non prova sentimenti. È una sorta di robot".

Massimo Ranieri ci dava dentro: "quanta emozioneeee, un calcio ad un palloneeee". Lasciò che transitassero. "Tu che dicevi pianoooo amore mio ti amoooo". Contò lentamente fino a cinque, poi aprì la porta; a braccio teso, balzò sul pianerottolo. Il compare era interposto tra lui e Ivan. Per ridurre il rischio di mancare il bersaglio mirò alla schiena. Il colpo andò a segno. Ivan, con la prontezza di un cobra, riuscì a voltarsi e a sparare a sua volta in direzione del Bombacci – "neve disciolta al soleee, sull'erba i nostri libri ad aspettareee..." – che si abbassò appena in tempo; sfiorato dal compare che cadeva, Ivan perse l'equilibro e ruzzolò con lui fino in fondo alla rampa. Bombacci, compreso d'avere in pugno la situazione, si permise il lusso di scendere con calma due gradini – "e mentre io t'insegnavo a far l'amoreeeee" – prese posizione e lasciò partire un altro proiettile, centrando Ivan all'addome. "Come un tenero fiore finì la tua canzoneeeee". Max balzò dal nascondiglio, raggiunse la scena, pistola in pugno. "Ma un'altra primavera chi sa quando verràààààà". Notò Gregor che, sulla schiena come una tartaruga rovesciata, annaspava con le sole braccia cercando di orientare la pistola verso il commissario: la pallottola, spappolandogli una vertebra, doveva averlo paralizzato dalla vita in giù. "Per questo dalla vita prendo quello che dàààà" e Max lo finì con un colpo in testa. Uscendo dall'altra parte, la pallottola si portò dietro una placca di cranio, permettendo così al cervello di colare a terra come un budino fumante. Intanto il Bombacci, scendendo gli ultimi gradini, sparò per la terza e la quarta volta, colpendo di nuovo Ivan all'addome. "Amare un'altra voltaaaa, ecco quello che faròòòòòò". Il russo riuscì solo a rispondere con tre colpi a casaccio, che andarono a scalfire l'intonaco del soffitto e poi, rimbalzando, a conficcarsi in una credenza stile Impero. "Ma la vita è questaaaa. Sembra uno strano gioco da equilibristaaaaa, sempre più in alto e poiii..."

Samanta sbirciava dalla porta finestra del salone, mordendosi le labbra e chiudendo gli occhi a ogni sparo.

Bombacci si fermò finalmente accanto al corpo agonizzante di Ivan, disteso ai suoi piedi. A giudicare dalla fronte imperlata di sudore e dal pallore cadaverico del viso, doveva soffrire parecchio. "... ti svegli con la voglia di tornar bambinooooo." Gli occhi di ghiaccio gli si stavano spengendo, come cellule fotoelettriche di un robot in avaria. Gli aprì la bocca a forza con la canna rovente dell'arma e premette il grilletto. Uno schizzo di sangue, cervello e frammenti ossei lo investirono. "Per questo dalla vita prendo quello che....". Max spense la televisione. Il silenzio piombò nella casa come una ghigliottina.

Samanta uscì di corsa, ma fu respinta da quella sozzura. Il commissario appariva trasfigurato in una maschera dell'orrore. Aveva passato il confine. Non stava più tra i civili. Non vi sarebbe forse rientrato mai più. Facendosi forza, gli si avvicinò per farsi dare la pistola, ma lui l'allontanò. La scena rimase come congelata per anni. Max e Bombacci si mossero al rallentatore, ogni secondo un'ora. Samanta tornò con un asciugamano di spugna e, come una Veronica, gli asciugò il viso chiazzato di sangue. Bombacci la lasciò fare, poi l'allontanò di nuovo per pulire la Beretta sporca di bava e di sinistre mucillagini. Sentiva sulle labbra il salato sapore dell'osceno bacio di Ivan. Si erano guardati per la prima e ultima volta. Il tormento per gli anni a venire forse sarebbe stato il dubbio di aver scorto nell'ultimo lampo dei suoi occhi una richiesta di perdono, un'implorazione di pietà. La vendetta non era così bella come aveva creduto. Gli era rimasta intatta la voglia di giustizia. Di un mondo meno marcio. Di un amore puro.

49

Bottino di guerra

Erano abbastanza sicuri che nessuno avesse udito gli spari: nella notte di capodanno, qualche botto c'è sempre, il bordello aveva mura spesse e Massimo Ranieri aveva contribuito al resto. Decisero di non ripulire i locali e lasciare i cadaveri dov'erano. Max, frugandoli, trovò sotto la maglia di Ivan una custodia aderente al corpo contenente sessanta banconote da centomila: una piccola fortuna appartenente al KGB, di certo destinata a finanziare altre eroiche imprese e che giustamente Ivan si portava addosso: quale posto più sicuro di quello? Almeno finché non l'avessero ammazzato.

Assente Samanta, se li divisero equamente in due.

«Lecito» mormorò Max. «Bottino di guerra. Riconosciuto anche dalla convenzione di Ginevra.»

«Sicuro?»

«No.»

Samanta aveva intanto portato dei sacchi, in cui Bombacci aveva gettato gli abiti insanguinati, e preparato sul divano un paio di pantaloni e un maglione puliti. Ora era in bagno, sentivano l'acqua che correva: aveva bisogno di riflettere, o forse di svegliarsi da quel brutto sogno, il viso sotto l'acqua fredda. Max era seduto in poltrona, mentre il compare stava finendo di rivestirsi.

«Dell'altro che ne facciamo?»

«Decidi tu» disse Bombacci. «Per me può anche morire.»

Max si accese una sigaretta.

«È sorprendente come, dopo la prima volta, sia sempre più facile uccidere, vero? È come l'appetito: vien mangiando.»

«Non è la prima volta.»

«Ma oggi è diverso: un conto è uccidere per difesa, un conto premeditando con trappola. Sa di schifo, la prima volta.»

«Vero.»

«Ci ha visti in faccia. Gli hai parlato apertamente. Se canta, si va dritti alla corte marziale. Trent'anni di Gaeta per te, trenta a Peschiera per me.»

«Non potremmo neppure più vederci: come faremo?»

Max sboccò fumo dall'ennesima cicca e ridacchiò.

«Vado io. Farò presto» si decise il commissario, nella folle pretesa di scacciare il rimorso del primo crimine con un altro. Non avrebbe avuto ripensamenti, se avesse sparato per difendersi, in un duello leale. Invece aveva sparato solo per uccidere, in posizione di sicurezza, colpendo il primo alle spalle e il secondo quando era ormai indifeso e spalle a terra. Ma, soprattutto, lo aveva fatto per vendicare Francia. Era questo che lo tormentava. Ora, in preda a una sorta di inversione tantrica, pensò che uccidere un infermo inchiodato a letto lo avrebbe in qualche modo aiutato a superare il trauma.

Samanta uscendo dal bagno lo vide attraversare la scena, pistola in una mano, bicchiere di qualcosa nell'altra, diretto al sottosuolo.

Mollò l'asciugamano e gli corse incontro, attaccandoglisi al braccio armato. Cercò di scrollarsela di dosso, ma lei lo riprese, avvinghiandolo da dietro.

«Non farlo» diceva «ti scongiuro non farlo. Non te lo perdoneresti mai. Mai. Basta sangue, basta morte. Basta così, vi prego.»

Max sostava sulla soglia: la cicca in mano, appoggiato allo stipite, osservava il siparietto quasi divertito. Quando ne ebbe abbastanza, raggiunse l'eroe, gli tolse la pistola e lo riaccompagnò in salotto.

Seduti sul divano, Samanta lo carezzava e lo baciava. Vide tracimargli dalla palpebra una lacrima, la prese col dito e l'assaggiò.

Bombacci finalmente le sorrise, carezzandole i capelli.

«Come sei finita in questo schifo?»

«Non sai nulla di me?»

«Nulla.»

«Te lo racconterò, se vorrai rivedermi.»

Il commissario le baciò la testa, piangendo in silenzio.

Rientrò anche Max, la pistola infilata nella cintura, il bicchiere sempre in mano.

«La scena non è male» disse «ma sarebbe ora di decidere il da farsi. Son quasi le due. Se non lo vogliamo ammazzare, come mi par d'aver capito, dobbiamo chiamare l'ambulanza. Samanta, per favore: pensaci tu. Ma prima aiutaci a cancellare le nostre impronte, almeno dai bicchieri e dalle maniglie.»

«E la polizia?»

Max scosse la testa:

«Ci penseranno quelli dell'ambulanza a chiamarla, quando vedranno questo macello.»

«E noi?»

Chiese la donna stringendo le mani del commissario.

«Dopo che avrai chiamato l'ambulanza, ce ne andremo.»

50

Misericordia

Erano le due e trenta quando arrivò l'ambulanza della Misericordia a sirene spiegate davanti al numero XX di via del Campuccio. Lo spettacolo che si presentò ai barellieri non era dei più piacevoli. A parte un biglietto scritto a pennarello poggiato nell'ingresso, recante la scritta:

PER QUELLO VIVO DI LÀ

e una grossa freccia indicante le scale per la cantina. C'erano due cadaveri a occhi ancora spalancati, riversi in malo modo in fondo alle scale, e sangue e brandelli di materia cerebrale sparsi all'intorno. Mentre il medico di bordo, dopo aver vomitato sul tappeto il cenone e tutto lo champagne bevuto prima di entrare in servizio, raggiungeva il telefono per chiamare la polizia, i barellieri scendevano angosciati le scale del sottosuolo, da cui intanto una debole voce aveva preso a chiamare aiuto.

Marco aveva assistito solo acusticamente al dramma che si era svolto pochi metri sopra la sua testa. Aveva udito la televisione e stappato mentalmente con gli altri la bottiglia di spumante, per quel che gliene importava. Poi si era sorbito la tiritera di Pippo Baudo e la canzonetta di Ranieri, a far da sfondo ai colpi di pistola. Ne aveva contati nove, secchi, detonanti, violenti, cattivi come solo gli spari in ambiente chiuso sanno essere. Il decimo colpo, quello sparato da Max, non l'aveva potuto udire, perché silenziato. Ma non stiamo a sottilizzare: queste sono quisquilie. La cosa seria è che Marco, dato che nessuno era sceso per accopparlo, comprese che i buoni avevano ammazzato i cattivi.

Non seppe mai che Samanta aveva fermato in extremis la mano armata del commissario maledetto, deciso a uccidere anche lui.

Quando vide i barellieri vestiti di nero, com'ancora usava, con tanto di cappuccio, cintura di cuoio e rosario appeso al fianco, dapprima ebbe paura: i cappucci appuntiti coprivano il volto e i due fori per gli occhi davano alle figure un aspetto sinistro. L'usanza risaliva al medioevo, motivata dall'esigenza di mantenere l'anonimato dei volontari, tra i quali c'erano artigiani e principi, capi di Stato e uomini d'arme, tutti a svolgere fianco a fianco con umiltà e dedizione cristiana, a turno, il grave servizio agli infermi. Però poi si sentì riavere.

Quello stronzo di poliziotto era stato di parola: aveva ucciso Ivan e chiamato la Misericordia per salvargli la vita.

51

Binario dieci

Anche la polizia trovò i cadaveri come e dove eran caduti. Nessuna traccia di Maria Clarofiore, in arte Samanta, direttrice dell'istituto ISTIFARM, cioè del bordello clandestino di via del Campuccio.

Il sergente Fanfulla diramò subito l'ordine di ricercarla e arrestarla come sospetta complice della strage.

Mise quindi al lavoro quelli della Scientifica, che in breve recuperarono proiettili e bossoli: sei calibro 9 esplosi da due Beretta mod. 34, dei quali quattro dalla Beretta Alfa e uno dalla Beretta Beta, e quattro calibro 7,62x25 sparati dalla Tokarev trovata in pugno alla vittima A. I sei calibro 9 erano andati tutti a segno, quattro nel cadavere A (tre nell'addome e uno in bocca) sparati dalla Beretta Alfa e due nel cadavere B: quello alla schiena esploso dalla Beretta Alfa e quello alla testa dalla Beretta Beta. I colpi esplosi dalla Tokarev della vittima A invece avevano colpito il primo una porta del primo piano, esploso quasi dal pianerottolo, forse mentre l'uomo perdendo l'equilibrio cadeva dalle scale, e gli altri tre, esplosi alla disperata mentre la vittima, già ferita a morte, si trovava schiena a terra, avevano colpito il soffitto staccandone delle scaglie d'intonaco e poi, di rimbalzo, un mobile e la parete adiacente. Dalla ricostruzione dei fatti risultò evidente che le vittime eran cadute in un agguato teso loro da due giocatori, che li avevano poi finiti con un colpo di grazia. Uno aveva sparato scendendo le scale e l'altro dalla soglia del salone. Dunque l'operazione non era finalizzata all'arresto, ma all'eliminazione sul campo. Le vittime non avevano documenti addosso, ma dalle pistole trovate loro in mano Fanfulla osò immaginare, e lo scrisse nel rapporto al commissario Sgusciamaroni, che si trattasse di "elementi di nazionalità russa, tedesco-orientale, o comunque appartenenti al blocco sovietico, presumibilmente agenti del KGB o della Stasi".

Questa parte venne in seguito cancellata, per ordine del SIF e del

PM nominato Lunario Gravitomene, e tutto l'episodio declassato a "regolamento di conti".

Per scrupolo, Fanfulla fece esaminare in via ufficiosa dal suo amico della Scientifica i calibro 9 con le specifiche balistiche della Beretta d'ordinanza del commissario Bombacci, anche se non si aspettava nulla di positivo.

Ma quando l'amico lo chiamò c'era per lui una sorpresa.

«Reggiti forte.»

«Digame.»

«Le quattro pallottole sparate dalla Beretta Alfa fanno scopa con quella che mi hai dato.

«Sei sicuro?»

«Sicurissimo.»

«Figlio di puttana» mormorò.

«Che devo fare?»

Fanfulla restò con la cornetta discosta dall'orecchio. Forse per la stanchezza, Bombacci aveva commesso un errore: invece di usare la Beretta pulita, si era servito di quella d'ordinanza. E ora il Fanfulla lo aveva in pugno. Avrebbe potuto farlo espellere dal Corpo, forse farlo condannare a vent'anni di Peschiera, o Gaeta. Lui invece avrebbe fatto un bel salto di carriera.

«Fanfulla! Ci sei?»

«Son qui.»

«Che devo fare?»

«Ha usato la Beretta sbagliata! Ovvio.»

«Come dici?»

«Nulla, lascia perdere.»

«Allora? Devo fare rapporto ufficiale?»

In fondo aveva fatto pulizia, si disse. Aveva vendicato i loro fratelli morti sul campo.

«No. Fammi un favore, invece. Distruggi tutto.»

Un paio di giorni dopo, don Randello consegnò al Biscia da parte del Bombacci una busta chiusa. Conteneva un milione e mezzo di lire e un biglietto:

GRAZIE DI TUTTO, MA TI CONSIGLIO DI PRENDERE IL VOLO.
firmato: Merlo

E così fece, trasferendosi con "la su' donna" in Australia, dove oggi vive con sei figli, stimato farmer di Purrawunda, nel Queensland.

Max s'involò da qualche parte del pianeta, a godersi le ferie e i tre milioni rubati a Ivan, che certo non avrebbe potuto richiederli indietro. Bombacci, avendo donato la metà della sua parte al Biscia, consegnò la restante a don Martello, con preghiera di occuparsi delle cinque ragazze del bordello di via del Campuccio rimaste senza lavoro.

«E meno male!» disse il prete. «Che razza di lavoro! Falle venir da me, ci penso io a raddrizzarle.»

Non ne aveva alcun dubbio.

Mise in moto e raggiunse la stazione centrale. Lasciò l'auto al parcheggio, aperta e con le chiavi infilate: non ne avrebbe avuto più bisogno.

Quando Rigamonti aveva saputo della strage al bordello e letto il rapporto del Fanfulla, aveva capito immediatamente che c'erano di mezzo il Bombacci e Max. Aveva chiamato il primo e fu una gelida conversazione. Rigamonti era sconcertato, eppure capiva che in fondo i due, anzi i tre, contando Rombolaro, avevano agito per il bene del Paese, bonificando a loro rischio e pericolo la zona che centinaia di uomini, elicotteri e autopattuglie avrebbero setacciato per anni senza successo. Eppure qualcosa gli diceva che il commissario fiorentino non era pronto a rientrare. Che doveva prendersi un periodo di riflessione e di riposo. Lo mise in aspettativa per un mese, al termine del quale che si presentasse al commissariato di San Sepolcro per parlare del futuro.

Se avesse voluto lasciare, sarebbe stato comprensivo. "Comprensivo! Figurarsi: quello non vede l'ora che io mi tolga di torno."

Bombacci si era finalmente lavato, sbarbato e pettinato. Jeans, giubbotto, coppola e occhiali da sole, guardò l'orologio e s'affrettò. Sentiva pulsargli nelle vene una linfa nuova. Per ora, gli scheletri erano rientrati nell'armadio.

Vide da lontano Samanta, che già lo stava aspettando al binario dieci.

In gonna lunga a fiori, stivali, dolcevita e giaccone, i capelli raccolti a coda di cavallo, berretto ben calcato e occhiali scuri, sembrava un'elegante signora straniera.

Con sé aveva solo una piccola valigia e nella tasca del giaccone un passaporto falso che il Biscia, in segno di riconoscenza, le aveva fatto recapitare da don Randello.

Fanfulla non l'avrebbe mai più trovata.

Nota finale

Marco il bombarolo anarchico perse la gamba, ma guarì e tornò a camminare, sia pur da invalido. Si beccò trent'anni, ma dopo nove era già fuori: i giudici gli usarono clemenza perché si dimostrò pentito, e dicono che lo fosse davvero.

Non fece mai parola del suo incontro col Bombacci né rivelò mai quello che sapeva sulla "strage del bordello", come l'avevan chiamata i giornali.

Se il commissario Bombacci è ancora a piede libero, lo deve anche a lui.

INDICE

Finito di stampare nel mese di aprile 2019

www.ingramcontent.com/pod-product-compliance
Lightning Source LLC
Chambersburg PA
CBHW020320160726
47992CB00004B/1621